U0926830

郭小东文集

第4卷

非常迷惑

郭小东◎著

南方出版传媒
花城出版社
中国·广州

图书在版编目（CIP）数据

非常迷惑 / 郭小东著. -- 广州 : 花城出版社, 2015.1（2015.6重印）
（郭小东文集 ; 4）
ISBN 978-7-5360-7083-7

Ⅰ. ①非… Ⅱ. ①郭… Ⅲ. ①长篇小说－中国－当代 Ⅳ. ①I247.5

中国版本图书馆CIP数据核字(2014)第291436号

出 版 人：詹秀敏
责任编辑：张　懿　李珊珊　张　旬
技术编辑：薛伟民　陈诗泳
封面设计：礼孩书衣坊

书　　名　非常迷惑
FEICHANG MIHUO
出版发行　花城出版社
（广州市环市东路水荫路11号）
经　　销　全国新华书店
印　　刷　广东新华印刷有限公司
（广东省佛山市南海区盐步河东中心路23号）
开　　本　787毫米×1092毫米　16开
印　　张　14　1插页
字　　数　260,000字
版　　次　2015年1月第1版　2015年6月第2次印刷
定　　价　32.00元

如发现印装质量问题，请直接与印刷厂联系调换。
购书热线：020-37604658　37602954
花城出版社网站：http://www.fcph.com.cn

天堂没有黑暗

（总序）

今天是我母亲92岁生日。我必须为这个日子写下一些记忆。

父亲在“文革”中罹难，死于非命，享年53岁，正于英年。

母亲48岁时守寡，外祖母也是在48岁时守寡。外祖父马灿汉，是一个旧军人，早年留学美、日、法等国，于1924年在普林斯顿学成归国，获教育学硕士。受蒋介石之邀，效力黄埔军校，至交好友是胡宗南。抗战时任财政厅要职，当东江视察，1937年广州沦陷，外祖父在广州北京路财政厅被炸重伤，由东江纵队护送至澳门治伤。那年母亲13岁，她是长女，独自到澳门去探视外祖父，其实是她奉父命前往，为她婚事作安排，命她嫁与泰国富商。外祖父一家在泰国经办“安顺机构”，是泰国最大的保险银行公司。母亲坚决不从。她与我父亲，青梅竹马，早已两情相悦。外祖父亦不勉强。

文化大革命已经结束很久，好多年过去。我对我的家庭、家族的真相依然是模糊不清。我一直生活在一种负罪的伤感之中。从灵魂深处，感到愧对新社会，愧对劳动人民。我从15岁起，就自觉地把自己归入“等外”的行列。我从不在任何人面前流露或谈论我的家庭、我的童年、我的父母。我从小就知道我有众多沾亲带故的亲戚，无数的堂兄弟姐妹、表兄弟姐妹，以及更为庞大的他们的父母所扭结而成的社会关联、伦理关系网络，但我始终没有见过他们……

我的父亲仿佛是从天外落入人间的孤种。他至死都没有来得及对我言说他的家庭、他的父亲、他的家族。我只是从文化大革命的大字报上，知道他1938年到游击区去参加革命，和地主家庭脱离关系（声明登在香港的《星岛日报》上）。后来我才知道，这纸声明是我的爷爷郭凤巢，而不是我父亲登的。父亲为了抗日救亡，18岁离家出走，到大南山游击区梅峰中学，做了中学的学生会主席，投身抗日救亡的革命工作。爷爷害怕这个逆子给家庭带来祸害，便主动登报和父亲脱离关系。这一纸声明并没有在解放后救父亲一命，相反，却把父亲推进一个死命的深渊。原因是，地主家庭与他脱离关系，而非他与地主家庭脱离关系，非但无功，反而有罪，证明他参加革命动机不纯洁；后来他去延安，穿越封锁线受阻，在淮北被日军打击，中途返回上海，此乃又一罪；解放后，父亲收留了从庵堂遣送流落的生母郑惠照，赡养“地主婆”，又是罪加一等。父亲始终生活在罪责之中。青年时代接受共产主义思潮，认识家庭的原罪，赎罪投身革命，进入新社会，由原罪衍生的新罪，一直在折磨着他并最终要了他的命。

父亲的革命是无处不在的，为了起带头作用，他于1965年，把初中毕业，刚满15岁，患有严重哮喘的大哥，送到山寒水远的粤北“连南劳动大学”，响应刘少奇提出的“半工半读”口号。实际上就是上山下乡。多年后50多岁的大哥从农场归来，成了一个无业游民，后来缴了一些钱，才重新补办了社保……

1979年，父亲平反昭雪，此刻离他被迫害致死已经过去6年，但形势依然严峻。在他的追悼会上，我代表亲属发言，我坚持不按专案组审查的发言稿，而是依母亲的意愿向父亲致悼词。仍然感觉我的家族，依然充满着有罪感。

追悼会上，我说出一个事实：当年也是在这个礼堂，还是台下的这些群众，父亲就站在我现在站立的位置，被五花大绑，按成喷气式，接受革命群众批判，最终受迫害致死。6年过去了，还是这些人，来为他开追悼会。可是，父亲地下未知。说他天上有知，那是鬼话。

我毋需客气，也毋需感激谁！一个无辜的献身革命的高级知识分子，死于非命，英年之殇……本身就是一个值得讨论的问题。

几年前，老家来人邀我担任“汾阳郭氏铜钵盂族谱”主编。回老家祭祖，我始知父亲并非孤种。出于客气与尊重，族中老者并没有数落父亲“逆忤之罪”。解放前，他参加革命，对这个家族一定有过伤害；解放后，因种种复杂因素，他对自己的父亲、兄弟、亲人的疏远（划清界限），在族人中肯定不会有好名声。在我面前，没有人提起这些，大多说到父亲童年往事，说到他的好处。我后来知道，因为父亲的叛逆，因为他在1949年从上海回故乡参加土改运动……乡村阶级斗争形势急转而下，已届八旬的我的曾爷爷郭信臣，一位德高望重的上海银行家、民国大慈善家，唯恐受辱，他高大的身躯，蜷缩着吊死在眠床的棚架上……

有时，我也残忍地想到，幸好曾爷爷早早结束了自己的生命，要不，以他的性格，他如何能够挺得过后来疾风暴雨式的土改运动？

从唐朝郭子仪始祖，繁衍四百余年，凡十七传，及宋（1210年）端斋公受诰封政议大夫，其子宣省公受钦命广西按察使。秩满而卜居粤之潮阳竹桥，为潮郭氏一、二始祖，宣省公脉下四大男丁，长房分居白水塘，次房创于铜钵盂，三房守居竹桥，四房安于南阳……

郭氏辈序为：端元球，朝若调仕、维文廷世、邦宗守国、北仲昌钦、崇德象贤、丰亨豫大、奕祀有光、仁义礼智、修齐治平、温良谦让、明允笃诚。

我的辈序为“奕”，系郭子仪后裔端斋公第二十八世嫡孙。

郭氏铜钵盂家族，自宋光宗绍熙元年以来，迄今七百多年，代代英雄才人辈出，铜钵盂近现代，更是诞生了无数各界巨子。明清两代，受封无数，现代国共两党，要人众多。尤其在国内外商界，更是翘楚星罗棋布。

在我父亲的时代，这些正是压在他身上、心上的千古罪愆。他对革命的死心塌地，和革命在他身上的伪装，结果成为一个时代的悲剧。

父亲名郭大藩，字文雄。生于1919年，农历十二月二十四日，卒于1973年6月20日，享年53岁。

母亲马燕惠，字凌芳。生于1923年，农历五月十二日。外祖父马灿汉，生于1900年，1924年从美国普林斯顿硕士毕业回国，效力黄埔军校，后任国民政府财政厅要职、东江视察。1949年被游击队误抓囚禁，半年后在狱中病逝，此时，他已解甲归田十年有余。我在1963年“千万不要忘记阶级斗争”展览会上，看到他的照片、中正剑、军官服，以及抗战期间胡宗南力邀他出山的信函等。那时，我并不知道此人正是我的外祖父，只感觉那段时间，母亲如惊弓之鸟。

郭马郑周，是明清民国时期潮阳四大家族。声名财富远赫上海、东南亚。这四大家族多有联姻。我母亲马家祖居潮阳成田，外祖父一家，几代在泰国、上海经营银行、保险及黄金米铺。泰国最大的保险机构“安顺机构”，便是外祖父马灿汉与其弟马灿雄的兄弟公司。外祖母郑素冰，是沙陇郑姓大户，外祖父在美国和黄埔军校时的红粉知己也姓郑，郑小姐于1937年广州沦陷时，被炸死在北京路财政厅，外祖父被炸重伤，由共产党人护送往澳门治伤。那时，他与共产党人多有接触，中共高层多是他黄埔的学生、同僚。外祖父一生大起大落，他是厌倦大时代并被大时代抛弃的旧中国知识人，一位正统军人在国破家亡中的悲剧。我的祖母名惠照，亦为郑姓。祖母郑惠照一家，在潮汕经营码头生意，郭家从上海运回潮汕的银元与财物，均由郑家码头经手。郭郑联姻是有传统的。潮汕嫁娶虽十分重视门当户对，但俗话说：“嫁女要嫁大门楼，娶妻要娶垃圾头。”同一标准下的双重价值，在潮汕文化中出神入化。郭氏家族也无例外。

从唐宋元明清到民国，铜钵盂郭氏家族始终烟火兴旺发达，家族生意贯通上海、潮汕、东南亚，在海内外享有盛名。这一切，在1949年断裂，开始了全新的一页。这个家族从此进入另一种历史。

父亲郭大藩，是20世纪初年上海潮商巨富郭信臣的嫡孙。郭信臣育有十五子一女，我的祖父排行第三，字凤巢。郭信臣是上海滩著名的银行家和慈善家。上海法租界源茂行、汕头元安、仁茂银庄，均为他所开创。他喜结交社会名流，康有为、吴昌硕、于右任、张大千、郑孝胥等人常为座上客，多有手书画作相赠。郭信臣于20世纪30年代，曾捐赠30万银圆作浙江大学经费，又携资南下汕头，开办多家银庄，并于潮阳铜钵盂老家建有"驷马拖车"官厅豪宅与私家园林，"曾是历史上郭族辉煌时代的标帜"。

我是在成年之后，才听说曾祖父郭信臣的传奇经历。他死于我出生之前的1949年。我只是在他的墓志铭和祖居门楼的碑刻中，看到他的名字。他于1906年，从上海回铜钵盂建造祖屋"汾阳世家"。门楼石匾刻有张謇题"積厚流光"、张大千的老师李瑞清题"保合太和"等字。门洞左右侧是左孝同（左宗棠继子）与郑瀛华的题词。老屋虽已破落荒芜，但旧时的显赫辉煌，在斑驳的古檐粉漆中依然隐约沉浮。"驷马拖车"式的建筑，前有花园喷泉，后有二进天井及后花园，侧有"伙巷"。

郭信臣排行第四，人称鉴四爷，兄弟四人，八座"驷马拖车"，自成一条街巷，取名"仁记"。今称"仁记巷"。如今，幽深的仁记巷藏在铜钵盂闹市区中。大屋深宅，人烟稀渺，大多空置或由外地人租住，其荒凉冷寂更显昔日繁华。我无法真切想象，几十年之前，这条联结着半个亚洲声气的深巷里，那时人们的生活。我的曾祖父、祖父以及童年的父亲，他们是如何从这里走出又归来，在这里完成又中断了香火的？令人困惑的是，我将永远寻找不到答案！无人能够再现这些已经消逝的图画。我只能从这些古旧建筑、无人空屋的冷寂中，去感受一种同样空蒙的回声。先人的行脚早已消失，包括被视为逆子的"革命者"父亲，也已经早早地离开人世。他自从18岁踏出"汾阳世家"之后，就再也没有踏进这座"驷马拖车"。父亲给我遗留了太多猜想、回味。

父亲作为主房长孙（郭信臣共育有十五子一女，爷爷是郭信臣三子。长子出洋留学，次子多病英年早逝，三子便主政家族。父亲是为次孙，却是正房所生，故为长孙位），却革命出走，义无反顾，犯了天条，无异于豪门望族里出了土匪。我每每在老屋回眸，难以溯源。庞大的家族，细节多得使故事烦琐得无法厘清真伪，澄清事理。父亲的对错，我无法评说，也想不明白。但有一个事实，那就是他来不及后悔或忏悔，就死于非命，他至死都是一个彻底的革命者。

家族文化史的研究，是文明史的切口。1926年，轰动上海文化界的新闻，是家族印本《郭节母廖太夫人清芬录》的出版。它作为一个家族庆典，抑或文化盛事，其轰动在于，与此书有关的人士，几乎囊括了沪上各界名流政要、文人雅士。上海的1926年，正是歌舞升平，各种政治文化精英云集的年代。众多名流倾心于区区家族印本，可鉴沪上风气。

《郭节母廖太夫人清芬录》，一函四册，是书收录各界名家书画60幅，各界名人要人撰志赐铭，作序赠诗，场面盛大，气派非常。

作画的有吴昌硕、张大千、王震、冯超然、吴青霞等，均为沪上画坛大家。

撰志赐铭题诗的有康有为、于右任、胡适、郑孝胥、顾维钧、陈宝箴、朱祖谋、陈步墀、曾彭年、吴鸿藻、朱汝珍、刘丹崖、林廷玉、刘承干、何士果等，或是前清遗老，或是民国大员。

康有为为郭母贞节坊题匾："天褒节孝。"于右任书签："郭母廖太夫人清芬录。"胡适书签并作序。其序感人至深：

"五十二年之苦节，七十五岁之高寿，始食贫而抚孤，终开先而裕后，生得见家门之盛，殁而名垂于永久。小人有母，亦廿三岁而守节，积半世之苦辛，未能享一日之娱悦，执笔作颂，拊心凄绝。——郭节母廖太夫人不朽。"

《郭节母廖太夫人清芬录》，被视为族谱传记极品，该书不但收录20世纪20年代60多位各界名流政要的题词、画作、书签，且制作精美，装潢豪华，在全国姓氏族谱中极为罕见，如今已成孤本，现存世不过三四部。我曾于拍卖行高价拍得一部。

《郭节母廖太夫人清芬录》，由曾祖父郭信臣的叔伯兄弟郭若雨发起编撰，并呈具当局奏准，在潮阳兴建贞节牌坊。

郭若雨于1900年创设郭乾泰行，以贩售花纱、杂粮为主业，兼营汇兑，先后为建邦海味行、炳昌号行及源来行大股东，在永兴钱庄亦有投资，其汇兑业务远届新加坡、香港、西贡、安南等地，在南洋有广泛汇兑代理网点。郭若雨还是旅沪潮州会馆驻汕代表。1918年正月，潮汕发生地震，郭若雨全力投入巨资救灾赈灾。民国十六年，已届60的郭兆霖（字若雨）深恐曾祖父祥山公孝行与太夫人之贞节年久湮没，先编"清芬录"，再遵照前清体例，在铜钵盂为太夫人建节孝坊。

郭母廖太夫人，系二十一世祖平仙公之次子郭祥山之妻。

郭祥山，赠公奉政大夫，后晋赠通奉大夫。天资聪明，幼有岐嶷之称。稍长即力学不倦，号为通儒。生平孝行克敦，虽早失怙恃而岁时忌讳奉祀考妣，未尝不涕泣哀悼，具孺慕之深情。公生于乾隆五十五年庚戌（1790 年），终于嘉庆十八年癸酉（1813 年），终年 23 岁。

太夫人姓廖，号闺媛。本邑司马浦乡国子监生廖鲁山公之长女，生有至性，幼禀母教，娴习礼仪，奉事父母，能先意承志，得亲欢心，以孝谨闻于乡。长守闺训，贞静纯一，淑慎幽闲，不苟言笑，不喜嬉游，唯女红是职，以礼教自持，盖自未出阁时，已行淑女称焉。年十八于归铜钵盂乡赠公郭祥山先生，夫妻伉俪，相敬如宾……

公以廿三岁卒，太夫人即以廿三岁寡……太夫人乃遵公遗命，一志抚孤。撑持门户辛苦历三十年而两孤始成立。长子元声以商起家，次子元勋继之，尤精明干练，遂以财雄于乡。奉先报本，为公建祠。元勋援例以同知铨叙，吁请五品封典，赠公奉政大夫，封节母为太宜人。太夫人虽苦尽甘回，怡然自乐，而深以盈满是惧。谒祠之日，礼成诏二子曰："余自汝父殁，艰苦数十年，初不料有今日。其所以有今日者，皆汝父纯孝之报也。然天道忌盈，汝等善处富贵，毋忘贫贱。世间孤嫠最苦，宜时加存恤。勿纵欲贪安，以隳先德。"二子咸唯唯。呜呼！如太夫人者，贫贱不移，富贵不淫，诚所谓巾帼丈夫，岂徒以节见哉。

太夫人生于乾隆庚戌年（1790 年）四月二十九日，卒于同治甲子年（1864 年）八月十九日，享年七十有五。殁后二十年，闽县叶恂予侍郎督学来潮汕，始以"节并松筠"一额旌其间。时太夫人文孙六人，继承商业，咸自奋于功名。元声长子国华花翎候选道加三级，萃庭、国栋均以同知用；元勋三子，国樑、国钧均以武职显，俱授都司，之松谙盐务得运同衔。一门鼎盛，牙笏盈床。曾玄达百有余人，咸学成致用，有声里党。间以国华秩，晋公通奉大夫，晋节母二品太夫人。复胪举节行，请大吏奏于朝，得旨准予建坊，崇祀节孝。时光绪乙未也。

以上均辑自《郭节母廖太夫人清芬录》之《郭节母廖太夫人传》。

自太夫人后，曾玄子孙达百余人，大多为近现代杰出人物。郭信臣的叔伯兄弟郭任远，25 岁在美国获得博士学位归国，受母校校长李登辉诚邀回复旦任教，次年便担任复旦大学副校长，后又担任代理校长；并由族叔郭子彬分别捐资 3000 银元、50000 银元，创办了复旦大学心理学系。再捐资建一座当年复旦最堂皇的大楼"子彬院"，上海《申报》曾称，此楼规模居世界第三，仅次于苏联巴甫洛夫心理学院和美国普林斯顿心理学院。复旦大学心理学院随"子彬院"的建成而成立，亦为国内首创的心理学院。

郭任远著作等身，在国外以英文发表的论文专著甚多，仅在欧美发表的学术论文就有40多篇。诸如《我们的本能是如何获得的》《人类的行为》《行为学的基础》《行为主义心理学讲义》《社会科学概论》，1928年出版《郭任远心理学论丛》，1934年出版《行为主义》，1935年出版《行为学的领域》和《行为的基本原理》《心理学的真正意义》。

1935年，郭任远出任浙江大学校长，并任教于南京中央大学。他是唯一被选入《实验心理学100年》中的中国心理学家。郭任远生于1898年，卒于1970年，终年72岁。美国著名《比较生理心理学》杂志发表了哥特里勃撰写的《郭任远——激进的科学哲学家和革新的实验家》一文，称郭任远对美国乃至世界心理学的贡献是巨大的，“他以卓尔不群的姿态和勇于探索的精神为国际学术界留下一笔丰厚的精神财富”，并以整页刊登他的照片，美国学术界如此评价一位中国心理学家，是绝无仅有的。

30年代，正是曾祖父郭信臣金融事业最为鼎盛的年代。他在上海拥有多家银行或钱庄，如上海法租界宝兴里郭源茂北号（银行）、汕头市永和街郭仁茂银庄、汕头市大通街郭元安银庄、香港文咸东街鸿大元记庄等等。在郭任远任浙江大学校长期间，郭信臣捐出30万银圆给浙江大学作办学经费。此款当时在上海可置业半条街巷。

郭信臣养有十五子一女。子女们也即我的爷爷及叔伯爷爷们，各有所成，在十六个子女中，四子郭豫瑶（郭承恩）曾任上海圣约翰大学校长、沪杭甬铁路管理局局长、上海兵工厂厂长、军政部兵工署副署长、国民政府中央造币厂厂长、陆军中将。五子郭豫来（郭德昭）是民国四大银行（中国、交通、农业、国华）之一国华银行董事长，八子郭豫恭是汕头福音医院院长，十二子郭豫笃是民国以及解放后上海电力总工程师。

郭节母廖太夫人之后，其五服之内，曾玄子孙中多有名人伟人，如外交家郭丰民、古典文学家郭豫适、中国科学院院士郭慕孙（郭承恩之子）、中国工程院院士郭予元、农学家教育家郭守纯、中国儿童保健学科奠基人郭迪、制糖工程学家郭祀远等等，不一而足。

母亲已成这个家族最高寿的长者。长嫂为母。母亲每年生日，各地亲朋都会远道而来为她祝寿。记得90年代中期，70多岁的大伯父从台湾回潮汕探亲，我第一次见到和我父亲长得一模一样的伯父，高大伟岸，军人气概依然。1948年，伯父从重庆专程回老家铜钵盂，他已为整个家族迁往台湾做足了准备，但曾祖父郭信臣自认为一生坦荡无愧，见过了太平天国、捻军、义和团，也与国共两党和睦相处，于国于民有知遇有爱心，何必惊慌自扰！坚决不去台湾做岛民，也不允许家族成员逃亡。大伯郭大伟系国军要员，不在此列……

大伯返乡，联系起失散多年的家族成员，三叔文彦、四叔文柱、五叔文旭、大姑文娟、小姑文丽，及其庞大的子女群……郭蕤、浩锋、钦湖、郭丹等都学有所成，令人欣慰。

母亲92岁生日这天，在达濠庆生晚会上，无当年《郭节母廖太夫人清芬录》辑时之盛况，亦无众多名流相贺。但以史为鉴，母亲于乱世中舍弃荣华富贵，甘愿与投奔革命的地主家庭逆子相爱相携，在战乱流离中同涉爱河，又于“文革”动乱中，中年丧夫，守寡近50年。艰辛抚苦拖携6个未成年子女，抚养成人，于今仍未尝甘饴，与郭节母廖太夫人何异？我知父亲故去40余年间，其灵魂不散、不安、不妥。他死无遗言，亦无遗存，定无宁日。他对我母亲及子女的记挂，死无了断。唯于我记忆中永生。

我的22卷文集将出版发行，我在梳理祖宗线索之时，首先要联结的是，替我的父亲，续继爷爷、曾爷爷的魂灵与香火，化解祖孙三代因政治而生的郁结，并感念母亲。且以清朝遗老赐进士及第南书房行走、翰林院侍读吴士鉴1926年致“郭节母廖太夫人”书，摘抄转致母亲大人：“汾阳勋业付儿曹/ 况复松筠励节操/ 青史留名传不朽/ 英雄巾帼女中豪/ 贤孝由来本性成/ 抚孤难得志坚贞/ 至今桑梓谈遗事/ 赢得家家崇拜声。”

嫁入郭家的女人们，与郭节母廖太夫人一脉相承，代代皆有郭节母般的品格德行。

我自15岁出走海南黎母山，迄今将近50年。50年间，与陈冠相濡以沫40年，相携相行，往事多多，唯以相视一笑，心领神会矣。陈冠的父母均为海南琼崖纵队革命军人，20世纪40年代参加革命，在枪林弹雨残酷的战争环境中历经生死磨难，父亲身上留下多处枪伤疤痕。陈冠予我，情怀殷切，扶持无数，我予陈冠，可谓清汤寡水，无以为报。歉甚！歉甚！有女嫁与写字者说话者，注定清寡度日，无华屋亦无奢侈，无权势亦无豪雄，碌碌中生儿育女，唯念一生平安足矣。

2014年6月

目 录

人物档案

刘兴桐　男，50 岁。正中大学校长，著名近代文学史研究专家。因不可告人的原因，于恍惚中，被火车轧死。

李可凡　女，40 岁。正中大学外语系讲师，刘兴桐之妻。由幽闭中走出，流连于白云山和风雅颂一夜情酒吧。后不知所终。

杜　林　男，50 岁。正中大学中文系副教授。长衫长发长须，俨然五四青年。愤世嫉俗，屡受打压，成果斐然却怀才不遇。

许楠生　男，34 岁。无业游民，吸毒贩毒，倒卖假票。受雇于黑社会，但却时有正义之举。为寻其父遗稿，被人谋杀，倒毙于火车站公厕内。

苏　叶　女，30 岁。正中大学外语系教师，现代派，生活放纵不羁，思想前卫，后留学西班牙。

伊　然　女，30 岁。某人寿保险公司职员。

区惠琴　女，30 岁。杜林的研究生。

洪　笑　女，30 岁。某出版社编辑，刘兴桐的情人。

高　塬　男，30 岁。小提琴手，白云山唱歌的骨干分子。死于拉琴的最后时刻。

胡　杨　男，42 岁。独立电影制作人，拍摄有《八月的风筝》和《红色小提琴》等独立电影。

老四川　男，42 岁。对越自卫反击战中伤残，后沦为乞丐，最终自杀于瑶台租屋。

鬼马李　男，28 岁。原为贵州民办教师，盲流广州，与许楠生同流合污，后不知所终。

白家胜　男，70 岁。正中大学中文系教授。刘兴桐恩师。

骆见秋　男，26 岁。正中大学中文系教师。

老　枪　女，40 岁。江湖大姐大。

大浪鸟　男，26 岁。老枪马仔。

丁新仪　男，50 岁。正中大学副校长。

洪文虎　男，54 岁。中盛高达总裁。

高　总　男，55 岁。证券公司总经理。

麦　地　男，30 岁。东莞某中学语文教师，区惠琴同居男友。

楔　子

1969年12月31日，海南岛万泉河边一个偏僻村庄，一对从北京某大学下放的青年夫妇，在午夜双双自尽，时年同为36岁。

当时的结论是：畏罪自杀，自绝于人民。定为现行反革命分子。就地掩埋。1979年平反昭雪。

他们在东北老家，遗有一子，时年3岁。

这对学者曾写有《中国近代文学史稿》，其遗稿从此遗落民间。其子许楠生，30年后从北往南，追寻父母遗稿。

1999年12月31日，在广州一铁路道口，一中年男性，被火车碾去下半身，血肉横飞。

结论是：意外事故。死者追悼会盛大隆重，遗像两侧对联为：一代文学巨子，两袖清风学人。

死者系著名学者，其所在大学为其建立纪念室，陈列其生前著作，其中赫然摆放一本《中国近代文学史稿》。

千禧年前夕，全世界都在争吵，哪里是第一缕阳光最早到达的地方。全球难以达成一致。于是，亚洲有亚洲的说法，美洲有美洲的说法。

海南岛有一个叫林旺的小渔村，据精确计算，最终被确定为亚洲第一缕阳光的诞生地。

千禧年元旦前夜，林旺海边搭起高台，张灯结彩，欢天喜地，人潮如涌。周边酒店爆满，车马食肆兴隆。各路显贵，于黄昏便开始向林旺移动，赶在凌晨尽情饱览亚洲的第一缕阳光。据说阳光加身，有如佛祖开光，从此以为圣人。真乃阳光如此多娇，引无数英雄竞折腰。

小小的海滩上，位置有限，看台上的每一个座位，都是一种权贵的象征，都经过严密的算计、推敲、比较、权衡。中国历来谨严深奥的排座次学问，在这里被发挥应用得淋漓尽致。每一个座位都被赋予多种内涵与意义，都被作为有形或无形的政治或经济资源得到最大化的利用。

那天，林旺的贵宾席上，有一个座位空着，一直到第一缕阳光散尽，那座位才被人占去。

这个座位的贵宾，在千禧年前夕，鬼使神差地独赴黄泉。

构成这事件的单个元素，每一个都悖于常理，即便把所有元素都归于一体：也寻找不到任何合理性。

这个人在那样的时刻，本不应死，他没有理由去死。不是他杀，也不是自杀。他只是在无意识中去了一个地方。

也许他想去天堂，却走向地狱。

目击者描述

千禧年前夕，华灯初上，铁道口两边聚集了下班的人群，铁道口的栏杆已经放下，火车隆隆声越来越响。火车就要穿过铁路道口的一瞬，铁轨上突然出现一个衣冠楚楚的中年男人，呼啸而过的火车把那人卷入车轮……

事发突然，没有任何预兆。这个人本来是站在栏杆外侧的，在火车即将到来之时，他却越过栏杆，雍容地缓步向前。不像是要去卧轨自杀，倒像是要去赴宴，似在闲庭信步。

火车停下来，一个车轮正压住他的下半身。火车司机在惊恐中，将火车进退了一会儿，好不容易才把人从轮下拉出。他竟然还活着，而且神志清醒。他的下身被车轮轧断，几十米长的铁轨上散落着血肉的碎片。他被立即送往附近医院抢救。

他身上没有任何证件。为了让他的亲属能见上他一面，医院给他做了延缓生命的特殊处理。在这期间，他清醒但是无法说话，终于午夜时分抢救无效去世。

广州这个铁道口，在建立50年间，从未发生过任何事故。这是第一宗，也是最后一宗。一年后，此道口被拆除。

上述两起死亡事件，互不相干，却横穿30年，一个偶然的命定。

为着一个脆弱的生命，每一个人其实都脆弱地活着。任何坚强，只不过是对本身的抗争，但这种抗争不是无边的。所以，放弃有时比坚守更为艰难。但是，谁愿意放弃呢?

题　叙

正中大学校长刘兴桐，在钻进轿车的当儿，透过轿车前窗玻璃，看见老同学、中文系人称“怪杰”的杜林正迎面走来。他觉到杜林的眼光仿佛正注视着他，心中不觉“咯噔”了一下。不知为什么，他把已经伸进车里的脑袋缩回来，史无前例地想和杜林打个招呼。他以为杜林有事找他。他站直了身子，准备和杜林聊上几句。

身着长衫、蓄着长须、长发飞扬的杜林先生，从他身边飘然而过，幽灵一般。在刘兴桐看来，杜林擦肩而过时投过来的眼神，是幽然而且深含意味的。什么意味？他不明白。

轿车徐徐前行，刘兴桐坐在轿车里，禁不住回头，透过后车窗玻璃，想寻找杜林的身影。杜林早已不见踪影，空荡荡的校道上只有疏落几个学生。

他的心情有些沮丧。今天为什么很在意这位被称为“狂人怪杰”的中文系副教授杜林呢？这是从来没有过的感觉。他隐约感到，此生也许和杜林会有一场恶战，至于是什么恶战？因为什么？他说不清楚。但有一点，他不相信世间一切事物都会真相大白，他更愿意相信对一些人而言，纸，是可以包住火的。自己就属于这种人。皆因上苍太过于眷顾自己了。他有些得意，心情又回到常态。

自从这位杜林先生穿上了长衫，蓄上长须，飘逸起长发之后，刘兴桐很少见到他，他也很少出来走动。在正中大学，除了每周五上课以外，人们很少能见到杜林。他是正中大学一道难得一见的风景，如惊鸿一瞥。除了听过他的课的学生，其他人对他是雾里看花。欲知杜林其人其事，正中大学的人们反而只能从发在报端的消息和文章，去了解杜林的行踪。

刘兴桐前年从副校长升为正校长之后，曾指示过中文系主任，杜林的学生冯文炳，让他要杜林注意仪表，不要太怪异！

为人师表，要注意影响。聪明的冯文炳自然不会去说服杜林，他知道杜林不是一个可以说服的人。刘兴桐自己早已忘记了此事。哪知过了半年，他在图书馆门口见到杜林正和几个学生闲谈，尽管杜林对他视而不见，他还是站住和杜林打招呼。还是老样子的杜林只是很潦草地抱拳作揖，注意力还在学生那儿。受到杜林的冷落，刘兴桐脸上有些挂不住，但不便表露，有些尴尬地怏怏而去。哪知没走几步，却见杜林一下子又赶到他面前，抱着双拳作揖之后，竟正色地质问他："校长大人，据说您对我的这身……"杜林用手在自己身上比画了一下，"略有微词？"他并不往下说，等着刘兴桐的反应。

刘兴桐一下子被弄得很窘，他极想发作。如果他和杜林不是同学，他是绝对不能忍受这位恃才傲物的副教授轻狂而且咄咄逼人的态度的。但是，他马上又冷静了。刘兴桐知道这位仁兄不好惹，至少面对面不要去惹他，他发狠起来，是不顾一切、不给任何人脸面的。管你是校长，在他脑里根本不是东西。四面八方传来的这位先生的逸闻，令人很不舒服。他早就想降降这位老兄。只是想，退一步海阔天空。同在中文系的时候，这位杜林先生就从没给过他好脸色。他当了副校长、校长，杜林就更对他敬而远之。

刘兴桐一时语塞，他的确找不出应答的话。杜林的学问、教学无懈可击，他的怪异你无法找出任何挑剔的理由。说实在的，他冒犯谁了？

刘兴桐很想发作，很想对杜林发火，灭灭他的威风。但是，周围来来往往的人，不断有人问安。他不便发作，只好笑着打哈哈："杜林兄，哪里不舒服啦？这是你个人自由嘛！只要注意影响就行了。"他装出很宽容很近乎又不失原则的样子，还故作亲热地拍拍杜林的肩头。杜林不经意地用手掸了掸他拍过的地方。这个微妙的举动大大地挫伤了刘兴桐的尊严。但他还是装作视而不见的样子，做出一副大人不与小人计的样子。"笑话！"杜林冷冷地，丢给他一句莫名其妙的话。

刘兴桐每每想起图书馆门口这一幕，心里就很不舒服。

轿车在马路上轻滑，刘兴桐很舒服地仰靠在座椅上。刚才杜林那惊鸿一瞥，似乎太有深意。在他心里，他总觉得杜林并不像一般人认为的那样，仅仅是正中大学一道怪异的风景。此公的怪异一定包裹着什么深不可测的东西。分明是对现实不满！刘兴桐最不能忍受的是杜林的轻蔑，他几乎从不主动走近刘兴桐。这是最让刘兴桐感到挫伤的。他不能忍受他的张狂！他太想寻找杜林的哪怕是一点点的瑕疵，一定要趁机重重地收拾他。给他一点颜色，那样也许会好受一些。可是很难。这个人始终生活在自己的世界里，特立独行，似乎无欲无求。刘兴桐实在想不出有什么办法可以消解由杜林的目光所带来的心头隐痛。明知一切都是无来由的，自己和杜林已经不在一个天平上。他不是也不会是自己的对手，杜林也并没有妨碍自己什么。虽然如此，但来自遥远岁月的那么一点感觉，是如此顽固地盘踞在他心头。

刘兴桐和杜林是77级的同学，中文系那一年招了两个班，他们同年级不同班。杜林来自江西，刘兴桐来自海南岛。大学四年，他俩几乎没有什么来往。刘兴桐是系学生会主席，直到大学三年级都学业平平，毕业前却鬼使神差地连续在几家日报和学术刊物上发表了几篇关于近代文学的长篇论文，其中《论梁启超的小说界革命》竟被《新华文摘》全文转载，《光明日报》也撰文介绍了这篇文章和作者其人。这在1981年岁末的近代文学史界不是小事，引起了轰动。近代文学史在当时是一个被忽略置空的话题。国内少有学者问津，也少有人将之作为一个近代文学史专题来研究。突然间在学界冒出一个功夫如此深厚的年轻学者，令正中大学中文系在学界的地位陡然倍增，也令老师同学们刮目相看。80年代初期，是一个众神狂欢的年代。同班同学常常是同桌父子兵，应届生才十五六岁，“文革”中毕业的老三届初、高中生却有的已为人父人母，年届而立，老兄老姐小妹小弟同堂。除了为数不多的应届生外，大龄同学各自都有一段艰难的人生经历、一把诉说不完的辛酸泪。刘兴桐在学界陡然升起，成为近代文学史研究一颗耀眼新星，虽然让同学们吃惊不小，但也钦羡不已，没有人会有什么想法。

教授古代文学的白家胜教授读了刘兴桐的文章之后，兴奋不已，生性狂桀的他连呼正中大学中文系后继有人，他几乎不假思索地分别向系领导和学院领导写了保荐书，呼吁学院必须把刘兴桐留校深造任教。他没有上过刘兴桐他们的课，也不认识他。他的冲动和激情使刘兴桐留校呼声更高。在刘兴桐顺利留校后的一次系务会议上，白家胜教授才第一次正式见识了刘兴桐。他热情有加地与刘兴桐握手：“兴桐兄，”他抓着比自己年轻20岁的学生刘兴桐的手连连晃动，竟然称兄道弟，钦佩之情溢于言表，“后生可畏啊！啧啧！后生可畏！”学富五车的白家胜竟然找不到更多的词汇，只是一个劲地“后生可畏”弄得各自都有些不好意思。系主任魏中一见状，顺口说：“既然白先生如此器重小刘，我看就把小刘让白老师辅导算了，专业也很相近嘛，你说呢？”他征询地望着白家胜。白家胜十分认真：“本人才疏学浅，岂敢奢谈辅导两字，兴桐兄的文章我是做不出来的。既然领导指派，我也就不谦虚，那就共同切磋吧。”刘兴桐十分乖巧，连忙笑说：“那我就拜师了！”说着双手作揖。事情在笑谈中也就过去了。此事白家胜并没有放在心上，在他心里，他认为以刘兴桐的文章论，自己是远逊于刘兴桐的。他不好去追问刘兴桐的学问根底，只是归结于自己让“文革”耽误了十多年，归之于刘兴桐也许有什么家学渊源。生性狂桀的白家胜，甚至没有去多想这些问题。英雄不问出处。他自觉知青这一代人，水深着呢。鱼龙混杂，什么鸟没有？他只是欣赏刘兴桐的文章，至于指导不指导，他倒不是十分认真。刘兴桐却十分认真，立即登门拜访，在最初的一段时日，在各种场合自我介绍时，总不忘强调白家胜是自己的导师。白家胜在古典文学界也还小有名气，还兼本省社科联中国文学会的副会长。对刘兴桐而言，这都是不可小视的资源。

同时留校的杜林，虽说是刘兴桐的同学，大学四年的成绩不俗，主编着学校学生刊物《潮流》，也是正中大学小有名气的人物，但刘兴桐骤起的光焰，把他彻底地遮蔽了。他显然有些自惭形秽。他承认刘兴桐的文章才华横溢，学理深厚，自己无论如何是做不出此类文章来的。他和刘兴桐本是一起留下来充实刚刚成立的近代文学室的，但他在留校之后，坚决要求到“现当代文学室”去。他没有任何理由，费了九牛二虎之力，还是只好先到谁也不愿去、谁也瞧不起的写作教研室去，一待就是五年，五年后才转到现当代文学室来。用杜林的话说，那真是卧薪尝胆的五年。刘兴桐对杜林的调出很有想法，他认为杜林此举，是嫉妒他的才干，而不相为谋，即便是主动退守，也有挑战的意味。当系主任征询他的意见，是否可以让杜林调出时，刘兴桐只是冷冷地说：“也许他自认在近代室不会有什么作为吧！”言外之意系主任是听得明白的，于是只好把杜林先调到写作教研室。

虽然杜林和刘兴桐没有什么冲突，但自此之后，这对同时留校的同龄人，几乎是井水不犯河水。在最初的两年里，刘兴桐几乎是每半年必有两篇以上的论文发表，每年总有几篇文章发表后被收入中国人民大学复印报刊资料《中国古代、近代文学研究》。这对刘兴桐学术地位的提升是非常有利的，加上白家胜教授的竭力推举，毕业留校两三年后，刘兴桐已如日中天，在近代文学研究界声名远播。他的成名作《论梁启超的小说界革命》也成了近代文学史专业课程中，不可不说的文章。

杜林反而默默无闻。写作课本就是个不被看重的学科，大凡进入写作教研室的老师，都是被认为搞不了别的专业，没什么专长，便到写作室去混，教教公共写作，批批学生作文。这种谬见对于杜林来说，反而成为一种压力和动力。只好三年不飞，三年不鸣了。杜林几乎从人们视野中消失了。他似乎也自甘平庸，那个学生时代英气勃发、言辞慷慨激情的主编杜林消失了。

图书馆里多了一个神情疲惫、面有菜色的小老头杜林，人们在恭维刘兴桐时，总不经意地扯出杜林，杜林成为美人身边的陪衬者。尽管如此，刘兴桐毕竟是杜林的同学与同龄人，他对杜林的自甘平庸和收起狼性，是深怀警惕的。他并不以别人的眼光去看杜林。以他的经验，他总觉得杜林是一只潜行于林莽、随时准备出击的金睛白额大虫。这只大虫休养生息，有朝一日将扑向谁？这是一个不可预知的事情。所以，对杜林，他在人前从来都是不予置评的。他尤其不想直视杜林的眼睛，那眼睛里似乎有一种深不可测的东西，那东西很莫名，同时也充满着许多隐藏着的秘密。这秘密是什么，这是刘兴桐很想知道，但又很怕知道的。当然，这些都还是一种猜度而已。

1985年，毕业已经3年多的刘兴桐35岁。这是一个炙手可热的年龄。在这年底，刘兴桐正式出版了50万字的断代文学史专著《中国近代文学史稿》。这本砖头一般的文学史论，令学界大喜过望。它的耀眼和辉煌，全部投射在刘兴桐身上。在百废待兴的1985年，一本填补学界空白的大书，其影响是不言而喻的。

这一年，刘兴桐从助教破格晋升为副教授，次年12月又再次破格晋升为教授，并接任系主任兼学报主编。

此刻的杜林，还是写作教研室的助教。按正常程序，再过2年零6个月，他才有资格参评讲师。当人们以钦佩的口吻说起刘兴桐时，已经不再顺带提起杜林了。

有一天早晨，学报主编刘兴桐教授在签阅即将发稿的本期学报稿件时，在目录上匆匆溜过的目光突然停留在署名杜林的文章题目上，文章的内容及其他已不重要。他毫不犹豫地用手中的红笔在杜林文章题目上打了个大大的×。他同时翻开那叠厚厚的清样，抽出了杜林的文章，将它丢进抽屉里。他甚至不清楚自己此刻的心理，没有任何理由，他也不想去读杜林的文章，他只觉得唯有如此，才能舒缓自己心中的抑闷。但是，他很明白这个×，对于杜林的分量。他心想，如果此刻杜林亲自到办公室来，向他请求通融，以老同学的身份，或者其他什么身份，只要屈尊来向自己乞怜，像其他一些作者一样，以登门讨教的姿态，以弱者向强者、向权威求助的姿态，也许他会考虑给文章一线生机，他刘兴桐要的就是尊严。

这篇文章的发表与否，对杜林来说太重要了。这是他几年来一直在耕耘的一本专著的“绪论”。刘兴桐自然知道杜林的底细，这家伙一旦突围，其势将如破竹，一发而成汪洋。他不愿意看到这个局面。他已经远远地走在杜林前头，还会走得更远，他无法设想有朝一日，杜林和自己并驾齐驱的情景。

编辑小郝在把清样拿走的当儿，瞥了一眼目录，他有些惶恐地问：“刘教授，你看？”他指着杜林被×的文章，言外之意刘兴桐明白。他从抽屉里抽出一篇早已准备好的文章，压在清样上。小郝不作声，拿起稿子和清样就走了。

他也曾想改善和杜林的关系，化解这种没有任何来由、十分形而上的潜伏着的芥蒂，因为性情或因为嫉妒所产生的隔阂。但谁先低下昂贵的头呢？难道由我刘兴桐吗？笑话！那么是杜林？他的眼睛是长在后脑勺的，这点无须多说，他给谁都是这个印象。当刘兴桐把一切都归之于杜林时，他的内心就更加恼怒，同时也就更加激起对杜林莫名的排斥。

他认定杜林不是一个善类。他的目光停留在办公室的书柜上，那里面整整齐齐地排列着几十本他的《中国近代文学史稿》精装本。这是学报的经费购买下来、作为赠书用的。他曾经为这本书的出版欣喜若狂，志得意满。

这部共20章50万字的巨著，从少年时代时的一堆稿纸，一直陪伴他走进大学。在大学三年级时，每个章节作为独立文章，开始陆陆续续发表在各大报刊和大学学报上，经过了四五年时间才尽数刊载完毕。在四五家出版社的角逐下，他选择了其中最有影响的一家，一印就是10万套。虽说这个印数在1985年并不是一个天文数字，但学术著作开印10万册还是一件轰动的事情。刘兴桐也因此从一个碌碌的、学业平平的大学中文系学生会主席，在短短的几年间，跃升为国内著名学者教授，寥寥可数的近代文学史研究专家。每每想起这个如梦如歌，充满着鲜花和掌声的短暂历程，刘兴桐就兴奋难抑，他坚信这是前世修下的硕果，是命，自然也是自己的造化。1977年，从那个偏远的海南岛穷困的山中村落，顺利地考上正中大学中文系，是中文系而不是其他什么系，冥冥之中有一种命定，是谁也无法把握的。作为一个贫穷山村中走出来的大学生，他做梦也没有想到，那一堆发黄但书写整齐的稿纸，会给自己的命运带来如此辉煌的奇迹，如此神秘地决定着一个人的价值。他是在大学二年级，接触到近代文学史时，才惊觉自己拥有了一份旷世的珍宝，才领悟到那些东西正在慢慢地转移到自己的大脑中，融入一种卓越的梦想，并将这种梦想铺展成一种现实，一种鲜花簇拥的现实。

但是，在最初的日子，每一次发表之后的狂喜过去之后，他会陷入一种莫名的恐怖。第一篇文章寄出投石问路，在等待回音的那半年中，他会偶然想起许多年前的一些往事，想起1968年，那些月黑风高的夜晚，那些夜晚对于18岁的刘兴桐来说，是不堪回首的。他不愿意去回忆。自从上了大学，离开那个山村之后，他努力忘却那里的一切。获得了无限辉煌之际，刘兴桐更不愿意和那个生养他的山村有什么关系。他实在没有勇气走进时时激发许多回忆的自家老屋。那些青苔斑驳，弹洞前村壁的古旧墙垣，都会使他想起1968年月黑风高的夜晚，想起从老屋里双双被抬出去的中年夫妇，那对从北京被流放到海南岛的知识分子。他们死得很悲惨！双双吊死在低矮钓屋檐上，双脚要微微蜷起才能勉强断气。那憋成满脸黑气的死相，令刘兴桐刻骨铭心。

刘兴桐记得他们就被葬在离村子不远的一个小山丘上。他们至今还在那里。每年清明，刘兴桐都会挑着冥品，跟在父母后面，去给这对中年自杀的夫妇上坟。他们东北老家从没有人来过。老实巴交的刘家父母，也无从与这家人联系。刘兴桐考上大学时，去坟上告别。后来又去了一次，就再也没去过。那座山村后来也发生了很大变化，高速公路把村庄一劈为二，那小山丘也许已不复存在。他不敢去想这些，他恨不得从脑子中永远地抹掉这些记忆。

他的努力是枉然的。夜深人静，一个人独处书房时，他会在黑暗中看到幢幢鬼影，看到那对中年夫妇低垂的、无告的眼神，那透过镜片闪烁不定的眼神，那眼神似乎想告诉他什么。这种煎熬是难以忍受的。于是亮灯，然后喝酒。他听见隔壁房间里有人咳嗽，那声音很撕裂，很像是那中年夫妇中男人的咳嗽声。

纯粹是庸人自扰，明白这个古老的哲理之后，他又神清气爽，他坚定地相信自己的运气是足以战胜一切忧虑的。

20年过去了。理想之船完全按照自己的计划安全地平稳地航行，而且比计划中想望中更辉煌更令人惬意。这不是天意是什么？多少人苦苦追逐，又能得到什么呢！

顺风顺水的20年，使刘兴桐成为一个地地道道的著名学者，一位令人尊敬的大学校长。他才刚刚50岁，正是年富力强。他最后的目标是往管文教的副省长位子上挪。在他看来，这也是指日可待的事。

轿车驶进省委大院，刘兴桐从车子上下来，走进一幢带花园的小楼，省委组织部约他谈话。谈话内容他早有所闻。

他已经把刚才遇见杜林的不快，忘得一干二净了，一路上，他都在反复地温习着即将到来的谈话内容，按常规设计着问题和应答。这是一次很关键的谈话。

第一章

许楠生今天的运气不错，他假装成残疾人骗过了一个年轻警察。

火车站的地铁口，人们行色匆匆。许楠生蜷曲在台阶的小平台边缘。他的屁股下垫着一块牛皮。牛皮是从病倒的老四川那儿借来的。失去双腿的老四川病得不轻，无法上街乞讨。同住的许楠生答应晚上给他带来五元的盒饭，老四川便把牛皮垫和两块同样也是牛皮做成的手垫借给许楠生。许楠生就接替四川人成了一个很地道的失去双腿的残疾人。

这是一块经年的牦牛皮，这块乌黑光滑的牛皮垫子在老四川的屁股下，行走了上千公里。只要细看那牛皮垫子，没有人会怀疑许楠生。

许楠生非常投入地坐在这块牛皮垫子上。他怀中揣着十几张火车票，各种价码的假票几可乱真。他负责出货，同伙鬼马李负责在火车站候车室和售票厅转悠，把急于赶路又买不到火车票的顾客骗到地铁口来成交。每张票他只加收20元，这很能使那些急于赶路的买票人感到合算。20元并不多，送票员也要5～20元不等。他们卖出的票都是中午以后发车的，所以，他们必须在中午之前离开火车站，不管卖出去多少张票，都不能在那儿久留，否则就穿帮了。

中午以前卖出去9张票，得款2000多元。他和鬼马李正想离开火车站，就在他抽出牛皮垫子想站起来的当口，车站广场突然一阵骚动，几名警察在围追几个票贩。鬼马李也在被围追之中。许楠生慌忙把牛皮垫塞在屁股底下，一片愁苦和漠然浮上他的双眼，他像一个久经沙场的演员，突然变了另一副神色，在匆忙赶路的人们的脚下，艰难地往通向地铁大厅的台阶挪动。一个年轻的警察站在他的跟前，他清楚地看到那警察的黑色皮鞋尖上，粘着一块污黑的口香糖渣。

许楠生没有抬头，他污黑肮脏的双手套在牛皮垫中，他佝偻着，非常无助地佝偻着。年轻警察吊在皮带上的电棒轻轻地晃动着，随着他的呼吸晃动着，这种晃动让许楠生心惊胆战。他听到了一声稚气的断喝：“你是干什么的？”

奇怪，一个残疾人还能干什么？许楠生觉得这警察有点儿莫名其妙，他缓缓地抬起头。他从来没有见过这个警察，他是新来的，一个乳臭未干的新丁能干什么？他有些安心，根本不把这个年轻警察放在眼里。他于是很耍赖地伸出脏手，把身后一个讨钱的铁罐子推到警察脚下："给几个钱吧！给几个钱吧！"他喃喃地含混不清地乞求，倒让年轻的警察无言以对。许楠生趁机磕起头来，磕得额头出血。那警察有些疑惑地看着他。

"有没有看到一个跟你一样的？"那年轻警察有些犹疑地问，继而又对他吼道，"你给我站起来！"

许楠生心想完了，他假装很害怕很无助："你看我站得起来吗？我的腿是保卫战时被敌人炸断的，你看！"他很艰难地双手抱着一条腿，企图把它从屁股边上扳过来，却"扑通"一声从一侧倒下。脸颊贴在地上的一摊积水里，污浊的积水把他的脸溅得怪模怪样。

年轻警察见状有些赧然。"奇怪，那人去哪儿啦！"年轻警察自言自语。

"早跑了。"许楠生有几分讨好地说。

"我就知道是装的。我正抓他呢？你不是装的吧！"年轻警察说着。他已不怀疑脚下匍匐着的这个人。他甚至顿生一种混合着怜悯的敬意。自卫还击战是在 1979 年，自己那时才刚刚出生呢！

"你来摸摸看，这腿！"许楠生说着，很艰难地扯着脏兮兮的军裤，想把那条伤腿展示给他看。那腿上确实有几条疤痕。年轻警察掏了半天口袋往铁罐子里扔了一张 5 元的钞票，转身走了。地铁口拥塞着刚刚从火车上下来的人群，年轻警察消失在人群中。许楠生抽起屁股下的牛皮垫，把两只皮手垫卷在牛皮垫里，站起来拍拍屁股，若无其事地走了。他和那个年轻警察一样，也消失在地铁口拥塞的人群中。

许楠生自认是一个出色的演员。他在火车站候车室的公厕里，找到了正在洗脸的鬼马李。他向鬼马李使了一个眼色，两人相跟着走出公厕。

在瑶台的出租屋里，污黑的灯泡散发着昏暗的光线，断腿的老四川是个退伍兵，满脸的黑胡须。他正吃着许楠生给他带回来的盒饭。他的眼睛显得很忧伤，昏黄的灯光把这忧伤的情绪传递到小屋的每一个角落。

老四川盘腿坐在牛皮垫上。许楠生正口沫横飞地大谈中午的历险记。他十分轻蔑地描述着那个警察。

"你这个盒饭还是我用警察的 5 元钱买的，牛吧？"

老四川不以为然，他到火车站乞讨已经有 10 个年头了，他对许楠生并没有太大的好感。许楠生好几次把妓女带到这房子里来，当着他就在对面的床铺厮混。他虽然不很计较，但毕竟看不过去。有一次许楠生做完后，竟涎着脸推推向里侧身躺着的四川人："你干不干？"

老四川反问他："你出钱？"

许楠生不认识他似的："有这等事？你不怕倒八辈子霉？"

"我早倒八辈子霉了。"老四川无奈地说，"和你这种人住在一起，不倒霉还能怎样？"

许楠生早已习惯老四川的脾气。他虽然双腿残了，但火气依然大得很。他每天早上从瑶台租屋一路匍匐而去，在马路上蹒跚爬行，至少要个把小时才能到达火车站。他不坐车，几公里的马路爬行，能乞讨到十余块钱，在火车站坐上两个小时，午后又匍匐着一路蹒跚回来。每天能讨到二三十块钱。他很满足。他每天都会到邮所去存上 20 元钱或更多，剩下的零头刚好够他交房租、水电和简单的饭盒。他很满意这种生活，虽然很累很苦，尤其是刮风下雨。在马路边上，污水横流之中，像一只落汤鸡一样，但总比在四川乡下苦熬好得多。

许楠生、鬼马李和老四川同住一屋，三个人合租这间带洗手间的小屋，每月是 400 元。老四川交 100 元包水电，他和鬼马李各出 150 元。每到月初，老四川就毫不客气地跟他们催要，合起来把 400 多元包括水电费准时地分毫不差地交给房东阿婆。这间小屋是房东阿婆的租屋，坐落在瑶台的一条小巷里，这一片很快就要拆迁了。阿婆早已住到离此地不远的汇源村去，和儿子儿媳住在一起。每到月底，阿婆会准时到租屋来。她每回来，都不忘在巷口新疆人开的饭铺里，买几张馕，送给老四川，就算是一点心意。她知道老四川的底细，这个残疾军人供养着一个儿子在本地上大学，所以，她对他是十分关照的。

老四川不赌不嫖，很知足地生活，几乎没有什么朋友，也没有什么人来看过他，他也从不与人谈起自己的过去。偶尔和许楠生他们聊天，也从不涉及私事。许楠生也不多问，在许楠生看来，这个执拗的怪老头不坏，但心事重重，而且十分计较。

许楠生和鬼马李正在喝酒，二锅头，几包熟肉。他们已喝了一会儿，不时邀老四川同喝，老四川不喝酒。许楠生便把熟肉分一些在老四川碗里，老四川也不拒绝。

鬼马李今天差点给警察逮住，幸好他逃得及时，混到一批刚刚出站的民工里去。他和许楠生初来乍到，还没有引起警察的注意。可是做了黄牛党，收获已经不少。他们两人配合得很好。鬼马李负责找客，许楠生负责出货。鬼马李会把客带到广场这一带的旮旯里，只一个眼色，许楠生就会主动把客引过来，价钱是免谈的，原价加 20 元，反正票是假的，无本生意。才做了三五天，还没有被识破。今天赚了 2000 多元，和货主三七分，也有千多元。许楠生便邀老四川去夜总会。

“怎么样，咱们先去洗洗脚，然后再去夜总会，我们请客，只是……”许楠生说着，指指老四川的残肢，有些调侃也有些认真地问。老四川并不介意，他的残障实实在在是他的营生之道也是他营生的理由，他并不在乎别人对他残障的态度，反而时时希望人们能注意他的残障。他理所当然地认为他既然在战场上流过血，虽然有残疾军人津贴，但那远远不够，现在落到这个地步，并非自己的罪过，他有足够的理由表演一番，利用这番表演来讨生活，何况自己主要是为供儿子上大学。希望工程也不过如此嘛！他始终认为自己在做一件并不耻辱的事。他不向政府求救，自食其力，乞讨。他努力为自己寻找一个堂而皇之的理由。尽管这种理由很可笑，但已习以为常。自从妻子死了，他就把所有的自尊和光荣都弃之脑后。他希望自己的儿子能成龙成风，能给自己一个不再乞讨的晚年。他已经很习惯每天准时风雨无阻的生活，一天不出去，就会闷得慌，污浊的马路边，尘土飞扬的空气，酷烈的太阳与丽日和风，横风逆雨和避雨的人群，这些都构成他每日的生活内容，他不能没有这些。

他眼前永远是匆匆而过的无数的行脚，他永远关注的是行人的下半身，各式各样的裤子、腿形、鞋子，都能让他准确地感知站在他面前的是什么人。他从不抬头去看施舍的人。他偶尔会用眼睛的余光去扫一下给他扔下稍微大额钞票的人。有些上了年纪的人，会给他扔下10元20元的。他心里就笑开了花。

每天一回到租屋，蜷缩在窄小的床铺上，他便沉浸在回忆里。只不过回忆的不是遥远的往事，而是从他面前流过的每一双留下印象的行脚。因此有很多遐想。

许楠生见老四川很木然，便大声说：“我们请客，你去不去？”今天是老四川的皮垫救了他，把那年轻警察蒙得晕头转向，逃过一劫，所以他存心要答谢老四川。装残疾人挺好，否则现在说不定就在看守所里了。

老四川倒是想去见识见识。

“洗脚就免了，我有脚吗？”老四川苦笑，他的腿从膝盖以下被截肢了。许楠生和鬼马李便大笑，笑得前仰后翻。老四川也大笑，屋子里便有了生气，于是这间只有40余平方米的小屋弥漫着一种友情，二锅头呛人的香气和辣辣的肉味。

“把你打扮成一个大老板，我们把你抬进去，再叫几个小姐，顶多也就千把元，也潇洒一回如何？”鬼马李初战告捷，有些忘乎所以，暂时忘却了几天前的困窘。他是在火车站流浪了几天后认识许楠生的。半年前他一下火车就让人扒了行李，后来跟一伙贵州老乡去了东莞，干了几个月，台湾老板卷行李跑了，他一分钱也没有拿到，只好又到火车站来，认识了许楠生。许楠生当时正向他兜售火车票。他被许楠生带到一条小巷口，没等许楠生说话，他便请许楠生和他一起干。见许楠生神色有些犹豫，没有断然拒绝他，他便有些感激。他决心和许楠生一起做黄牛党。他们果然配合得很好。

老四川有些心动，多少年不知女人味了。在这个灯红酒绿的世界里，他每天傍晚都会经过一间又一间的发廊，对着闪着红灯的发廊和夜总会，他会怔怔地望上一会儿。但他不敢。不是不敢是不想，即使有钱，又怎样进得去那样的场所，不让人笑掉大牙么！

扮成大老板倒是不错的主意。

许楠生也突然有了恶作剧的想法，难道那夜总会只是为富人们开的吗？如今我们也成富人了！这些日子来也积攒了好几千元。屡屡得手的侥幸与兴奋，加上二锅头的酒力，令他们有些飘飘然。他决心把四川人带上，去闯闯夜总会。不就千把元的事吗？过一回富人瘾也不错。

鬼马李也有同感。他原本是贵州黔南乡下的民办教师，中师毕业后在小学里待了五六年，一点儿长进都没有，每月两三百元，有时还发不了工资。眼见从沿海打工回来的人，不管在外面混得如何，回到乡下总是光光鲜鲜的，令人眼热，他便连辞职信都没写，就不辞而别了。在外面混了半年，他饱尝没钱的滋味，有钱真是大爷！这是他半年来最深刻的哲学。在火车站卖假票真是太容易了，虽然时时会进去，但是今朝有酒今朝醉吧！他心痒痒的，极想去夜总会冒一回险。“我俩装成你的保镖。如何？”鬼马李对老四川说，“不过，你多少也得出点钱！”

说到钱，老四川就十分清醒：“我没钱，比不得你们，连黄牛党我都做不来，那我不去算了！”老四川本来就心虚，自己掏钱去夜总会，那不是天下大傻么！

许楠生倒是很仗义。他和老四川相处有几个月了，这个人很计较，但还是不错的，他觉得自己有钱了，也理当犒劳犒劳一个穷朋友。

“鬼马李你就别太鬼马了，老哥的那份我请，你埋你自己的单。”他很豪气喝了一大口二锅头。

“这样才像话。”老四川满意了。

他们便兴致勃勃地商量着怎样扮成大款去夜总会，去哪间夜总会。自然不是太高级的，鬼马李还是十分心虚。夜总会的场面对他来说太吸引，也太陌生。

老四川忽然想起什么，对许楠生说：“老弟，你不是说要去正中大学吗？”

老四川听过许楠生的故事，他儿子正好在正中大学读书。

"我会去的!"许楠生此刻的心思全在筹划去夜总会的事情上。

在A省召开的学术研讨会明天下午闭幕，刘兴桐没有跟任何人打招呼，便独自搭乘夜里10时的航班回到广州，他也没有通知学校办公室派车接机。一下飞机，他怕遇到熟人，便夹在人流里，快速地通过出口，到的士站等的士。

这时，正中大学副校长丁新仪正在机场出口处等北京来的一位朋友。他伸着脖子在人群里东张西望，忽然见到校长刘兴桐低着头，匆匆地往外走。他马上挤过来，可是人太多，他挤了半天，刘兴桐早已消失在人群里。他心里便有些诧异，下午还和刘兴桐通电话，向他请示几件事，顺口问他几时回校。刘兴桐不假思索，说还要两三天。按时间推算，那时，他应该已在机场。丁新仪心中顿生疑团。看刘兴桐低着头匆匆出闸的样子，显然他不想让人知道他提早回来的事。这是为什么?

这个人就是这样，与他共事多年的丁新仪在心中摇摇头，他油然而生一种窥测的心态。反正北京的飞机刚刚抵埠，离客人出闸还有一点儿时间，他便迅速地穿过人群，向出口广场的士站冲去。排队等的士的人多，刘兴桐大约还未走远。的士站果然排着长龙，他站在远处，目光顺着一个个背影寻找刘兴桐。也许他跟什么人一起，有人来接他，去一个什么地方。他为自己像一个侦探而有一些不安，他也不明白自己此刻的行为心态究欲何为。反正，他极想知道一点什么。

丁新仪是10年前从北方一个边远城市的教育学院调到正中大学的。他在那所名不见经传的教育学院待了10年，勉勉强强评了个德育副教授。海南建省，他随过海人流幻想在海南一展拳脚。他坐了几天几夜火车，从冰天雪地的东北，到湛江海安海边，已经脱得只剩下一件背心了。在刚刚过海的时候，忽然台风袭来，几万人滞留在一个人口只有几千的海边渔村，公路上排起汽车长龙，一碗速食面卖到10元12元。台风刮了三四天，他和几万名投奔海南大特区的人，在海边匍匐了三四天，经受北部湾台风的打击。他第一次看到海，自然也第一次领略台风的厉害。蚊虫、酷热和大溃败似的轮船上的挤迫，令他还未踏上海南宝岛就已心灰意冷。他在海南待了半年，什么事也没有做成，把随身带去的几千元花光之后，他只好悻悻地回到大陆。路经广州时，广州城给他留下极好的印象。去海南时，他是半夜到达广州，没出广州火车站就转车往湛江。对广州的记忆，是20多年前红卫兵串联时的事了，已没有什么印象。广州的明丽，价廉物美的吃食，四通八达的交通，以及川流不息的民工潮，都令他心动。但一个德育副教授，在20世纪80年代末的广州，要寻找一个安身立命之地，也许不是易事。他心中无底。那一次，他在广州逗留了几天，拜访了几位经人介绍的东北老乡，也没什么结果，便回东北去了。两年后，他终于如愿调到广州，此乃后话。

刘兴桐走得很急，的士站人流太长。他知道在机场外的快速路旁，总有一些走偏门的的士，假装抛锚，在那儿等候，免去排队候客的麻烦。他径直往快速路口走去，还不到几百米，有几辆红色的士已候在那里，几个司机正与一个保安站在路边聊天。刘兴桐二话不说，跟着一个迎上来的的士司机，上了他的车。他急急地说："到番禺，走华南快速（干道）!"司机也不多话，答应一声，的士同时起步开行。刘兴桐松了一口气。

几天来的紧张顿时松弛下来。学术会议的前3天总是安排得紧紧的，何况他还是这个学会的副会长。几个副会长中他是最年轻的。他又来自广州，总让人觉得来自广州的单位和人都是财大气粗。除了繁杂的会务外，难得的余暇难免请几位副会长把盏谈天。除了第一天开幕式之后，他主持了半天的大会发言之外，就再也没有正式参与研讨，忙于应酬各式学人和同学朋友。酒倒是喝了不少。很快就要过50岁生日了，身体虽然没什么问题，但总觉得大不如前，一过45岁，各种毛病就如雨后春笋，纷纷探头探脑，他心想该养养生了。此刻，已是午夜时分，在飞驰的的士上，刘兴桐双目紧闭，把脑袋仰靠在坐垫靠背假寐，应该趁这几十分钟的车程，养精蓄锐。昨夜，和离别多时的女友、某大学的年轻讲师薇彻夜长谈，黎明时彼此再度心仪，又找到感觉，薇在半推半就之中，和刘兴桐狂热了一阵。这不是第一次。两年前他们在漓江畔相识，薇是北江大学中文系讲师，也是教近代文学史的。直到走道上开始有人行走，刘兴桐才把薇悄悄地放走。他正想小憩一会儿，大会秘书处的小李就早早来敲门，询问今日的一些安排。送走小李，看看时间不早，他索性起来，到宾馆花园里去散散步。由于通宵未眠，由于早起，虽说在飞机飞行的个把小时中，他沉沉地睡了一觉，但此刻还是十分疲惫。他心中突然生出了一种老之将至的感觉。

不是身体当真有什么毛病，每年都享受的专家体检，结果都表明他年富力强。这是他颇为得意的。但心很累，确实很累。刚大学毕业的那几年，他作为一个谦虚的年轻学者，虽然文章连续发表，又屡受推捧和好评，在同行出道的年轻人中出类拔萃，掌声不断，荣誉加身，这些来得太突然也太快的东西，令他一时难以适应，有些晕头转向，如在梦中。他只好把自己藏起来，尽量不去参与各种各样的学术会议，尽量拒绝各种公开学术讲演，回避各种请教，他还没有做好充分的学术准备，去应对答问。人们反而把这当作一个年轻学人的谦虚。在这种诚惶诚恐中度过了几年，他也为此准备了几年，他知道自己始终是要走向前台的。这已经由不得自己了。

他本来的志趣就不在古典文学，严格说，连文学他也并不喜欢，在那个贫困的边远小山村，父母对他的期望是希望他当个手扶拖拉机手，这个工作在山村里是最受尊敬的。山村里最大的能人，见多识广的人物，就当手扶拖拉机手了。这在六七十年代的边远山村，是一种最看得见也最实惠的工作了。他也十分认同父母对他的期望，十分乐意接受这种现实。要不是1977年恢复高考，给他带来意想不到的机会，他也许真的已经成为一个有着多年历史如今50岁的手扶拖拉机手，成为一个牛山村里远近闻名的能人了。1977年高考时，他已经28岁。那时，他在生产队当会计，偶尔也摸摸生产队里的手扶拖拉机，勉勉强强能从村庄开到镇上，再远人家就不让他开了。但他并不服气，他报考的三个志愿都是华南工学院的机械制造专业，可鬼使神差，放榜时录取的竟然是他根本就不知为何物的正中大学中文系汉语言文学专业。他还是在18岁时听下放干部许达文说过，许达文读的、教的就是这个中文系的专业。这位只上了一年高中就因“文革”辍学的高中生，也许是年龄偏大的缘故，读不成他心仪的机械制造专业。他曾对那位蔑视他的手扶拖拉机手说，他不单要开汽车，而且要做制造汽车的工程师，手扶拖拉机算什么？他如今还清晰地记得他说这话时，那位傲气十足的拖拉机手不屑的国骂。那时，手扶拖拉机手虽然不算什么干部，却是个人物，在生产队里，是连生产队长都不敢小看的。他掌握着生产队的动力和方向盘呢！

如今想起这些，刘兴桐在心里冷笑。他更相信命运，相信一切都是上苍的安排，否则，一切都无法解释。这是他多年来生活生存的底气和傲气。认命吧，同志们！他常常在心里向所有人，特别是那些苦苦奋斗却成效甚微，依然在底层挣扎的人们说。

说归说，事业有成，春风得意，但马失前蹄也不是不可能的事。

在刘兴桐的指引下，的士进入一个叫海湾的花园小区，看门的保安不让的士进去，按规定过了夜里12时，任何车辆都必须停在外面。刘兴桐有些不悦，但这是这儿的规定，不是正中大学。他只好屈尊下车，走过几条不太长的林荫路，他非常熟练地找到F4幢5号的楼梯口。他把钥匙插进锁孔时，门锁却从里面打开，他便侧身而入。一个娇小的女人扑入他怀中。一切都悄无声息，台灯幽幽的光线从客厅一角柔柔地洒开来，投射在家具上，在光洁的地板上照出幢幢阴影。

好久，当他们各自在客厅的沙发上坐定时，气氛开始凝重起来。刘兴桐旁边的单人沙发上，坐着一个穿睡衣的女人。南方的初冬，屋子里有些冷。刘兴桐却有些热。刚才脱下来的衣服扔得满地都是，他把它们拢在沙发上。只随随便便地穿着一件衬衫，他显得有些狼狈。他百无聊赖地走到窗前，望着窗外远处珠江上的点点灯火。正中大学就在珠江那边，离这里最少也有几十公里。他的思绪随着目光飞到正中大学，他在这所大学里待了将近25年，包括4年大学本科。那里给了他生命的全部，光荣与梦想以及意料不到的荣耀与升迁。他和这些已经紧密相连，他不能没有这些，不能轻易失去这些。哪怕是再大的诱惑或者别的什么，都无法以这些为代价去换取。他清醒了许多。

刚才进门时，突如其来的温存虽然是意料中的，是一种习惯。这温存虽然很快地煽起他的情欲，但并没有有效地调动起全部激情，他拼命地鼓励自己，拼命地往情欲方面提升自己的想象，但终究还是无法勃起。几经努力，依然软绵绵地抬不起头来。

这位叫洪笑的女人在热火朝天中，突然背过脸去，毫无激情松弛下来，她猛地挣脱了刘兴桐的拥吻，恼怒地推开他，从地上站起来，颓然地跌坐在单人沙发上。她双目茫然地盯着天花板，仿佛那儿有着什么令人惊悸的东西。

“这几天太累了，对不起！”刘兴桐很内疚也很温情地说，他拼命压抑自己别发怒，他知道那样会把事情搞坏，弄得不可收拾。

他从窗口坐回沙发上。

洪笑依然面无人色，两行清泪爬上脸颊。

“我已经35岁了，你知道吗？”她突然压低声音叫起来，“刘兴桐，你如果再不给我一个决定，我不会再这样等下去，你看着办吧！”说着，她怒目圆睁，直视着刘兴桐。

“那你说怎么办？”刘兴桐无可无不可，有些无奈，有些耍赖地反问。

“怎么办？你说啊！你问我？”洪笑突然又哭又笑，她抱着脑袋，在沙发扶手上猛力地撞击，幸好那扶手是包着皮革和海绵的，撞上去十分舒服。

“何苦呢？你看，夜深了，别让人笑话！”刘兴桐苦口婆心，他不想她闹下去。这次提早从会上赶回来，是洪笑从早到晚电话不断催促的结果，他已经有十几天没上洪笑这儿来了。他想来，又怕来。

“你还怕人家笑话？那你为什么不离婚？为什么偷偷摸摸的？10年了，你知道吗？我从25岁等到35岁，你还要我等多久？”洪笑歇斯底里。

“你还是不是个男人？”洪笑突然想起刚才那一幕，心中早有疑惑，此刻她话题一转，竟然有些轻蔑地瞟着刘兴桐。

刘兴桐心中气恼，又无言以对。他今夜决意挂免战牌，实在是太累了，连续几天的奔波劳累，特别是和薇激烈的黎明潮，已经耗去他全部的精神。20多个小时没有好好休息，他再无精力和面前这个女人厮打了。

他本来不想来番禺见她，可又经不住洪笑在电话里撒野。他怕不来见上一面，也许这个女人会做出什么出格的事情来。

“太晚了，睡觉吧！天大的事明天再说，好吗？”刘兴桐站起来，去拉洪笑的手。他的话里有一丝可怜巴巴的意味。他无神地望着这个比自己小15岁的女人的脸。这张脸实在已经不年轻，有着一些内分泌失调的褐色斑点，但依然动人。无论怎样动人，此刻的刘兴桐只想躺在床上，舒舒服服地沉沉睡上一觉。他脑袋似要开裂，太阳穴扑扑地跳着，一下一下有规律地敲打着脑门。

洪笑很倔。她坚决地甩开刘兴桐的手。她有几分醋意，略带讽刺地说：“你累你自己睡去，你自然是累了，怎么能不累，臭男人！”

刘兴桐真的想发火，痛打面前这个絮絮叨叨的女人，这个没完没了的女人。但他毕竟理亏，他还是忍住了。他决心不再理会她。

可是，树欲静而风不止！此刻的洪笑哪里是秋日和风？这个终日和作家们打交道，在各种社交场合和男人女人们大碗喝酒的女编辑，此刻是内外交困，摆出困兽犹斗的架势。刚才本来想先抛弃前嫌，和刘兴桐好好地风云际会再谈谈正事，哪知刘兴桐却像被阉的山鸡，只有咯咯叫的份儿，却蔫在那里始终飞不起来，让她已经燃烧起来的大火变成一片灰烬。她狠狠地咬着嘴唇，决心不再理会刘兴桐。

刘兴桐自知理亏，也自觉没趣。他实在是太累了。突然，他的手机响了。

他一听到手机响，马上就知道是谁打过来的。心想坏了，本该在12点前打一个电话回家的。他知道不好不接，又不方便接。刘兴桐一时愣在那里。洪笑幸灾乐祸地望着他，嘴角有轻蔑的浅笑。

偶尔有载重汽车辗过远远的路面，车轮轧在坚硬的水泥路面的声音，遥远但是沉重地砸在刘兴桐的心头。夜深人静，手机的铃声顽强而又分外响亮地叫着，锲而不舍地鸣叫着。刘兴桐心惊胆战地望着暗淡的灯光下，闪着红色示灯的手机，带着震动，在桌子上旋转着，鸣叫着。

丧钟为谁而鸣？

刘兴桐忍受不了洪笑那轻蔑不屑而又幸灾乐祸的奚落。他忽然恶向胆边生，好歹还是个堂堂正正的大学校长、著名教授！还能让你这个小女人笑话吗？他决心豁出去。他吞了一口唾沫，拿起手机，打开。他来不及去看清显示屏上的号码，只觉得那号码很长，不是本市的电话，他静等对方的声音。

对方不吭声，很静。

刘兴桐连忙“喂喂”两声，对方才“扑哧”一笑：“这么晚了，在哪儿呢？”是薇很温柔很磁性很女人的声音。

真该死，怎么也想不到会是她，她还在会上，后天才回南京。

“这么晚了。”刘兴桐确实找不出什么合适的话来，他窘在那儿。好在薇是个很知情解意的女人，她并不在乎刘兴桐此刻的态度，她相信远隔两年之久的这一次黎明潮，对于双方来说，既不意味着天长地久，也不是什么最后的晚餐。她只注重一时的感觉。谁叫男人女人，都是旅途孤独鬼呢？

“很晚吗？我睡不着。想我了吗？”她躲在被窝里，声音变得很诱惑也性感，似乎还带着一种轻喘，“你说，想我了吗？”

对方步步进逼，刘兴桐是一点办法也没有。

“你说，你说你爱我，然后我就挂机。”对方不依不饶，似乎知道他此刻的处境，所以故意追着玩他，非得他说。

“那当然，那是当然的！就这样吧。”刘兴桐巴不得马上关机，可薇就是不干，她依然甜甜地说：“你说嘛，我等着，你不说，我不会挂机的，你敢挂机，我再打过去。”

“别闹了，就这样。”

“什么就这样，刘先生，我可不是闹着玩的。”薇的声音有些变了。她装不了多久，她不知道刘兴桐已回广州，以为他还在会上。刚才把电话打到他会议房间。响了半天没人接听，心想他可能在什么地方和人聚会，便打他的手机。刘兴桐的状况已让薇觉到了什么，一定跟什么女人约会了！她也并不十分气恼，只是心里有点不好受。所以想玩玩他，别让他太得意。

“怎么？不敢说？”洪笑大声叫着。她想过来抢刘兴桐的手机，她知道刘兴桐正在和另一个女人调情。她像狮子般扑过来，刘兴桐左躲右闪，这个娇小的女人身手敏捷，50岁的刘兴桐哪里是她的对手。她终于抢过刘兴桐的手机。手机那边没有声音，她一声不吭地等待着，对方就是不吭声，对方大约已经听到这边洪笑的叫喊和厮打的声音。

手机里终于传来忙音。对方把电话挂了。

“谁打的？是谁？”洪笑叫喊着，她绝望地叫着，双手捶打着刘兴桐，握着手机的手打在刘兴桐的额角，磕破了皮肉，血沁了出来。刘兴桐把洪笑推倒在沙发上。洪笑打开手机，按出了打过来的号码，拨了一个回拨，通了。对方是总机小姐，甜得发腻的声音。那是从宾馆分机打过来的长途，洪笑没辙了。她把手机狠狠地摔在地上，大声哭喊起来，一头埋在沙发里。

刘兴桐决心离开这个是非之地，今晚无论如何是不能在这儿待了。他趁洪笑还沉浸在歇斯底里的状态中，逃亡似的穿好衣衫，捡起地上也许已被摔烂的手机，提起手提包，一头窜出门外。坚固的防盗门在他身后重重地碰上，发出一声沉郁的巨响。他容不得等电梯，就从14楼顺着走火通道狂奔而下。

他想不到今夜会是这样一个局面。尽管洪笑已经不是第一回了，但每回他都能巧妙周旋，都能把她哄得破涕为笑然后热情如火，可是，可恶的饶舌的薇，千刀万剐的薇，非得在此刻来捣蛋。

刘兴桐如丧家之犬，刚从楼梯口出来，只听见“呼”的一声巨响，什么东西从楼上摔了下来，一时间把刘兴桐吓出一身冷汗，几个保安迅速赶到。地上是一只从楼上坠落下来的花瓶，四散的花瓣和玻璃碎片。保安诧异地望着刘兴桐，他们认识刘兴桐，知道他是14楼的住户。刘兴桐悻悻地笑说：“神经病，神经病。”急急地走了。几个保安面面相觑。这样的戏文，在小区里常常发生。他们明白从城里来这里住的男人女人们，天生就有神经病。没有病何必放着城里不住，到郊区来？这是从农村来的保安们的想法。

在这座大都市里，今夜的刘兴桐真正是无家可归了。正中大学是不能回去的，也没有回家去的理由，更没有在深夜独自一人走进保安严密的正中大学校门的理由，倒退20年，那当真没问题，跳墙进去就是。但现在行吗？学校围墙也加高了，50岁的人，跳墙也要有小偷的本领才行。有朋友吗？夜深如许，找什么朋友？

住一夜宾馆再说。

不远处有一条河涌，河涌上搭起食肆，灯火通明。在广州20多年，学生时代无缘到这些食肆来，毕业留校没几年便飞黄腾达，也没有时间到番禺乡间来领受野趣。刘兴桐顿生一种欲望，一种对自己的怜悯，何不就去那边食肆醉上一回？只可惜没有美人，风花雪月一番。不过，就今夜的心境而言，依着河水，斯人独斟，倒也不失为一种宣泄。

好在手提包很轻，虽然已疲惫不堪，他还是健步如飞，十几分钟后便悠然地坐在河涌边的酒台上。

虽然已是凌晨3时，但珠江三角洲是真正意义的不夜城。午夜之后夜宵才真正开始。凌晨3时之后夜宵的人虽然渐稀，但早起赶早市的各式人等陆续在街上、路上流动。夜宵连着早餐，食肆几乎24小时川流不息。

看来，今夜只好在这河涌餐馆度过了。服务小姐自他落座，一直无言地候在他身边，等他点菜。几样小点和一壶香茶已摆好，杯子里散发着新茶的浓香。

他有些不好意思，只顾遐想，让小姐久候。于是，他点了一只田鼠。“要烤全熟的！”此地的烤田鼠很有些名气，肥而不腻，入口即化，他早有所闻。“有什么好介绍？”他问小姐，除了田鼠，他确实不知道这里还有什么田基美食。“蚕蛹，也很不错，还有刚杀的猪杂，青瓜浸鸡也不错。”小姐如数家珍。

“小姐的介绍不会错，就各来一份吧，分量不必太多，就我一个人。”刘兴桐有些孤单，那种自怜的意味，连小姐也听得出来。她便趁机向他推介生意：“先生，要不点一首歌听听；帮衬帮衬！”她指着不远处站着的两个女孩，卖唱的，一个抱着吉他，一个捧着歌本。小姐见刘兴桐有些犹豫，便说：“赚点钱读书呢！”“好吧，就来一首听听？唱得不好不给钱哦！”刘兴桐半开玩笑地说。“先生真会开玩笑，哪在乎10块8块的。”小姐说着，把那俩女孩招呼过来。没有餐馆许可，她们是不能擅自招客的。就当希望工程吧！刘兴桐也不知听什么歌，便对弹吉他的女孩说：“随便唱一首吧。”说着，把一张10元放在另一个女孩的歌本上。

拿歌本的女孩收起钱，把歌本摊到刘兴桐面前：“先生，请点歌吧！”那声音令人怦然心动。

刘兴桐忽然没了兴趣，他从那女孩眼里看到了一丝这个年龄不应该有的成熟老练同愁苦，这个女孩也就10岁左右。他喝了一口茶，低低地说：“不必唱了，钱拿去吧！”

两个女孩在他身边站了一会，离开了。

“小姐，来一瓶酒。”

刘兴桐要了一瓶泸州老窖，高度的。酒烧灼了他的心胸，一种酣畅的豪气涌上心头，他想起洪笑，想给她打个电话，告诉她，离开她很好，感觉很好。这个想法令他自感莫名其妙。可是手机摔坏了，显示屏一片黑暗。他的脑子里于是有了一声巨响，从14楼窗口摔下来粉碎了一地的花瓶，落地时的巨响。如果从14楼上掉下来的不是一只花瓶，而是一个人，一个血肉之躯呢？那种情状将会是怎样？

对面小桌旁也有一个人在独自喝酒。是个年轻女子，像是附近小区的住户，一个广州白领吧！她一个人，一瓶洋酒，几颗硕大的田螺。刘兴桐来时，她就已经坐在那儿了。她一动也没动，一个姿势，一手托着腮帮，目不斜视地望着河那边黑黝黝的芭蕉林和长长的桑基。一手把着酒杯，时不时地喝上一口酒，酒杯一直没有离开嘴唇。

一个失恋的女人，刘兴桐想。

天渐渐亮了。刘兴桐此刻没有了睡意，反而有些神清气爽，此刻他盼望有一个人来聊聊天，谈谈心。

他正想请那女人一起来聊天喝酒时，抬头看去，那桌边已空无一人，桌上空留半瓶酒。还有那几颗硕大的田螺，整整齐齐地摆在盘子里，一只都没有动过。刘兴桐往餐馆外望去，在晨色熹微之中，一辆红色的跑车亮起了后灯，在车场上转了一个弯，风一样驰向公路，飞走了。

刘兴桐彻底地惆怅了。

深夜的白云山，黄栌的满树黄叶开始变红，山道上落满星星点点的红黄相间的叶片。在半山腰原来是贮木场现在是林中空地的地方，许多人在那里唱歌，最早的歌唱始于何时，已无人去追寻，但是90年代后期，白云山的游人渐多，下岗工人和退休老人也随之多起来，游山和晨练的人便聚集在这儿唱歌。慢慢便约定俗成，逢周二、四、六、日，总有几百人从早到晚在那儿放歌。

这是一个没有严密组织的民间合唱团，随来随唱，想唱便唱，想走便走。唱的都是些老歌。

这是一个秋雨淅淅的周日。

白云山有些寒意，但是没有风，雨时大时小下着，老天似乎永远不想有停下来的意思。林中空地上空飘飞着细雨，细雨聚集在黄栌暗红的叶片上，变成一颗颗豆大的雨滴，滴下来。唱歌的人们撑着各种颜色的雨伞，站在雨中放开喉咙，尽情歌唱。人们非常默契地站成高声部、低声部，男部和女部，不时加进来的人，一旦发觉自己站错了位，便会慢慢地移动，寻找到自己合适的音部。

用毛笔抄成的歌词就挂在两棵树中间拉起的铁线上，地上有一个一米见方的铁皮箱，是存放歌词的，铁皮箱用一根铁链子固定在水泥地上的钢钉上。这是白云山管区为合唱团无偿准备的。

没有音响，但有时会有拉提琴的人来伴奏，指挥是毛遂自荐的，有几位比较固定的指挥，谁先到谁有空谁就是指挥。

白家胜教授退休以后，便成了合唱团的中坚力量。开始主要是白夫人有兴趣，白夫人本来是军区文工团的合唱指挥，陪白家胜教授上山晨练，见有人唱歌，便当起指挥和教练，她几乎天天上山，只要有三五人聚在一起，她就很卖力地指挥，教歌。白家胜教授本来是个歌盲，既然老伴热衷此道，他在一边闲着，也就在65岁的年龄上跟老伴学唱起歌来。有时老伴没来，他便接替老伴，似模似样地当起指挥来。

李可凡每个周末都来唱歌，她并不是很投入，常常是一个人远远站着，听别人唱，有时也跟着哼哼。

“李老师，你也来唱歌?”白家胜那亮堂堂的嗓音把李可凡吓了一跳。刚才还在雨中使劲指挥的白家胜教授，突然出现在李可凡身后。

李可凡猛地回头，见是白教授，有些语无伦次。“教授，你好，你指挥得真好!”李可凡真诚地说。

“真的?不是恭维我吧!哈哈，终于有人欣赏我了，我可得去告诉夫人，让她别再小看我。”白家胜兴致勃勃。他退休之后，李可凡很少见到他。

“真羡慕你们，”李可凡带着欣赏的口气，望着这位70岁的老人青春的面容，她很由衷地说，“白教授，你们这一代人真值得我们学习！这是真的，不是客气话。你看，我们都未老先衰了。”李可凡有些惭愧。

“哪里啊！我这是外强中干，经不起几下折腾了。都71了，你看，你多年轻！年轻就是本钱。”这个快乐的老头忽然话锋一转，“怎么样，小刘好吧！”白家胜指的是刘兴桐。

李可凡不想谈刘兴桐，但她与刘兴桐有约，家丑不外扬，在外面绝不谈两人的事。他们之间的冷战，外人不甚了了。白家胜略有所闻，他倚老卖老，心想，别人问不得，我还问不得吗？刘兴桐还是我举荐的呢？他有今天的成绩，自然是他的努力，但没有我白家胜的力主，也很难说呀！他虽然从不去打听刘兴桐和李可凡的关系，但李可凡心情不好他是看得出来的。

“还好吧！没有什么事。”李可凡也不想就此深谈。

白教授觉到李可凡和刘兴桐的危机，他和李可凡接触不多，但在正中大学，李可凡口碑不错，刘兴桐事业势如破竹，步步前行，李可凡却步步后退。她本是英语系的教学尖子，这几年却明显地停滞不前，前几年上了中级职称之后，就再也不求上进了，这在正中大学是人尽皆知的。人们知道正中大学校长刘兴桐是位著名学者，但很少有人知道刘夫人李可凡曾经是个英语系的才女和正中大学的校花。自从嫁给刘兴桐之后，李可凡基本上就在人们的视野里销匿了。一方面是李可凡变化太大，结婚之后，她基本上不喜欢交际，也很少和刘兴桐出双入对的。这点很令人难以理解。白家胜就多次开玩笑，说刘兴桐封建意识，金屋藏娇，大男子主义。

白家胜看出李可凡不愿多谈家事，尤其不想提及刘兴桐，也就掉转话题。

“有空到这儿唱歌，也是乐事，刚开始，夫人迷上这里，我很不耐烦，迁就了她几回，哪知自己竟上了贼船，自己也迷上了。天天都得上来，不吼上一阵子，心里憋得慌。李老师，你好像不太经常来？”白家胜的话匣子一打开就滔滔不绝。

“不太经常，听人家唱，心里也舒服。”李可凡让白家胜感染了，话也多了一些，“白教授，听说来唱歌的很多人都是下岗的？”

“是啊！下岗的，退休的，没什么事做，唱唱歌也好，忘记一些事，总比让那些烦恼缠住强吧！”

“那也得有饭吃有衣穿才能唱歌啊！”李可凡天真地说。这是很令她费解的。她来过好多次了，至今依然没有一个朋友，也从不与人交流，所以她对这些唱歌的人一无所知。从外表看，有些人的境况并不好，但每次几乎都可以看到那些熟面孔，光进山的门票就是5元钱，天天来，每月就150元，还要吃的、喝的，车费呢？她有些不太明白。

白家胜在这山上唱歌也有五六年了，他爱与别人聊天，待人友善，唱歌的基本群众，他几乎无人不识，人们也很亲热地叫他白教授。他指挥水平一般，时时引起一些笑声，但人们喜欢他，尊敬他，他也好为人师，所以他一出现，气氛自然就变得快乐轻松了。就是玩呗，也没有什么功利，那么认真干吗！这是他的逻辑。

"是啊！这可是个小社会，什么样的人都有。李老师，这里藏龙卧虎呢！有穷得打叮当的，也有富得流油的，民工、佣人、白领、高官、老板，什么样的人都有，齐全得很，到了中午，有啃面包喝冷水的，有饮参汤食小灶的，有上酒楼开包厢的，林子大了，什么鸟都有啊！只有一样是不变的，那就是老歌，这里唱的全是老歌，你知道为什么吗？"白家胜说到兴处，卖了个关子。

"那为什么呢？"李可凡也觉得奇怪，干吗都是老歌呢？年纪大的情有可原，其中也不少是年轻白领，还有中学生、大学生模样的人，连五六岁的孩子都有。"那是怎么回事？"李可凡隐隐约约感觉一些意味，就是不明白。

"我刚开始时也不明白，后来清楚了。到这儿来，被这儿吸引的，都是些有经历的，年老的，年轻的，都有经历，连5岁的孩子，有的也和父母一起经历。你看，那边有个女孩，对，站得一本正经的那个，在花雨伞底下，就那个。"白教授指点着，在大人撑着的花雨伞下，一个穿着白色衣裙的小女孩站得直直的，双手反剪在背后，正亮开歌喉高歌，那认真样，无人可比。

"才5岁吧！我问她，干吗来啊？你知道她怎么说？唱歌呗！为什么唱啊？好听呀！都会唱吗？会呀！家里天天放着这些歌呢！你看，父母年轻时经历了老歌的年代，现在在家里，也让孩子一起经历！"白家胜兴奋得犹如在讲他的中古文学，绘声绘色。

"你无法不被他们感染啊！人生七十，现在才明白过来，小李啊！看你们多好，有的是时间。好好过，常来唱唱歌，有空让兴桐也一起来，他是校长，有车啊！方便！我要靠11号。"老人拍着自己的一双长腿，他努力想让气氛快乐起来。他坚定了一些想法。刘兴桐和李可凡危机深着呢，那一定是刘兴桐的错，守着这么好的妻子不好好珍惜。自从刘兴桐当了教授做了校长，白教授也就退休了。他自认自己这个冒牌的辅导老师也到头了。他很少能见到刘兴桐，他也从不以刘兴桐老师自居，那没有什么意思。

白家胜一席话，并没有使李可凡快乐起来，反而更为伤感。她非常清楚，她与刘兴桐的婚姻早已名存实亡。10年了，几乎没有一天不是在吵闹与冷战中度过，只有女儿在家时，他们互相克制相安无事，但早已陌如路人，这是一个秘密，外人一无所知，口头上的离婚，已经离了千百次，就是还没有到走出去的最后一步。李可凡也不明白自己还在等什么。等他回心转意，还是自己回心转意？她说不清楚，她知道自己是个没用的女人，窝囊到极点的女人。学生时代不是这样的，把自己炼成一个苦笑、一个忧郁的象征，这是为什么啊！她想过，可总是想不通，不明白，不清楚。

白家胜教授感到与李可凡交流很不流畅，这位校长夫人给他的印象很好，他从未听过人们对她有什么非议，但他明显感到，她太不开朗；似藏有许多隐曲，不便与人倾吐。他是个刚直的口无遮拦的老人，他心中便有一些不平。他欣赏刘兴桐，但总觉得刘兴桐有一些农民意识，心胸不是太开阔，这是他最为反感的。好几年前，刘兴桐刚上任校长时，似模似样地把他请去，说是设立一个"专家咨询委员会"，请他去当副主任。他一看成员名单，倒是很周全，大部分是退休的老教授。他着实欣赏兴奋了一阵子，可是自从成立那天开了半个小时会，吃了两个小时的宴会之后，几年过去，就再也没有任何声息，回想起来，白家胜就唏嘘不已，还是花花架子，做个样子而已！他开始时倒是十分认真，见没人通知开会，怕是自己错过了，打电话去校办问了几次，校办不置可否。他觉得奇怪，学校正处于改革之中，总有些大事要咨询，或倾听民意吧！可是，连校办都不知有这么一个机构。白教授于是大惑不解，原来这不仅仅是花架子，是做给上面看的，是写报告时用的。他公开表示对此举深恶痛绝。他任职多年的学术委员会顾问也无声无息消失了。白教授也就乐得清闲，从此不再踏进校办公楼一步。这些事，他轻易不对人说。刚才见到李可凡，又勾起了他的想法。家事、国事，都是一样的事，他不禁为李可凡担忧起来。他向来爱打抱不平。刘兴桐是自己推举出来的，自己自然有责任，虽说事过境迁，可李可凡就像自己女儿一样，不可不管。他的犟脾气一上来，就激情满怀，心中便翻腾得难以忍受。大约李可凡也看出了白教授的热心肠，连忙对白家胜说："白教授，也没什么事。我这个人不行，小鸡小肠的，放不下事，要改掉才好。你看，这些天我常到这儿来，空气好，听唱歌，真好，人也觉得健康。"李可凡有些语无伦次，她实在不知道应该如何表达，心中郁积太多东西，而这些东西又难与人言。有些事关系重大，她实在没有勇气去破坏现存。

白教授看出李可凡的心情，他在心中叹气，人果真要死到临头才会明白吗？他想，也不必太急，以后慢慢与她交流，也许让夫人出面好些，便说："李老师，去唱唱歌吧，既然来了，就放开嗓子唱，唱出来，就舒服了。这是我的宝贵经验。”

“谢谢您!”李可凡脸上有了一些红晕，也许是黄栌红色的叶片衬染的。她很感激这位老人，他总是这样古道热肠。她比刘兴桐迟了几届，但关于刘兴桐，她知道得很多。这个年轻的才子，那时令许多女孩儿钦羡，他的出道，全仗白教授的力荐与提携，这也是尽人皆知的。她和刘兴桐结婚之后，倒并不怎么听刘兴桐说起白教授，只是有一次在路上，她和刘兴桐遇到白教授，刘兴桐把白教授恭维得上天入地，让李可凡都觉得过于肉麻。事后她说刘兴桐，那时刘兴桐还听得进去。刘兴桐十分世故地说：“反正他高兴听，就往高处说嘛！又不花钱，其实，白先生的学问也很水的。”这话令李可凡很吃惊也很反感。她便不再说话，只觉得刘兴桐这人有点危险。

白夫人到处找白教授，李可凡这才发觉他们已经交谈了一个小时。60多岁的白夫人还是一副小女孩的做派，清瘦高：雅满头银发，脸色苍白依然十分生动，不愧是军区文工团的，她见白教授在远远的树下和一个女子谈话，便急急地寻来，见是可凡，她便笑容可掬大惊小怪：“哎哟，我说是谁呢，是李老师啊，怎么，刘校长也来了?”她四处张望。她比白教授更热情，更易激动。

“白夫人，您好!”李可凡永远是彬彬有礼，“我正向白教授请教合唱团的事呢!”

“我知道你歌唱得好，校花嘛!”白夫人气喘吁吁，但健步如飞，几十米的山道，一下子连人带声就到了眼前。

早晨来不及早餐，此刻已是中午，李可凡很想请他们两位小酌，她知道白教授的酒量是闻名的。她对两位说了这个意思。白夫人连忙推辞，白教授却连连说好。“但是，由我来请吧!”白教授容不得讨论，便做了一个很潇洒的动作，“请跟我来!”白夫人便挽着李可凡的手臂：“听老头子的，他是戴高乐，听他的，他就乐。”

李可凡笑了，她忧郁的脸笑起来，在黄栌的映衬下，很灿烂。

半山的小餐馆，露天的平台直伸向茂密但修剪得很别致的小树林。几张低低的小餐台摆在平台上，显得十分雅致。小餐馆卖的都是些广州小吃，也有几样小炒。白教授对这里非常熟悉，这个小餐馆几乎成了他的家庭厨房，他和服务小姐很熟络，不一会儿，无须白教授指点，小姐就摆上来几碟小菜，还有一瓶白教授上次没喝完寄存在这儿的白酒，泸州老窖。李可凡认识这种酒，很呛人的，刘兴桐非常喜欢喝这种酒。

白教授像唱戏似的：“小姐，请把这酒拿回，来一瓶法国红酒。招待客人嘛！怎么能喝剩下的呢?”

小姐脸一红，马上回去拿了一瓶红酒："这，可以吗？"

"谢了！"白教授又唱道。引得大家笑了起来。李可凡十分感动，又说了一句："白教授，说好了，由我请的。"她总是觉得应该替刘兴桐还白教授一份情。

"你是我的女儿辈，哪有女儿请父亲的，就听爸爸的。不过，刘兴桐倒是欠我一席拜师酒呢？"白教授倒是话中有话，"哦，对，这与你无关，无关。"

白夫人便嗔道："老头又乱说话。"

李可凡听出白教授其实对刘兴桐是很有看法的，只是现在退休了，他也懒得多管闲事。她对刘兴桐已不存什么希望，事实上，她和刘兴桐的关系也不是不能处好的。一个女人，嫁鸡随鸡这种观念，在她这个年纪的人中，还是很普遍的，根深蒂固难以自拔。可是，自从发觉刘兴桐的那个秘密之后，她对他就再也没有任何兴趣，她也不明白为什么对一个人的看法会那么深刻直接影响到情欲，她曾经很依赖刘兴桐健硕的身体，可是，那种依赖突然间就没有而且反变成一种恶心。她是一个有些洁癖的女人，这种洁癖有时往往是在道德方面。她曾经下决心与他一起去隐藏，其实只要是忘却就可以了。无须什么力气，也没有什么现实压力，忘却是不费力气的事。可是不行，忘却是世上最苦最累的，这是李可凡这些年来的切肤之痛。

白教授见李可凡老是魂不守舍的样子，她总是在人前走掉了精神，有些神情恍惚。他有点担心。白夫人举起酒杯："李老师，小饮一口吧！"

李可凡如梦初醒，连忙拿起酒杯，和两位老人碰了一下。她害怕自己是否患了抑郁症。她苦笑了一下，分别给老人夹菜，缓解刚才的窘迫。

这时，一位女工模样的大姐，也就40多岁，托着几个盒饭走过，见白教授，便走过来打招呼："白教授，我这儿有辣椒，来一点？"

白教授连连道谢，也不客气，从打开的饭盒里就挖了一大块。"再来点！"

"够了，"白教授说着，端起一碟烧肉，对女工说，"来，来点！"女工也不推辞。白夫人干脆把女工的饭盒拿过来，把整盘烧肉倒进去："那边人多，大家都尝点儿。"女工连连道谢，走了。

白教授看着女工的背影："不容易呀，用生命在唱歌呢。"他见李可凡不太明白，又说，"她家在芳村，天天走路来。来了就唱歌，很用心唱，唱完就又走路回去，把钱都省出来买门票了，我也没怎么注意她，唱得不是太好，但最投入。前几天，看了《羊城新闻周刊》，才知道她早就下岗了。"白教授说着，从包里掏出一份前几日的报纸，"你看看，李老师，我们在大学里，不知人间苦辛啊！要不是记者采访的文章，我都还以为大家来唱歌，是吃饱了撑的，跟我一样的有闲阶级呢！"老人说得激动，眼珠子都要蹦出来了。李可凡接过报纸，上面刊着大幅大幅记者拍摄唱歌场面的照片，还有好几组文章。她很细心地阅读着，其中有一篇文章正是写的这位女工：《何以解忧，唯有唱歌》，作者是赵他和刘文俊。

个案三

区女士，46岁

原某商店出纳

单位被人承包后离职

“来白云山上唱歌，或许能让我多活几年。”46岁的区文静女士（化名）如是说。她承认白云山上的歌唱最终改变了她的生活——至少是在精神和身体层面。如果你不能马上就给生活一个希望，最起码不要给它一个失望。

清晨7点多钟，区文静坐在略显清寂的“舞台”上，眼神有些茫然地打量着四周。因为草木葳蕤地势显高，白云山上的早晨先已有了三分秋意。

区女士把随身带着的一块塑料布摊开，铺在冰凉的水泥条凳上。“这样子，寒气就上不来了。报纸就不行，报纸透气。”区文静身体单薄留着娃娃头，她身体不好。

区文静来白云山唱歌已快两年，从未对任何人说起自己的生活，歌友们对她的印象也仅限于“那是一个瘦弱的女人，不爱说话”。来了就唱，唱完了就走，是大多数歌友的最优选择。“家家有本难念的经，问它干吗？来唱歌本来就是为了开心，问起来就不开心了。”歌会的发起人之一许汉波事后这样解释。

区文静承认，她的生活过得并不理想，甚至颇有几分艰辛。她的家在火车站那一片，1974年高中毕业的时候，哥哥姐姐都下乡了，自己留在城里，因为身体不好，没能分到大厂，而被安插在一个集体所有制的工业用品商店当出纳，1987年生完孩子后，因为产后虚弱，多请了几个月假，到年底回去上班时，才发现一切都已改变，不但单位已经承包给私人经营，她的工作档案连同她的十多年时光，就这样永远地给蒸发掉了。事后，经过多次打听才知道，由于单位效益不好，根本就没有给工人买过养老保险。

区的丈夫也是干服务行业的，在一家旅馆工程部当工人，每个月有1000多元的收入，但是由于没有什么生意做，老板已经放风要减工资，“很快的，不用很久了”。

在此期间，为了帮补家用，区曾经帮一个个体户卖过几个月服装，“个体户没有休息的”，结果累得大病一场。从那以后，丈夫和女儿就给区定下了一个最最底限的生活目标：少生病，尽量不生病。区告诉记者，她的心脏不好，情绪不能过于激动，闷在家里不是办法，就上山来唱歌喽。问到家里的具体情况，她突然激动起来，彩电冰箱都是结婚时（1986年）买的，除了一台VCD机，这个家已经整整15年没添过“大件”了，而它的面积只有18平方米！“我和女儿，晚晚都住阁楼的”，说到这里，这位心灵原本脆弱的女人再没忍住，一滴清泪悄悄滑下脸颊。歌友们陆续进场，清寂的舞台上，响起了它清晨的喧闹。交谈、拍打凳子上的灰尘、小提琴的琴弓划过琴弦……随着指挥的一声吆喝，歌声轰然而起，《松花江上》《长城谣》《义勇军进行曲》《保卫黄河》《工农兵联合起来》……

“工农兵联合起来！向前进，万众一心……消灭敌人，我们勇敢，我们奋斗……”区文静坐在第二排，前后坐立者，有100余人。她唱得非常投入，仿佛完全忘记了生活中的烦恼，身体随着音乐的节奏轻轻摇摆。“提篮小卖，拾煤渣，担水劈柴也靠她，里里外外一把手，穷人的孩子早当家。”京剧《红灯记》里的一段唱，100多人都把“家”唱成了“假”……歌声戛然而止，全场响起了哄笑声，记者发现，区文静笑起来，其实很好看，身体俯仰一脸灿烂，像个孩子，像附近山坡上正在盛开的一朵黄花。

记者顺着台阶悄悄走下“舞台”，手心攥着的那张百元钞票已被汗水浸湿。区文静拒绝了记者为她“买几张门票”的心意（但愿这没有伤害到她的自尊），两年的歌唱生活，已使她学会了平复内心，习惯了“别人买贵的，我买便宜的（生活消费品），不正常也要正常”。但实际上，她买的门票并不容易，由于没有老人证或者退休证，她每个月都要比别人多付出14元，对她来说，这不是一个小数目。

李可凡读完这篇文章，不能说没有被感动。这才是真实的生活，与这位女工相比，自己的生活是否太不真实了？不真实皆因自己把自己丢失了。于是，生存得晃晃悠悠，无所适从。

白教授一直在观察李可凡，他一边喝酒一边啜着田螺，等待着李可凡的反应。

李可凡无力地放下报纸，说：“是写得很好，我真的很羡慕她们，羡慕这位叫区文静的女工。”

白教授似懂非懂，他大约多少读出了李可凡的心思，但是，这是真的吗？李可凡已经到了如此悲观的地步了吗？

“如果你不能马上就给生活一个希望，最起码不要给它一个失望。说得真好！可是，有谁能真正做得到呢？白教授，你做得到吗？”李可凡并不看白教授，她把眼光投向远处白云山雨中的山峦，山里一定有许多经霜染红的黄栌，但山中却没有半点红色，一点儿红色都看不见，黄栌红叶全让浓厚的雨雾给遮住了。生活也是这样，不要给它一个失望，做得到吗？她在心中反复地问自己。

“她也很可能很羡慕你呢！她只要有你哪怕是十分之一的很保险很实在的待遇，她也许就很满足，也许就不会天天跑上好几公里，来这里唱歌了。”白教授显然很理解很体恤这些唱歌的歌友们。

“我也知道这与钱及别的无关，这是一种生活态度。”李可凡说。她心中的郁结始终未能开解。她知道目下谁也无法说服自己。

白夫人在一旁看他们又是读报，又是讨论如此深刻的问题，觉得有些扫兴，她专心给白先生剔田螺。白教授喜欢吃田螺，却总是啜不出来，剔也不会剔，弄得满手满桌子脏乱。酒杯上沾满各种酱料。白夫人觉得很不雅观，便勒令他别自己摆弄田螺，由她负责剔好，把螺肉放在他口中就好了。白先生自然不乐意，说吃别人尝过的馍有什么意思。“知道是谁说的吗？”白教授认真地问。

“谁说的都不重要。”白夫人笑说。

“毛主席说的也不重要？哈哈！”白教授很得意。白夫人无话可说，于是专心致志地剔田螺。白教授很受用。

李可凡看着他们两口子，心中更充满忧伤。

那天，她一个人在白云山的林中空地坐到很晚。直到月亮升起来，她还在山上。

第二章

大玛丽夜总会今晚来了 3 位非同寻常的客人，两位穿迷彩服戴鸭舌帽的青年，搀扶着一位双腿截肢的壮汉。壮汉衣冠楚楚，戴着墨镜，剃了个时髦的光头，铁青的头皮上有滴滴汗珠。壮汉牛高马大，把两个搀扶他的小青年累得气喘吁吁。

他们三人出现在大玛丽的大堂，在大堂里略站了一下，这一停留，把几位美轮美奂的咨客吓了一跳，以为是黑社会大佬要来收数，连忙报告领班。

领班是一位四川女子，年龄在 30 岁左右，打扮得既妖冶又庄重，风情万种的样子，她一出现，气氛就完全不同，她轻盈地靠了上来："老板里面请!"

他们三人便跟着领班往里面走。

这三人正是鬼马李、老四川和许楠生。许楠生一手导演的活剧，就这样开台了。

许楠生是见过世面的，夜总会虽未正式进来过，但他对发廊那一套十分熟悉，电视剧里也有不少夜总会的场面，他都熟记在心。他交代过鬼马李和老四川，让他俩千万别吭声，一切都由他应付。在夜总会里，有钱能使鬼推磨。他不信邪。

为了这一次行动，许楠生在火车站旁白马商场的服装批发行，足足逛了几个小时，最后花 100 元给自己和鬼马李各买了一套迷彩服，外送两顶迷彩鸭舌帽，他认为这样才够酷。老板的保镖嘛，够酷够型的。给老四川买了一套西装，花 75 元，送了一条领带。反正是在夜里，也辨别不出质地，再廉价的东西，在这些地方批发零卖，全是名牌。又花 2 元钱，给老四川买了一副墨镜。老四川本来就留着平头，许楠生让他全给剃光了，香港的黑社会头目，大多是光头。为了行动顺利，许楠生下午还给大玛丽打了个电话，订了一个包厢。

小姐极为殷勤，领着他们穿过一个大厅，进入一条走廊。

从堂皇富丽、灯光明亮的大堂走进一片黑暗之中。鬼马李有些紧张，老四川却一副悠然，反正没有腿走路，让他们俩抬着，便也没有什么感觉。许楠生报了包厢的号码，小姐一路絮絮叨叨，问是不是第一次来，有没有熟悉的小姐，老板在哪里发财，许楠生懒得回答。只是哼哼哈哈，他也无法回答。小姐无话，套近乎。许楠生便脱口而出："黄牛党，知道吗？"

"知道知道，大哥真会开玩笑！"小姐媚声媚气。

"怕不怕黄牛党？"许楠生变本加厉。

小姐说到了，把他们让进一间包厢。

墙上挂着几张欧洲古典裸女油画，一看就知道是胡乱临摹的东西，但依然令鬼马李备感新奇。他从贵州乡下来广州不到半年，从未来过这样的地方。他俩一进包厢，迫不及待地把老四川扔进沙发里，两人已出了一身臭汗。领班小姐还在絮叨。许楠生想，得好好计划一下，便让领班小姐先出去。他把门关上。包厢里冷气很足。老四川蜷在沙发里，冷得发抖。鬼马李却贪婪地呼吸着冷气，把迷彩服整个儿翻到后背去，露出瘦骨嶙峋的脊背。

男 DJ 进来调试音响，把两个调试好的麦克风摆在茶几上。服务小姐进来问，要啤酒还是红酒。许楠生很气派地说："当然是啤酒，喜乐。"小姐搬来两打喜乐啤酒，外带一个果盘。老四川在许楠生调教下，已经正襟危坐，一副大老板的模样，但他心里还有些虚。他问许楠生："等会儿小姐来，有什么规矩吗？"

许楠生笑说："有什么规矩？你自己搞掂就行了，反正到时每人发 100 元小费，其他的你自己跟小姐谈，我可不管。"

"摸得摸不得？"老四川小心翼翼，又有些淫邪地问。

"我哪里知道哟！你自己看着办吧，难道抬棺材还要包哭众？"许楠生有些不耐烦，他也是第一次到夜总会来。有人敲门，领班小姐把门推开一条缝，探进半个脸来："先生，可不可以让小姐进来？"

许楠生挥了挥手："进来吧！"

包厢门大开，领班小姐招呼着十多位姑娘："进来进来，站好站好，往里边靠……"

鬼马李傻眼了。他不敢正视那些浓妆艳抹的小姐，一个劲儿往四川人身边靠。

许楠生对老四川说道："老板你挑吧！"随后又对领班小姐说："你给老板介绍介绍吧！"

"个个都靓，个个都是一流。"领班小姐十分风光地说，随手拉过一个十分丰满的女孩，样子也就十七八岁，"湖南常德的妹子，湘女多情，很棒的，昨天刚到的，还没坐过台。就她了，怎样，老板？"

老四川不知所措，许楠生便随口答道："就她了，好好伺候我的老板呵，他可是黄牛党主席啊。""好好伺候黄牛党主席。"领班小姐故作夸张地对那女孩说。那女孩很乖巧地便依偎到老四川身上，把老四川吓了一跳，他身体触电似的往后一缩。这女孩儿按年龄，可以做自己的女儿。

鬼马李虽然十分拘谨，但已是跃跃欲试，他还是个童男，面对一群夜色下不辨美丑的女孩，他早已魂飞魄散，不知自己身在何处。他努力装出一副江湖大佬的架势。见老四川已有佳人，他忽然想起港台电视剧里的大佬，便忽地把双脚搭在茶几上，神气十足地指着离他最近的一个女孩："就她吧！"那女孩便轻盈地走过来，一屁股坐在鬼马李旁边，温软地对他说："老板，玩得开心点啊！"说着，把手放在鬼马李的大腿根上，轻轻地摩挲着。

鬼马李本就憋着一股劲，经那女孩的手一触动，马上就泄了。当然，谁也不知道。

许楠生见老四川和鬼马李都搞掂了，便让领班小姐走人。"你不挑一个吗？"领班小姐关切地问。

"我是保镖，不要了。要不，就要你！"许楠生厚颜无耻地捏了领班小姐一把。

"当真？"领班小姐认真起来。

"当然！"许楠生毫不示弱。

领班小姐把嘴凑到许楠生身边，先是向耳朵里吹气，然后说："你给我的小费是多少？"

"多少？"

"你说呢？"

"你说嘛！"许楠生有几分心动，他觉到这位领班小姐的风情。

"坐台500，出钟1000！"

"不贵，但下辈子吧！"说着，许楠生毫不客气地摸了她一把，"明天我call你。"

领班小姐塞给他一张名片。她当真把许楠生当大佬了。

陪老四川的湘女让他点歌。老四川问："有没有《血染的风采》？"

于是，电视上便出现了《血染的风采》的MTV。

老四川的歌唱得不错，这很令许楠生吃惊。

不时有个把喝醉了酒的人闯进来，见走错了地方，又骂骂咧咧地出去。

茶几上摆满了喜乐啤酒，老四川小心地问许楠生："喝得喝不得？"

"喝吧！钱都算在里面，一瓶50元呢！不喝白不喝！"许楠生一脸的豪气。

"那就喝！"老四川拿起一瓶，对着嘴就饮。

"在部队，都这样喝！"他抓起一瓶，递给依偎在身边的湘女，"你也来一瓶吧！"

“我不会喝，我要喝椰奶!”

“老弟，她要喝椰奶!”老四川对许楠生说。

“让她自己买去，大爷只有啤酒。”许楠生毫不客气，他太明白这些小姐的把戏。多叫一份饮料，小姐就可以多提成。一瓶椰奶，外面3元，这里起码30元。

湘女子不吱声，反而吻了老四川一下，老四川受宠若惊。

鬼马李已经进入状态，他一反刚才的拘谨，和那位自称是贵州遵义的小姐抱在一起，在只有几米见方的场地里，摇来晃去跳贴面舞，像一头笨拙的老熊。

有人推门进来，一个衣着朴素的女孩儿，胸前吊着一个托盘，托盘上摆着香烟、雪茄和口香糖：“先生，买支雪茄吧!”

湘女马上对老四川说：“我要抽雪茄，买一支吧!”老四川便不好意思地问许楠生：“老弟，她要雪茄呢?”

“让她自己掏钱买吧!”他接着又对湘女正言正色地说，“靓女，别乱搞啊!大佬可不是乡下来的啊!”说着，把卖烟的女孩给轰出去了。

许楠生毕竟在广州混了几年，港台电视剧看了不少，他知道在这些场合，不强人一头只有受人欺侮。

鬼马李早已忘记身在何处，他抱着那同乡小姐，几乎要和她谈起恋爱。同乡小姐也十分敬业，任由鬼马李摆布。她掏出一粒蓝色的药丸：“来一粒如何?”

“什么东西，有什么用场?”鬼马李毫无常识。

“摇头丸!”同乡小姐对着他的耳朵细语，“100元。”

100元把鬼马李吓着了。他不语。

同乡小姐见鬼马李不吭声，马上挣脱他的怀抱，一屁股坐到沙发上。鬼马李连忙过来哄她，像哄恋人一般。假戏真做了。

许楠生看在眼里，便对那小姐说：“别搞啊靓妹，小心我告发你，贩毒是不是!我可是安全厅的。”

“我看你就像，像安全套。”小姐有些气恼，又有些调侃，把许楠生弄得哭笑不得。

老四川已经忘情地抱着湘女，他全然没有了拘束，他明白一切都要花钱买，不抱白不抱。小姐为了100元的小费，不敢怠慢客人。他也就无须客气，尽管双腿没有了，有些不太方便，但多少年没沾女人味了，刚才他已不知不觉泄了。

有钱真是大爷，想想给小姐也就100元小费，可这100元却买来一个如此年轻的女儿身，任凭自己放肆揉摸。这是什么交易?老四川想着，有些心虚，有些胆怯，可又觉得既然付了钱，总不能吃亏，他五音不全但极其认真地唱着，一次又一次地唱《血染的风采》。他粗糙的双手，一刻也没有离开过湘女的身体。

既然许楠生这位老弟仗义，自己也就尽情受用。想着明日又要在烈日与暴雨下，坐在牛皮垫上，双手匍匐着爬行着去乞讨，老四川突然如坠深渊。他平日很少喝酒，不是不会喝，是喝不起。刚才喝得太凶，太多，加上包厢里空气太闷，他又有些紧张，他像中风病人一样突然歪倒在沙发上，周身抽搐起来。许楠生见状，马上掐他的人中，老四川一脸无奈和沮丧，片刻后苏醒过来，把那湘女吓得不敢往前。许楠生笑说："老哥，你是不是太急色了，慢慢来，别等会儿横着出去，我可真是抬棺材包哭了。"

老四川有些不好意思，他毕竟一把年纪，又从未到过这种场合，心里太紧张。他喘着气说："老弟你就别笑我了，我们享受不了这个福气。"

鬼马李对老四川不太了解，本就有些瞧不起他。他总认为自己毕竟是个知识分子，与老四川这样讨饭的混在一起，是抬举了他。鬼马李便说："我们现在不是已经在享受了吗？下回我们上中国城去，那儿的夜总会才是全城顶级的。那时你就不敢去了吧！"许楠生对鬼马李的口出狂言，十分鄙视，心想才当几天黄牛党就牛气烘烘，明天进了看守所，看你不尿流满地。他觉得四川人还是可以做朋友的，倒是鬼马李，才认识几天，还摸不透。许楠生自幼失去父母，从小和爷爷奶奶生活，所以对上了点年纪的男人，他都会有一种对父亲的联想。他之所以愿意请老四川来玩玩，大约也出于这种心结。有一段时间，他穷困潦倒，还是老四川每天匀了一点饭给他吃，虽说不是什么好吃食，但也算救了他一命吧！他不能接受鬼马李对老四川的奚落。他也常开老四川的玩笑，但他自认那些口无遮拦的玩笑是善意的。他在心底里幻想有一个父亲。

湘女老是自荐要为许楠生介绍小姐，许楠生有自己的打算。到夜总会来一是见识，二是出口恶气，过把富人瘾。多一个小姐多100小费，倒不如用这钱，等会儿去叫个发廊妹，来把真的，那样合算多了。

湘女老是出出进进，把老四川扔在一边。她一会儿说上厕所，一会儿又说去拿点东西。刚开始大家并不留意，后来湘女去了很久都没有回来，许楠生便有些生疑，这女孩是不是坐两边的台？拿两份小费？和妈咪关系好的女孩常有这种勾当。他正想去跟踪一下，忽然包厢外一片人声鼎沸，似有人在争执扑打什么。许楠生打开包厢门，混杂着酒气的吵闹声扑面而来。果然是一个男人扯着湘女，还有几个帮忙的。那男人喝醉了。看样子，这帮人都挺有身份，衣衫不整但衣着考究，大多戴着眼镜，可能是白领或大机关的官员。许楠生本想去帮帮湘女，心想还是别惹事，犯不着去为一个三陪小姐惹祸。他正想把门关起，发觉那男人正盯着自己，这男人有些眼熟，但他想不起是谁，在哪儿见过，他也想不起来。很奇怪，却不由得不想。

那班人终于埋单走了，湘女又回到老四川这儿。许楠生不无愤怒地说："小姐，坐两边台的滋味不好受吧！"

"谁坐两边台啦？男人没一个好！"湘女年纪不大，但已经入道多年，一脸的稚气，却一口的江湖。

他们在包厢里混到深夜2时，领班小姐要求结账，说公安局规定，午夜2时必须关门，他们意犹未尽。许楠生发放小费，给两位小姐各100元。领班小姐涎着脸，伸出一只纤手："老板，我呢？"说着，顺手圈住许楠生的脖颈儿，在他脸上印了一个吻。许楠生就势摸了她一把，给了她50元。领班小姐也不计较："谢谢老板。下回光临找我，一定给打个折。"许楠生心想，还有下回？没有下回了。下回当真去中国城。

两人又抬起老四川，老四川已经昏昏沉沉，他刚才拼命喝酒，怕吃亏似的，最后还不忘把果盘里的水果也包起带走。鬼马李和许楠生没怎么喝酒，酒大都给老四川包了。

老四川在被抬出包厢时，口里还喃喃地问："多少钱，花了多少钱？"

"不多，950，包小费！"许楠生觉得并不太贵，也没被斩。老四川大喊不值："会不会算错账？"他有点不放心。

许楠生知道老四川没醉，也不想与他多说，他的心思在刚才那有些眼熟的男人那儿。他是谁呢？他想得头生疼。三个人出了大玛丽，大玛丽的霓虹灯忽地灭了，他们便让广州城浓浓的夜色吞吃了。

杜林从图书馆出来，怀里抱着几本书，他站在台阶上，迎风独立，倒有几分五四时期大知识分子的味道。他终日穿着青竹布做成的长衫，齐耳的长发茂密有些花白，整整齐齐地梳在脑后，颇有电影《风暴》中大律师施洋的意味。他的脸瘦长，骨棱棱的，下巴有点翘，有些像普希金，一把山羊胡子，也有些灰白，长长的飘逸着。除了上课，他不常出来走动。一旦他在校道上行走，上过他课的同学，会蜂拥而上，围着他谈各种问题。不认识他的同学，会远远地窃窃私语。熟悉的老师，会客气地笑问："杜林先生，好久不见，又到哪儿云游了？"他也客客气气地笑答："在9楼上打坐发呆呢！"

他至今独身，28岁之前，在海南岛兵团当知青，为了回城，不敢结婚，恋爱倒是谈过几场，但终未成功，不是女方的问题，就是他的问题。他是一心一意要回城，或做工人，或读书，或失业，总之是要回城。广州对他太重要了。他不隐瞒他这种理想，哪怕去城里扫地，也非回城不可。所以在兵团，他自然也就被当作落后分子，他自己也不求上进。父母都是中学教师，没什么背景。在兵团10年，但没什么进步，去时还是个伐木工人，到后来竟降为连队的种菜工，终日掏大粪。他都认命了。伐了五六年木头，睡窝棚睡出一身关节炎，被当作老弱病残，从山上撤下来只有掏大粪合适他，也还算是连队领导关照他了。

他对做什么工种都不以为然。在他已经彻底绝望时，“四人帮”垮台，恢复高考。这回他活转来。他是最后一个知道高考消息的。他所在的种菜班，在离连部还有几公里的峡谷河滩上。他是偶尔回连队厕所掏大粪，从粪坑里捞出一张报纸，是一个半月前的报纸，报纸头版头条就刊载着恢复高考的消息。他来不及冲洗那张报纸，便像捧着一座神明一般，把报纸摊在一块石板上，逐字逐句地阅读起来，又耐心地等太阳把那报纸晒干，小心地收起。他如今仍保存着那张救他一命，改变他前途的报纸，那张报纸就压在他箱底，如今还隐约有着当年山中粪坑的气味，可在杜林看来，那气味是世上最可爱可亲可敬的气味。他反而感激起把他从山上调下来的连队领导，否则连从粪坑里看到报纸的幸运也没有。山上是几个月没有山下消息，何况是报纸。粉碎“四人帮”的消息，他也是两个月后才知道的。

1977年是开卷考试，他并没有费多大劲就考上了，那年已经28岁。他是在红卫轮上认识刘兴桐的，那条船上几乎全是从海南到大陆上学的人。巧得不能再巧，他和刘兴桐考取的是同一所大学，正中大学，而且同一个系。他所在的兵团农场和刘兴桐的生产队，同在一个镇的辖区里，在红卫轮上，他们同在五等仓的散位。散位被安排在船舷的过道上。更巧的是，他们同龄，都是1966年高一，只不过杜林读的是华师附中，刘兴桐是县中学。

虽然有许多共同的惊喜，但是沉郁的杜林并没有给对未来充满憧憬和设想的刘兴桐有太多的好感，只不过，当时的刘兴桐，对来自广州的兵团知青有一种钦羡与敬畏。从广州来的，就意味着一种身份。

28岁才进大学，大学毕业已经32岁，一切要从头开始。大学毕业留校马上要给师弟妹们上课，他到助教进修班去速成进修了半年，就上了讲台。杜林没有生生死死的恋人。杜林没有时间也没有条件没有心情没有对象去谈恋爱考虑结婚。于是高不成低不就，一年一年就过去了。不知不觉毕业将近20年，他依然孑然一身，也就死了这条心。前几年，他干脆穿起长衫，蓄起长须，留起长发。并非预谋，倒是一种心理变化，他不想费心机去解释自己这种选择。只有心知道。当有朋友同行与他笑谈这身五四行头时，他便自惭形秽地打趣：“回到五四嘛，这是当代文学的精神追求嘛，算是复古吧!”

他这身不合时宜的行头，确实吓怕了诸多想望走近他的女性，在她们看来，谁也受不了这样一个古怪的老头。其实他并不很老，才刚刚50岁，可他看起来确实有些老了。比他年龄大半岁的刘兴桐反而像个小弟弟，光光鲜鲜的，年轻勃发。

以刘兴桐的话说，杜林这是自甘堕落，他对杜林这种做派，还有一个更深刻的说辞，他要在必要时才发表看法。这种讳莫如深的态度，杜林很不以为然。一个伪孔乙己！这就是刘兴桐公开的结论。重要的是杜林对一切非议和不屑不以为然，更有说他是故意在炒作自己，他一概不分辩。

杜林是10年不飞，10年不鸣，1982年毕业，教了5年写作课，1987年开始讲中国现当代文学史，又是5年过去，1992年他便一发不可收，一下子拿出两部专著，一部作家论，一部流派史。没有听过杜林讲课的人，很怀疑杜林这匹黑马的真伪。他太违背常规了！通常的学者做法，是会把撰写专著期间的一些见解文章，先行发表以求得影响或反馈，以利于最终成书时获得修改意见。尤其是现当代文学领域，这种社会反响更为重要。杜林一反常规的做法，自然大有可疑之处。

在学校学术委员会上，刘兴桐就表达过这样的意思。虽说是同学，他对杜林的才华和学问其实是了解有限的。杜林这两部书的出版，由于缺乏长期学术界中的铺垫，其轰动程度自然不能与刘兴桐当年的《中国近代文学史稿》相比。刘兴桐有足够的理由与优势去俯视杜林的著作成果。

正中大学的人们也都还记得1993年的杜林事件，被称为杜林事件是一份小报的渲染，其实事情也并没有大到足以用杜林名字来命名的地步。

那时的杜林，就已经是长衫长须长发，一副颓废衰靡的样子。加上那些天他天天熬夜，眼泡子涨大得吓人。他一出现在高级职称述职会上，就引起一片唏嘘之声。倒是白家胜教授惯来前卫，他并不以为杜林如此做派有什么不妥。

学术委员会的17位教授，包括时任副校长的刘兴桐，正襟危坐，把杜林围在中间。杜林慢条斯理，别人紧张是因为他的打扮与做派过于古怪，异端。虽然大家都知道这个杜林不是今天才如此怪异，但许多人还是初次见识，不免有些震颤。大家面面相觑，像面对一个民国时期的孔乙己。杜林自己本不紧张，可是教授们异样的目光却着实令他有点紧张起来，幸好只是瞬间的事。他无意间把视线投向白家胜教授，白教授一脸笑意，还向他致以微微的颔首，这令他很鼓舞。其实现场的教授们除了刘兴桐和白家胜外，其他15位都是外系外行。杜林的些微紧张并非来自述职本身。

杜林把两部出版了半年多的专著拿出来，放在桌面上。此刻他发现自己的书并没有出现在各位委员的文件袋中，每人的文件袋都是薄薄的，显示里面不可能有砖头般厚的书籍。他开始觉到也许这只是一场过场戏而已，委员们也许并没有对他的职称评定有多大的决心。杜林是1989年评上的讲师，那也是勉勉强强通过，盖因为他没有在所谓“核心期刊”上发表两篇以上的论文，他太忽视这种要件了，当初只要随便把两部专著任何一部中的任何一个章节拿出去发表，都不至于让人轻看。现在申评副教授，差一天都属于破格。破格的程序可就烦琐了，要件也特别苛刻，任何一条欠缺都可以被作为反对理由，同样，任何一条欠缺也可以由更为形而上大而论之的说法被否决掉。全凭人事和感情投资了。杜林太明白这一点，所以他对此次申评并没有抱太大的希望，白家胜教授好为人梯，他反复鼓动杜林应该试一试。“破格也没什么大不了的嘛！刘兴桐当年不是也一路破格过来了吗？”

杜林还是没有多大信心，他明知自己恃才傲物的脾性在职称评定上只能坏事，可他又不愿意去上委员们的门槛。

委员们等着杜林的发言。杜林环顾四周，似有话说，他忽然收起桌面上铺排开的两本专著，他原来想就着这两本书做一番述职讲演的。他慢慢地站了起来。他说出了一番很不合时宜同时又葬送自己前程的话，令在场的委员们大为惊愕也大为光火又不得不认真对待。

“对不起，先生们，”杜林有些气喘，“恕我直言，我的述职和学术见解只能在同行专家面前才会有听众和价值，我不认为在座诸位，除了白家胜教授和刘兴桐教授还比较接近我的专业外，”他略顿了一下，并不去注意白、刘两位的反应，却再次强调，“我不认为在座诸位能够听得懂我的学术陈述。让理工科的专家组成的学术委员会来最终评定一位教师的中文专业水平，我以为是可笑而且滑稽同时不会有什么好结果的。所以，我决定退出这种闹剧。谢谢诸位，再见！”

他慢条斯理地收起桌面上的东西，头也不回地走出门去。全场一片静默，委员们让突如其来的变故怔住了。

刘兴桐轻轻敲了一下桌面，小声地说：“岂有此理！简直是捣乱。”

大家议论纷纷。“真是胆大妄为！”物理系的肖教授勃然大怒，他面对刘兴桐，“刘教授，此风不可长啊！太狂妄了。”他唾沫横飞，他刚当上教授不久，一副大权威的样子。

管理系的钱教授在那里喃喃自语：“像什么话，难怪一副怪里怪气的模样，中文系的政治思想工作做到哪儿去了？”

“应该终止他的职称评定资格。”

“这种人当了教授可不得了，能把谁放在眼里？真不可一世。”

“这是向学术委员会挑战啊！”

“他们中文系初评小组是怎么工作的？这种人都能过关！查查他的书是什么渠道出来的。”

人们义愤填膺，纷纷抨击。没有一个人对杜林提出的问题细加思考，他是否说得在理？

白家胜一直冷眼旁观。他刚才差点拍案叫绝，但碍于刘兴桐在座，他想听听刘兴桐的反响，看看他的态度。杜林不止一次在他面前谈论起这种学术委员会的弊端，他颇有同感。白家胜见刘兴桐没有正面疏导，看出他有意要让人们往杜林身上泼污水，借题发挥。他便亮开大嗓门：“诸位，诸位不必激动，平心而论，我以为杜林先生此言并非不妥，他倒是比我们这些委员想得更实际更深远。这是个专业范畴问题，不是人格也不是道德更不是政治问题。该检讨的是我们现行的学术制度，而不是杜林先生。杜先生后生可畏，他有什么错？他只不过说出了皇帝的新衣而已。”他转而面对叫得最凶，上纲上线最高的肖教授和钱教授，“难道我有资格去评说肖先生的物理学论文、钱先生的经济学论文的高下吗？这是显而易见的。想必两位不会反对我的浅见吧！完了。”

肖、钱有些尴尬，一时找不出什么强有力的理由来反驳白家胜。白家胜是老前辈了，他们在他面前也不敢太过嚣张。肖教授便讷讷地说：“当然，这是当然。但是杜林也太张狂了吧！有意见可以慢慢提嘛。”

“他不就是慢慢提吗?”白家胜话中有话。

会场气氛松弛下来。人们的议论便有些转向。

“我看他这是与学术委员会为敌，这绝不是个人问题，我看这代表着一种倾向，和校党委作对!”刘兴桐的话令人费解，但意思是明确的，立场也是明白的。

“这种个人主义恶性膨胀的做法，每一个共产党员都应有鲜明的立场与态度。刚才有些同志的态度就很好，很鲜明，我想杜林的行为是在向我们敲响警钟……高级职称应该评给什么人，尤其是破格评聘，有些格是不可以让步的。同志们可就这个问题进行讨论。绝不能够让这种目无组织的人在正中大学得逞。”刘兴桐很少在公众场合以如此鲜明的态度表明自己的观点，也许他觉得杜林是自己的同学，他更要在这个问题上给人一种截然分明的态度，他认为杜林话中有话，其实是针对我刘兴桐的。都是同学，10年后拉开的距离是如此悬殊，他这是嫉妒。刘兴桐有些自鸣得意，不过，杜林此举在他意料之外，他也想过杜林不是一只好鸟。他本来是等着看好戏，准备好一些话题让他难堪的，想不到他竟会取这种做法，公然向学术委员会叫板，真是一介草莽。他在心里笑杜林迂腐，他也觉得不错，他对这种学术体制早就有异议。但是，这哪是个人可以改得过来的。你一个小小的杜林，要和体制叫劲，太不自量力了吧！其结果就是高级职称再拖上几年，或者这辈子干脆就别想。刘兴桐一席话让白家胜感到震惊与意外。这些年，刘兴桐荣誉加身，但在白家胜眼里，他也还是懂得夹着尾巴做人的道理的，尤其是在自己母校任职，刘兴桐的乖巧是有目共睹的。如今他如此公开地把杜林的事上纲上线，一点儿善意都没有，直往死里踩，还谈到与校党委作对，这就更加离谱。他本想针锋相对发言，但想想还是让刘兴桐再表演一番，看看他还有什么话说。

刚才群情鼎沸的情况已经冷却下来，白教授一番话让人冷静地把问题往体制上考虑，人们对杜林也就不那么气愤，刘兴桐一番话又点燃起大家的思绪，重新考虑。但说到与校党委作对，有些人便有些反感。此风不可长，这样下去，还有人敢说话吗？英语系的区教授是个留英学者，他平心静气地说："刘校长要大家展开讨论，我想这是好事。我想我们的学术体制确有些问题。虽然评职称首先是同行专家评议，但到了学校这一级，省里最高那一级，这两个最关键的关口，可不是由同行专家说了算，还是其他领域专家占绝大多数票数，我想这正是杜林先生的真意所在。说到严重嘛，他这种态度的确有点那个，这是在国内，国内国情特殊嘛，在英国，那就很正常。外行是绝对不可侵犯内行的。"他还想往下发挥，刘兴桐已听得不耐烦，自从当了常务副校长以后，他确实有些专横："讨论时论题还是集中一点。尤其是中文系的同志，似应多关注教师的政治思想方面，要注意和中央保持一致，安定团结，稳定是压倒一切的。"刘兴桐似乎想引导教授们做什么思考，他似乎非得把人们的注意力往杜林犯错误上去引导。

白家胜终于压抑不住，但他又不想在会上和刘兴桐顶牛。他对刘兴桐很失望，这刘兴桐分明在公报私仇，或叫作相煎太急。他不禁同情起杜林来，这位老兄是有些迂，迂得太不世故，一点儿也没有防备，这样下去很危险。刘兴桐出言不逊，用心深不可测。他站起来，抱拳作揖："诸位，我先告辞，这种会我开不明白，知难而退吧！"说着，走人。

刘兴桐颇觉意外，白家胜这分明是在拆自己的台，他不便发作，只是笑笑对大家说："白家胜教授就是这个脾气，他很快就会想通的。我们会私下再做交流。我对白先生太了解了，大好人一个。"他的话令人莫名其妙而又滴水不漏。大家也不便深究。

会议继续开下去，另外安排了别的教师做述职汇报。这是外语系的一位老先生，50多岁靠60岁了，还是个讲师，申报了六七年，年年都上不去。他口语不错，授课也好，是印尼华侨，就是没有论著。他可怜巴巴，唯唯诺诺地在门外等候多时了。刚才杜林那一幕，把他惊出一身冷汗，现在还哆哆嗦嗦，心有余悸。他在窗外目睹了大家对杜林的缺席审判，和他再熟悉不过的“文革”大批判不相上下。他本来就胆小，初次见识这种阵势，十几位权威教授，把自己半围在中间，先就一个下马威。他坐下，展开早已准备好的稿子，想一口气念完了事，他对今年的申报抱着最后希望，他的希望是请大家高抬贵手。总得有个副教授头衔再退休，否则也太没脸面回印尼见子女孙女们。

他先说了一段非常讨好评委的话，说得有些肉麻，有些文不对题，又是感恩于社会主义制度、又是感恩于学校党委各级领导，几乎是把每位领导的名字都拜见了一番。英语系的区教授直听得起鸡皮疙瘩，心想系主任怎么不把把关，让这位老先生当众出丑。他忍不住走到这位老先生身旁，对他耳语。老先生更加紧张，连连点头，却更加语无伦次。

刘兴桐听得很不耐烦，刚才让杜林一搅，心情就很烦，现在又来了个窝囊废，简直有失斯文。他只好暂时闭起双眼，听凭老先生表演。过了好久，老先生终于讲完。刘兴桐也正好打了个盹，他很习惯于在开会时闭上眼睛，明明是在打盹，可手指却一直在轻轻地碰击桌面，给人以他只不过是闭目思考的假象，这种本领，是他十多岁时从一个下放干部那里学来的。那干部这方面的本领十分了得。刘兴桐也学得出神入化。

报社记者不知从哪里得到杜林挑战学术委员会的消息，到学校来采访，首先找到刘兴桐，让刘兴桐一口拒绝。他不想把事情闹大，他明知闹大的结果对杜林有好处，对学校没有什么好影响。他自己也不愿意充当保守势力的靶子，这个问题其实是显而易见的，杜林说得有道理，他在心里承认，轮到自己，也会这样想。说与不说，另当别论。但事到杜林身上，就不同了。话是人说的，来去囫囵，就看现实需要了，圆的扁的，功利就是立场，利益比真理更真理。他坚决在舆论层面上淡化此事，绝不能让杜林趁机出名。他对记者明确说，不能见报，因为这是高教改革过程的问题，目前不宜公开讨论，引起思想混乱。

记者去采访杜林，杜林如实说了，还发表了更出格的意见。白家胜教授听说记者采访，主动毛遂自荐，答记者问，也把评聘体制狠狠地批判了一阵。

学校向报社打了招呼，所谓“杜林事件”胎死腹中。几年之后，在别的城市别的大学别的报纸上，有文章展开了这方面的讨论。杜林已不再关心此事了。他在 1998 年当上了副教授，发誓从此不再参评教授。乐得逍遥吧！

他站在图书馆门口的台阶上。风吹起他的长衫下摆，颇有一副毛泽东当年独立寒秋的意味。

中文系外国文学教师，去年硕士毕业的骆见秋见杜林站在那儿，便一路小跑过来："杜教授！"

"是杜副教授，注意表述准确！"杜林笑说。

杜林不急于和他说话，倒欣赏起他满头金发来。这位骆见秋今年26岁，去年硕士毕业求职到中文系，因为染着一头金发，在试讲后差点没被录用。他讲课不错，不但不落俗套，更可贵的是，还能阅读英文原版书，这点令中文系的听课教师们很满意，样样都好可就是一头金毛。大家在最后表决时在这个问题上发生了分歧，经过一番争论之后，大家把目光投向始终没有发言的杜林。杜林心想都是些无稽之谈，一头金毛又与他的水平高下何干？他本不想说，眼见这位骆见秋先生就要录用无望，大家又把眼光投向自己，他便轻淡地说："毛色和本领有关系吗？染发和思想有关系吗？我这身行头如果中文系不能相容，我只好另谋出路。"

他站起来，做出走人的姿态，他冷冷的不留余地的言辞，引得大家一阵欢笑。系主任冯之炳便宣告录用骆见秋。

骆见秋见杜林关注自己的头发，有些不好意思地说："杜教授，哦，杜副教授，杜老师吧！我是少白头，不染不行呀。"

"我知道，我也是，头上有癞痢疤，只好长发遮丑，哈哈！"他俩一起大笑。

"有什么好事禀告？"杜林问。

"听说学校与外校联合办博士班，我想去参加，弄个博士。"

"什么博士班？外国文学的吗？"杜林很诧异。他是听说过要办一个经济管理方面的博士班。

"是经管的。""那你凑什么热闹？""容易拿学位啊，反正是博士就行。"骆见秋难抑兴奋之情，"外语我是没有问题，其他经管课程突击一下就行，反正也无须考试。"

"我说你这外国文学老师，去读经管博士，又不是想改行，光想捞个学位，这是什么逻辑？真是世风日下。"杜林觉得简直不可思议，现在的人怎么都这样！

骆见秋并不理会杜林的激愤："好多外系的老师都想报呢，这是个机会，又不费什么事，手到擒来，多好！"骆见秋来向杜林咨询，他是想杜林一定会在经管博士班上课。人文课非他莫属。他也想听听他的意见。杜林是他最敬重的老师之一。

"这是你的事，小骆啊，这样的学位对你很重要吗？"

"当然重要，我现在是助教，正常的话，15年以后才能上教授，那时41岁。如果去搏个学位，最多三五年就上去了，节约时间，开发生命呀！杜副教授。"

骆见秋算计得很现实，令杜林刮目相看。

简直是精神沦丧，骆见秋说得不错，都对，你无法去反驳他，也没有去反驳的必要。可是这是大学的初衷吗？简直是名利场，大市场。

骆见秋在杜林眼中，是个很有前途的教师，他要读博，何不去认认真真地找一位好老师，去读读至少也与人文有关的专业，而不是什么经管，经管与外国文学有什么关系？

办什么博士班？又有好戏看了。杜林拭目以待。金毛骆见秋见杜林持反对态度，也就不想在此问题上再讨论下去。他有他自己的主张。“我请你喝酒吧！”

“有什么理由？”

“没什么理由，感谢你给我意见。但是，我不一定采纳，但依然感谢你，这与请你喝酒无关，就是这样。”骆见秋很干净利落地表明了自己的态度。杜林并不反感，骆见秋这代人，面临的竞争太大了，他们有他们的生活、思维和取舍，无可厚非。只是千万别活得太功利，这很可怕。

“我请你吧！”

“什么理由？”

“我比你钱多，工资多你两倍，又没有老婆、孩子和狗，就这样。”

一个金毛，一个长衫，中文系的两个另类，肩并肩走出正中大学的校门，一路上引来相识的或不相识的同学们的窃笑和注目。广播里刚好在播送《国歌——义勇军进行曲》，他们便踩着国歌的节拍，一路走去。一个五四青年，一个现代派。

早晨8点，李可凡急于出门，到白云山去唱歌，可女儿非得要她一起去国际教育交流中心听留学讲座。她只好妥协，答应陪她去中心，取了资料就走。今晚大家回家商量留学的事。李可凡在客厅里走来走去，她想不出有什么事来消磨等女儿从房间走出来的这段时光。她用几分钟就把自己给打点好了，可是女儿每次出门，都得化妆修饰半天，这令李可凡很反感。

李可凡只好在客厅里走来走去，不停地看表，唱歌本也没有什么时间限制和规定。只不过是一些没事可干的人，心里颂，一起亮亮嗓子，唱一些老歌。就在想唱就唱，想走就走，可李可凡却很认真。她总是很准时来去。

李可凡已经催过女儿几次了，可女儿就是出不了房间。催得自己都不好意思了。她只好很无奈地打开电视，又是杨×莹的歌，甜得很虚伪。想着近日有关于这位歌星的种种说法，还有歌星本人关于“纯洁爱情”的自白。李可凡“啪”地关了电视。现在的女孩怎么都这样？她心里便平添了许多烦闷。她拿起一本画报。这是女儿昨天带回来的。都是些她不感兴趣的广告。她合上画报，闭目养神。她努力令自己平静，她知道自己很快就会发火，那不断增殖的烦闷烧成的大火，很快就会喷发。十年了，她日日夜夜都处在增殖同时扑灭这大火的时刻。李可凡努力地告诫自己不要发火，深呼吸，再深呼吸，她深长地叹息，双眼有了清泪，她努力不让它滴落下来。

女儿终于出现在她面前。

青春逼人、焕然一新的女儿李凡已经习惯了母亲的种种神态，她并不很在乎母亲的这种状态。

李凡亭亭玉立地站在母亲面前，李可凡却全然不觉，她处在休眠状态，双目紧闭，眼中有泪，鼻翼不规则地翕动着。李凡想给母亲一个惊喜，她今天特意把自己打扮得很现代，所以她耐心地等待着母亲睁眼，让她发现一个很现代而且很酷的女儿。女儿长大成人了，要漂洋过海去留学，自然要做好融入欧美自由世界的准备。她要在今天的讲座上大出风头，引起主讲人迈克先生的注意。

李可凡睁开了眼睛。她有些疲惫的略带眼袋的双目，并没有自然地落在女儿身上。而是穿越了女儿的身体，投向女儿房门大开的房间。房间里是一片狼藉。换下来的衣服散乱地扔在同样是十分散乱的睡床上。衣柜门大开，还在轻轻晃着的穿衣镜里照出房间隐秘的一角，粉红色的胸衣和黑色三角内裤，很不经意地挂在椅背上，梳妆台上琳琅满目，贴着各种商标的化妆用品，东倒西歪地堆积着……

李可凡收回目光，面对打扮精致而又野性的女儿，她冷冷地说："裤子上钉那么多口袋子什么？"

女儿一愣，并不为意，她非常习惯母亲不讲道理的指责和老土的审美，她不想惹母亲生气，重要的是开心！开心比什么都好，何况自己还没有自立，每一分钱都还必须从母亲口袋里抠出来或挤出来。否则只有去做鸡了。她不止一次地这样威胁李可凡。一种欲哭无泪的感觉弥漫李可凡的心胸。唯有叹气。

女儿刚高中毕业，又一心要去留学。这本也是李可凡的愿望，可是近来她越发感到女儿正在远去，变得愈来愈陌生。在她看来，女儿在进入高三之后的每一天，都在急剧地变化，变化得惊心动魄。也不知她从哪儿弄来那么多令人不可思议又伤风败俗的东西，透明的胸衣吊带，十几元一百张的吸油纸，每天往脸上贴，不知要花多少钱。"洗把脸不就行了！"她有时会忍不住对女儿吼道。女儿却一脸无辜，天真无邪的惊愕令李可凡都自觉太过分。不就是几张吸油纸吗？"妈，你看去油效果多好。"女儿会又甜又嗔地在她身上蹭着，把那薄如蝉翼的吸油纸往她的脸上贴，在她的鼻头上吸出一纸的油腻，果然清爽了许多。她只好很无奈地苦笑，情不自禁地把女儿搂在怀里，眼中却闪出了泪花。

每当此刻，女儿会很体贴，温存地把脸贴上她的脸颊，搂紧她的脖子，无言地拥着她，女儿温软火热的身体会把她从莫名其妙的伤感中唤回来，仿佛此刻她们母女互换了身份，自己倒成了一个年幼无知无助无靠的女儿，对母亲有着一份绵延的依赖。她反而会很依赖很凄然地依靠在女儿身上，脑子里一片空白，生怕失去什么似的，把女儿拥得紧紧的。是的，除了女儿，李可凡什么都没有。

10年间，她无数次地想起那个夜晚，想不通相濡以沫地走过几年的夫妻，怎么因为一个半夜的电话，就反目成仇，就吵得你死我活，像仇敌似的。最后在无言的厮打中，把几年来的无限温存毁得无限狰狞，成为一片烧焦的废墟。那是一片人类无法选择生存的废墟。就这样，自己几乎是独自一人背着女儿，在废墟上行走了10年。现在，眼看女儿也要走了，而这个女儿，一经放飞，也许就再也无法找回来。她不敢去想没有女儿在身边的生活，是一种什么样的生活。即使她与女儿实际上已经没有太多的共同语言了。

“妈，走吧！”耳朵里有女儿同样温软的声音，她潮湿同时散发着魅人气味的嘴唇紧贴着她的耳朵。

李可凡自觉失态，顺手拎起沙发上的黑色提包。提包的拉链没有拉上，里面的东西“哗啦”一声全掉在地板上。一张印有彩色照片的剪报飘了出来，李可凡连忙扑过去，把那剪报抓住，边收拾提包，便把那剪报往怀里揣。

李凡并不在意，她拾起一支唇膏，诧异地问：“妈，你也用这个？”李可凡一把抢过来，扔进提包，岔开话题：“走吧！时间不早了。”

“妈，你涂了唇膏会好看一些，护护唇也好嘛，回头我给你挑一些。无色透明的。”

李可凡并不回应女儿的热情。她有些凄然外加几分嫉妒地欣赏着女儿那张晴天朗月般的脸，这张脸轮廓很小，是那种很标准的脸形，小小的瓜子脸，下巴尖得很圆润，很性感，眼睛很长，笑起来是弯的，像一湾深水，又像一弯晓月。眉毛像画笔随意一撇。浓淡相宜并在眉梢处有几分留白，令人遐思。自己年轻时也是这样，可那是一种另外的美丽，一种努力遮蔽住娇嫩的美丽。一切好像还在昨天，一切好像又远在天涯，消失得那么快。女儿从母亲的眼神里看出了什么，她知道母亲在欣赏女儿的同时，在怜悯她自己。她也就40岁，可自己把自己当作一个老人。自从和刘兴桐事实上分居之后，她就不再经心收拾自己。她衣着越来越随便，几乎不买化妆品。她的润手霜还是女儿用了一半送给她的。

李凡有一点不明白，母亲是英语系的讲师，懂两门外语，可是她几乎对外面的世界，对那些操着她熟悉语言的国度里所发生的事，没有任何兴趣。她一定不是一个好的英语教师，否则，她怎么一点现代气息都没有。除了教书，她几乎什么兴趣爱好都没有，一点儿也不浪漫。在女儿看来，她实在愧对这个专业。有一天，她对李可凡说："妈，我怎么觉得你应该去教古代汉语。"

"这是什么话？"母亲很认真地回应她，"为什么？"

"不为什么。"女儿说，她欲言又止。

李可凡终于悟出女儿的心思："你是觉得妈太老土，太刻板，太落伍，是吗？"她笑着说，但笑得很勉强，"你是这样认为？你妈真的这样？"

"差不多吧！"女儿忽然涎着脸，搂住她的脖子，"妈，不是啦！你是不是比我漂亮？"

"为什么这样说？"李可凡有些情绪，"你是我生的，当然有我的优点，你自己说呢？"

"有时觉得是，有时觉得不是，我也说不好。"李凡很认真，"这样说吧，你开心的时候很漂亮，不开心的时候有点难看。我呢，永远不开心，也就永远难看，不漂亮。"女儿心情很好，她说得俏皮，也不想让母亲不高兴。倒是女儿一番话，让李可凡思忖了许久。

她们终于下楼。已是9点15分。李可凡有些焦急，她嗔怪女儿。李凡却一点儿不急："10点才开讲呢，足够时间。"

"你够时间，我可要迟到了。"李可凡有些急。

白云山上的歌会9时就已经开始。逢二、四、六、日，每周4天，从早到晚，都有人在那里唱，有指挥，有伴器，也有伴舞的。全部是自告奋勇，毛遂自荐。母亲最近迷上了白云山的歌唱，这令李凡大惑不解。那天，是一个周日，李凡陪母亲上白云山，山腰的平台上、树荫下、岩石上，到处都是人，聚在那儿唱歌。她们早上9时上山，见到唱歌，下午5时回来，那儿还在唱歌，足足有几百人，老老少少，兴趣盎然，唱的都是老歌。妈妈从不唱歌，可那天她让李凡先回学校去，她自己留在那儿，说是晚上反正没事，就多待一会儿听人唱老歌也挺好的。

那天，李可凡是最后一个离开白云山的。她一个人坐在平台树荫下的台阶上，坐了很久，直到有一个人走到她身边，邀她一起下山，她认出这个人就是从早到晚站在一边拉小提琴的人。

那天晚上，她很开心。许久没有这么开心过了。从此，白云山上的唱歌，成了她的功课，每周她起码要去两次，有时上午，有时下午。去之前，她会想起那人，希望能碰上他拉琴。"拉得太好了。"她由衷地对他说。他只笑笑。

“妈，小心。”女儿拉住她，她脚下是一个没有盖的沙井。几天前，一场大雨，一个小男孩被冲进这个沙井溺死了，第二天报上登了，沙井盖没盖上几天，又被人偷走了。

李可凡沉浸在回忆中，差一点踩到沙井里去。拐过一个街角，就是公共汽车站，女儿却叫住了一辆“的士”。李可凡有些犹豫：“还是去坐公车吧，很顺的。”

“妈，来吧，来不及了！”李凡把她拖进“的士”里去。李可凡还有些不愿意，对着“的士”司机又不好说什么。“你总是大手大脚的。”她小声但是严厉地对女儿说，把话说得很囫囵。李凡笑笑，又搂住她的脖子，把脸贴上她的面颊，李可凡总是经不住女儿这一手，李凡知道该怎样治母亲。

李可凡心情又好起来。

第三章

从大玛丽回来，已是凌晨3点，许楠生彻夜未眠，翻来覆去睡不着。鬼马李和老四川却鼾声大作。鬼马李不但打鼾打得山响，还不断磨牙。于是，租屋里便像有老鼠在吱吱地叫，又像有人在使劲地拉风箱，热闹非常。

大玛丽夜总会走廊上那个人是谁，他搜索枯肠，就是想不起来。我一定在哪里见过他。究竟是谁呢？

许楠生想得脑袋发涨，天将黎明时，他才昏昏沉沉地睡去。

上午9时，许楠生醒来。租屋里静悄悄的，老四川早早便去乞讨，鬼马李不知跑到哪儿去了。许楠生走到巷口的士多店，买了一盒豆奶，顺手便call鬼马李。鬼马李大名叫李相马，许楠生初次见他，就觉得他眼睛闪烁，人也很鬼马，便叫他鬼马李。鬼马李也很乐意有个绰号，他并不十分愿意太多人知道他的本名。出门在外，收敛些为好。

鬼马李马上就复机。

"喂，在哪呢？干什么？"许楠生懒洋洋地问。眼睛一边警惕地梭巡着过往的行人。

"我在老枪这儿呢，有事吗？"鬼马李很机灵，他一说老枪许楠生就明白。

"那我先过去那边。"许楠生的意思是他先去火车站。

"我也马上就过去。"鬼马李会意，也不多说，挂了电话。

许楠生心想，今天再干它一炮，然后金盆洗手。最近火车站风声很紧，弄不好随时会进去。鬼马李却正在兴头上，他以为没有什么生意比这来钱更快，也更刺激。许楠生打算如果鬼马李不想罢手，就分道扬镳，各走各的。他有更重要的事要做。

看看时间还早，他又回到出租屋，坐在门槛上抱着脑袋发呆。父亲的日记里写得很清楚，他的遗物中应该有一本50万字的书稿。而刘兴桐家邮寄来的父母亲遗物中，并无这份遗稿，父母虽然没有留下任何遗嘱，但父亲的日记是记到他们自尽的那一天的。

那是1969年12月31日，刚好是父亲36岁生日，最后一页日记，是记于这一天的午后。而父母是在这一天的深夜12时双双上吊的。在这篇日记中，父亲还谈到书稿的事。也就是说，这天中午他们还没有想到自杀，更不会在自杀前把稿子烧毁。

1969年12月，许楠生刚好3周岁。他当时寄养在祖父母家。

他是在高中毕业时第一次读到父亲的日记的。那时，他还没有强烈意识到父亲遗稿的重要和价值。直到几年前，许楠生南下谋生，他在东莞一所中学当保安，闲来无事，和一位叫麦地的语文教师闲聊，他无意中说起父亲遗稿的事。麦地是本省师大中文系毕业的，对此十分感兴趣，刨根问底且劝他要把此事当回事，继承父业是无可能的了，但为亡父尽孝，了却父母的心愿也是一件大事。“文革”前的学者写一本书不容易，说不定是传世之作也难说。

麦地一席话，说得许楠生热血沸腾，自觉责任重大。但去哪儿追寻遗稿呢？说不定稿子早就灰飞烟灭了。

许楠生对父母全无记忆。只知道父母生前是北江大学的讲师，“文革”中被下放海南岛，1969年在海南岛畏罪自杀，1979年平反昭雪。那一年他13岁，国家一次性发给祖父母一笔钱，这笔钱一直供他读到高中。他考了两次大学都没有入围，便在东北乡下和祖父母一起种地，直到几年前南下谋生。

父母的全部遗物收藏在一只旧牛皮箱里，自从牛皮箱从海南岛寄回老家之后，祖父母将之视为忌物，多年没有打开过；倒是许楠生出于好奇，偷偷地打开过几次，童年时是玩，年时是好奇。经语文教师的点拨，他特意从东莞回去探亲，父母的牛皮箱此刻具有非凡的意义。

他在东北偏远的农村长大，小时候并没有太多地留意自己的身世，长大以后特别是到南方城市打工，一种有形无形的自卑无处不在。他憎恨一切，包括自己的命运，如果父母健在，今天的许楠生也许是另外的模样，大学教授的儿子与农民的儿子，这就是天与地的区别。他做梦都在诅咒这种不平，尤其是在别人的城市里。这些城市本来应是属于我的，属于一个大学著名教授的儿子。

有时，他会半夜从梦中惊醒，警察就站在他面前，把手铐套上他冰凉的双手。这双手已经被套过好几回了。他憎恨父母，憎恨“文革”，憎恨一切人包括他流浪过的每一座城市。他曾经发誓要给已经7岁的儿子，一个延续自己父母事业的环境和条件，培养他读大学，继续他爷爷奶奶的事业，至少也做一个大学讲师。但这一切似乎也会落空。这种落空的恐怖常常会成为他铤而走险的原因和动力。他的血管里流着东北人的野性和粗犷，那种一不做二不休的坚决和粗豪。他在睡不着的时候，常常会臆想着父母亲曾经的生活，他们怎样双双从东北农村到北京去上大学，又留校在大学里教书，最终被下放到海南岛去，然后双双自杀在一个偏远的乡村。父母的日子像一个谜，像天堂里的图画，对于只读过乡村高中的许楠生来说，这是全然陌生的。对父母的全部联想，就是那个牛皮箱，箱里有几件衣服、眼镜、日记本和一些零星的东西；几张旧照片，但已模糊不清。

许楠生自认不是一个地道的农民，他马马虎虎地种过几年地，收成也不好，在乡下属于那种混混日子的农民。可是，中国农民最不幸最贫困的命运，却一样也不少地包裹着他。他曾经对人说过自己的父母是大学教师，结果是招来更鄙夷的奚落，没有人会相信他，同时更轻视他，这就是江湖的常识。他终于明白在一个物欲与角力的社会里，人们只信奉目下的强者，以智慧和财富来争雄天下。这种无形中的争雄无处不在，哪怕是在一个小小的民工群体中。他从此不再去粉饰自己的身世，他坚决地忘却自己父母的一切。这样，即使是明火执仗地去抢去偷，去做伤天害理的黄牛党，他也没什么所谓了。所幸的是，即便是已经手铐铐上了双手，他也还没有正式进过班房，只有一次，在看守所里待了两天，被作为盲流，遣送回东北。3 天之后，他又出现在广州三元里的出租屋里。

他决心做一个坏人，起码不是一个道德意义上的好人。他对父母的所有思念就是仇恨，这种仇恨的发泄，就是把自己往坏里整，做成一个地道的江湖意义上的坏人。

但是，麦地的话，却使他不能忘却，他已经努力忘却了许多东西。麦地很同情他的遭遇，那天他对许楠生说："找回父母的遗稿，说不定能改变你的生活，你想过没有?"

他确实没有想过，他完全不懂文化方面的规则。祖父母也是从未出过门的老实农民。他自成年之后也从未接触过外面的文化人。他哪里会知道一本书，对一个人命运的作用与价值。

麦地觉得许楠生本来不笨，只是文化水平太低而已，许多事情一经说破，就能明白。他干脆简明扼要地启发他："你总会知道这样的话——书中自有颜如玉，书中自有黄金屋吧!"

"那当然，学而优则仕是不是?"许楠生自然不会连这些都不懂，只是从未去想过这些事和自己会有什么关系。

麦地觉得许楠生的资源太大了。自然这个资源还是一个未知数。他只是朦朦胧胧地觉得从北京的大学出来的人，写的书不会没有什么价值。许楠生作为子女不应掉以轻心，哪怕是为亡父母保存一份纪念，也是值得去努力的。

当许楠生知道最终的一切可以归结到钱，同时可以改变自己命运的时候，他的心确实动了。而这一切也许自己无法消受，但是对 7 岁的儿子呢？他忽然就有了一种做一个负责任的父亲的使命和豪气。

此后将近一年里，许楠生几乎一改种种恶习，不嫖不赌，拼命地攒钱，回家然后去海南岛。父母的最后线索在海南岛。那个地方不难找，父母的日记里记载得清清楚楚。只是不知道那家人现在还有什么人。

两年前，许楠生去了海南，地方并不难找，父亲日记里写得很清楚，他从海口坐车到琼海，不费太大的劲，他便找到那个已经让高速公路一劈为两半的村庄。

这个叫杨桃村的村庄很小，只有十几户人家，万泉河从村边流过，村庄就在高高的河岸上。岸边有几条小木船，许楠生是从河这边乘小木船过去的。

村庄里只有一些老人和孩子，成年人都到城里打工去了。村庄里有几幢新屋，显示这个村庄并不太贫困。村庄里到处是杨桃树和椰子树，地上落满了杨桃，也没有人捡。许楠生随手捡了一个，放入口中，酸得他龇牙咧嘴。海南岛的杨桃怎么又大又酸？

父亲当年就住在一户刘姓人家。刘家男人是生产队长，当年刘家还有一个 18 岁的儿子刘兴桐。父亲在日记里经常提到这个叫刘兴桐的青年，对他尤加赞赏。父亲很感激这一家人对他们的照顾。

村庄里只有一个姓，都姓刘。许楠生找到队部，里面有几个人在喝茶聊天。他说明来意，其中一个年纪大一些的人说：

"知道知道，我带你去。说到刘兴桐，别说本村，你就到海南（海口等大地方）去问，也无人不知的，在广州做大官呢！"

这个人天生一张大红脸，声音洪亮，他带着许楠生，拐过一片杨桃树林，面前出现一幢三四间屋子组成的排屋，他老远就喊："刘伯，你家来客啦！"他一路喊着，"杀鸡呀！有客来啦！"

刘伯光着上身，拄着一根长长的竹竿，从林子里走出来。他背有些驼，看起来还很硬朗。

许楠生说起自己的身世，老人便老泪纵横："是许先生的仔啊！听先生说过，就是没见着。"老人说着，摩挲着许楠生的脸，"30 年了，没法说。"

许楠生从包里掏出一些从海口买来的烟酒，还有一包祖父母准备好的东北土产，嘱咐他一定要交给刘家老人。

刘伯忙说，什么都不缺呢，别太破费了。

村里难得有客人来，村里人又都是本家兄弟。许楠生到来，村里便马上像过节一样，刘伯吩咐红脸汉子去杀鸡杀猪。

父母在这里并没有留下很多故事，当年的老人都不在世上了，当年的青年也都成了老人。父母在这村庄里住了不足一年，人们已经没有太多的记忆。这个村庄是革命老区，有好几家琼崖纵队的“堡垒户”。在“文革”中，是一个红色村庄，北京、省里、县里的下放干部川流不息，经常到这里“三同”。许楠生的父母因为在这里自杀，所以人们尚有印象。

吃饭之前，红脸汉子把许楠生带到父母坟地去。因为死于“文革”之中，父母被草草埋葬在附近的小山冈上，面对着万泉河。小山冈被高速公路削去一半，临高速公路这一面，便成了一个小小的悬崖。父母的坟墓就在悬崖上。

许楠生说不清楚自己是什么感觉，年代太久远了，对父母亲没有留下任何印象，在离家乡这么遥远的海南岛，竟然埋葬着自己的父母，细想起来，像是一个遥远的传说。说老实话，许楠生不是儿女情长的人，坎坷的人生境遇已使他的心变得坚硬。他憎恨父母，除了憎恨父母之外，他不知道应该去恨谁。在这一点上，他无人可恨。如果不是那位语文教师给他细细指点，他甚至连去寻找父母的坟墓和遗稿的念头都没有。

墓碑是一块黛青色的火山石，墓上刻着“许达生、向楠之墓”和立碑的年月日等字样。墓地有好几年没人打扫了。字上的红漆已全部剥落。红脸汉子说，刘伯前几年身体还好，上得了山冈，每年清明还能来扫扫墓。这几年刘家婶子去世了，刘伯走不动路，也就再没有人来扫墓了。

许楠生头脑一片空白，他想不起30年前的一切，那时才3岁，人世间发生什么事都与他无关。他视祖父母为唯一亲人，爸爸妈妈的概念于他是一个不常想起的问号。

当晚，在刘伯家的场坝上，全村的青壮年人都来喝酒，也就二十来号人。人们把许楠生当贵客。小山村就是这样。

没有人谈起许楠生的父母，似乎目下的一切与30年前的岁月并没有必然联系。刘伯喝不了多少酒，他坐在许楠生身边，却不断给他添酒。他偶尔会说起许楠生的父母，如何如何，但很快就被鼎沸的人声淹没了。老人于是也就不再往下。

刘伯当时正当壮年，有些事应该是记得清楚的。但是，那些日子太平淡了。和许家夫妇同来劳动改造的还有十几个下放干部，分住在几户贫农家里。他们白天劳动，晚上开大会，今天斗争这个，明天批判那个，在油灯下围着一张桌子就开批判会。刚开始还认真，后来就皮了。

“许先生夜里总是要写很多字的。”刘伯记得住的也就是这一点，“每次赶集，他都要让我给他买多多的煤油，没几天就用完一大瓶。”刘伯很感叹，“真是刻苦啦！30 多岁的人，头发都白了大半。”刘伯记得的也就只有这些。

那夜喝了许多酒。许楠生请求刘伯让他到父母住过的老屋里去睡。刘伯说也好，不过那老屋死了外人，便当作仓库用了。可是那老眠床还在，打扫打扫也还将就的。

那夜，乘着几分酒意，许楠生就睡到父母当年睡过的眠床上。眠床是用菠萝蜜树做的，很结实，和楠木差不多。黑亮黑亮的木质，透着一种幽光。恐怕30 年来，没有人睡过这张床。这里的人信鬼不信神，人们对鬼是怀着恐怖的敬意的。死过人的地方，人们总是格外小心。

就连许楠生这样常在江湖、走南闯北的人，也很难想象30 年前，自己的父母在这间老屋里，是如何生存的。他不是一个多愁善感的人，但今夜，他还是怀揣着一种想望，也许父母会托梦给他，告知他一些什么。他就这样在黑暗的空屋中等待着。

红脸汉子昨夜和许楠生成了酒友。两个人都挺能喝，也喝得很真诚。天刚亮，红脸汉子就来敲门，说今天是集日，让许楠生一起去镇上，他请客人到发廊去洗头。这是最高的礼遇了。许楠生推却不过，只好跟红脸汉子去了。

在杨桃村，许楠生住了 3 天，第 4 天离开时，村里许多人代刘伯直把他送到高速公路口。红脸汉子竟十分仗义坚持要送到车上。

在刘伯那儿，许楠生问不出什么。老人连书稿是什么都闹不明白。“有些事，你可以去问问刘兴桐，那年他 18 岁，许先生最喜欢他了。”临了，刘伯把刘兴桐的地址电话写给了许楠生，“他有好几年没回来了。”

刘兴桐是刘伯的独子，刘家母亲几年前去世了，留下刘伯一人。刘伯家中还有一个五十开外的女子。红脸汉子叫她嫂子。许楠生问，这女子是刘家什么人，红脸汉子说：“刘兴桐读大学前的结发妻子，大学毕业后回来离婚了。嫂子没什么地方可去，就留下来住在刘家，服侍刘家父母。没儿没女，很可怜的。”

许楠生在出租屋门槛上坐了许久。他不想去火车站了。他想直接去正中大学拜访刘兴桐。他曾经给刘兴桐家打过电话，自报家门说明来意，刘兴桐很冷淡，只是说有空再联系他，就撂下电话。事后许楠生心想，我又没给他留下联系办法，他怎么联系我呢？

腰间的呼机响了，许楠生一看号码，是鬼马李。这家伙早已到火车站。想想还是再去做一单吧！做完洗手不干。

当时，刘兴桐并没有把那个自称许达生儿子打来的电话当回事。他不想和许家后人有任何联系，离得越远越好。有一点他不太明白，许家为什么时至今日突然找上门来。他很想知道究竟，这其中有什么玄机？30年了，许家后人是何方神圣，为何而来？他有些后悔当时太草率，没有细问对方的联系电话，现在想探个究竟都无处可寻。

他忽然想起那句中国古语：三十年河东，三十年河西。

其实也不必多虑，一个问安或攀亲的电话不足为奇，再说，刘家对许达生夫妇是情至义尽的。他记得许家夫妇自杀之后，几乎所有后事连同每年清明扫墓都是自己家里操办张罗的，也算对得起死者了。

许家来人固不可怕，可怕的是《中国近代文学史稿》的原稿，在几次搬家之后不见了。这20年间，他从助教、副教授、教授到校长，房子越住越大，搬了好几次家，每次搬家都是李可凡操持。这么多年，他几乎把原稿忘了。几年前忽然想起，再也找不到了。原稿失踪得有些蹊跷，也合于情理。为此他曾与李可凡吵过无数次架。他怀疑李可凡私藏了手稿，但他不敢明说，他怕激怒了李可凡。

他的怀疑不无道理。他很清楚。他和李可凡是什么时候开始有裂缝的呢？几年前的一个深夜，他们刚刚睡下，忽然电话响了，他懒得接。李可凡连喂了几声，对方就是不吭声。本来也没什么事。

过了一会儿，书房里的另一个电话响了。刘兴桐正要起身去接，李可凡却说："这么晚了，谁这么急来电话？我去接吧！"她进了书房，对方又是不吭声。她也不出声，双方僵持了十多分钟，李可凡终于无力地放下电话，她心中非常明白。这时，她听刘兴桐的手机响了。刚才是她把刘兴桐的手机关上充电的。她从书房门往客厅看，刘兴桐的手机还在充电器上静静躺着。那么，刘兴桐还有一个手机，一个隐瞒她不让她知道的手机。她颓然地坐下，她不想走进卧室。她听见刘兴桐压低声音说话的嗡嗡声，她没兴趣去知道什么。过了好久，她听见刘兴桐叫她的声音。

她走进来，无言地躺下，把背脊向着刘兴桐。刘兴桐也不解释。就这样，她睁着眼直到天明。

第二天，李可凡没有起来做早餐。

刘兴桐也不计较，他收拾好上班的东西，走到门口又折回来，他走到卧室门口，对还在床上的李可凡低沉但是严肃地说："你藏起了我的手稿。"

"是你的手稿吗？"李可凡倏地坐起来，同样低沉但更其严肃平静地说，睁着一双哭过的眼睛，定定地望着他，并不正面回答他。

"什么意思？"刘兴桐有些心虚，但依然强悍。

"你自己知道！"李可凡并不示弱。女人的最后一道堤坝让昨夜的神秘电话给彻底冲垮了。她现在无须顾虑什么保护什么了。人的变化往往只在那极为微妙的瞬间。

“我劝你别太过分。”刘兴桐声音有些发颤。他想不到这个柔弱的百依百顺的女人，会变得如此冷峭，如此坚决。

“我一点儿都不过分，过分的是你。”李可凡异常冷静。她面前这个男人变得极为猥琐，这种感觉不是今天才有，只是她不断告诫自己不应该有这种想法，这种想法太危险。

“不就是一个电话吗?”刘兴桐想掉转话题，他实在不想再谈手稿的事，那毕竟是一件难以启齿和面对的事情。

“请不要跟我谈电话的事，那是你自己的问题，与我无关。”李可凡不依不饶。她昨夜想通了，她决意不再敷衍下去。

“那，你自己想好了，有什么决定告诉我。”刘兴桐知道昨夜的电话只是一个导火索而已，他们夫妻之间的裂痕早已存在，只是各自都不说破而已。李可凡是个很能忍受和把自己掩藏起来的女人。她轻易不会去撕裂什么，包括感情。

刘兴桐正想往外走，李可凡猛地站到地板上，对他喊道：“刘兴桐，你诚实一点，你今天就告诉我，文学史是你写的吗?”

刘兴桐怔住了，如雷贯耳的质问，来自这个披散着头发的早晨的女人，这个在自己身边躺了十多年的女人。他预感到一种危险。这危险来自这个女人不依不饶的性格，它将会变成一门大炮，把自己轰得粉身碎骨。

“你在说什么?李可凡，你不是疯了吧!”刘兴桐的镇静，若在平时的李可凡看来，几乎是无懈可击的。但今天，李可凡读出了他的犹豫和虚弱。她想知道真相，而这个真相是诚实的。这些日子来，煎熬着她的这个念头令她万念俱灰。她确信自己的判断，那份手稿包含着一个一定会被揭穿的阴谋。而这个阴谋最终将大白于天下，是任谁也无法遮掩的。她要刘兴桐诚实地和盘托出，至少是在现在，也许她会和他一起去共同面对由此而来的一切后果。可是刘兴桐，他会吗?

“你想知道什么?你知道什么!我劝你别乱猜疑，好了，什么事都没有，什么都没发生过，那个电话只是一个工作电话，对方怕引起误会，所以不吭气，如此而已，好了，别耍孩子脾气。”刘兴桐忽然缓和下来，息事宁人地摊开着双手，扔掉手中的皮包，向穿着睡衣的李可凡走来，没等李可凡反应过来，他已拥住了李可凡，李可凡挣扎着，口里喊着：“无耻!”

“我是无耻，哪个男人不无耻?好了吧，我什么都承认，什么不好都是我，夫人是上帝，我是上帝脚下的羊。”刘兴桐拥抱着李可凡，他粗重急促的呼吸非常性感。李可凡无力地靠在他身上。刘兴桐的厚颜无耻已经不止一次，这是他惯用的手法，他知道用什么办法取悦女人，或者打击女人，或者征服女人。其实，对于女人而言，男人的厚颜无耻其实是一种很有效的办法，否则，事情就是另外一种结果了。

“什么都不要说，什么都没有发生，好了，可凡，女人经常生气会老得快的，你看，眼角又多了一条皱纹。”他用手指轻轻地抚平着李可凡眼角一条早已存在了许多岁月的皱纹。

“这条皱纹是昨天晚上才添上的，你看，得不偿失吧?”

“胡说!”李可凡情绪安定了不少。她已全身乏力。虽然一场激战暂时过去，但是，她知道这不是最后一回，更严酷的现实等在前头。刘兴桐这不过是缓兵之计，她太清楚刘兴桐了。他的缺点和优点她都十分清楚，只是有些事情，你实在不可以想得太明白太清楚，否则便是自找苦吃，而且于事无补。刘兴桐的优点是无耻，他的缺点也是无耻。他能在不同场合不同氛围里制造无耻，或者说把无耻制造成一种很温馨很纯情的气氛，他又能把无耻制造成一种令你觉得不得不领受、非常渴望拥有的、像毒瘾一样牢牢附吸在你灵魂上的东西。他聪明之处是他从不把无耻落在实处，或者把无耻虚拟成一种自轻自贱，把无耻从实在淡化成一缕轻烟。这就是刘兴桐。这是令李可凡大惑不解的，一个农民的儿子，一个28岁才从海南岛最僻远的乡村走出来的农民的儿子，怎么具有如此高超狡黠的处世才能?这也是令李可凡害怕的。

刘兴桐表现了少有的温存，李可凡差点就让他给俘虏了。她在心中深深地叹气。她实在拿他没办法。她多少次盼望刘兴桐能跟自己斗争到底，斗出个明明白白的结果来，也不至于年复一年地消耗生命，把青春耗尽然后老之将至。她太害怕和刘兴桐再这样耗下去，在自己的老年收获一个悲剧。

刘兴桐的戏终于演到最后一幕。他放开李可凡，什么话也没有说，他知道只要李可凡安静了，就意味着自己胜利了。他此刻无须多说，平安的一天就又开始了。

他大踏步地走了，走时不忘捡起刚才扔在地板上的皮包，也不忘在卧室门口，回头深情地一瞥。在生活里，他太像一个演员。他总是非常正确地赋予自己以角色。这个角色因着生存环境的改变而改变。

刘兴桐走了，李可凡一屁股坐在地板上，她必须好好想想，她告诫自己，千万不能让刘兴桐迷惑住。这个永远不以真实示人的刘兴桐，他是什么事情都可能做出来的。他一旦确认手稿在我手里，他是绝不会罢休的。李可凡把事情想得很透彻。

和刘兴桐分手，这是迟早的事。双方都明白这一点。之所以双双都下不了决心，最大的障碍可能就是那份手稿的下落。在没有确认它的下落之前，刘兴桐是绝对不会同意离婚的。

手稿究竟落入谁的手中？刘兴桐完全没有把握，他更愿意它早就从这个世界上消失了。可他又觉得李可凡一定对他隐瞒着什么，也许手稿就在她的手中。和这个女人结婚十多年，他对她完全没有防备，这是他最大的失策。最可恨的是，李可凡的嘴巴太紧，刘兴桐用尽办法，也无法摸清她的底牌。她与他谈到有关手稿的底线，也就限于对他的追问："是你写的手稿吗？"

在结婚的最初几年，李可凡看过那份手稿，有一次搬家整理东西，她随手拿过那份手稿，问他："这是你写的？"她指着手稿上那工整而又娟秀的笔体。刘兴桐接过来："请人家抄的。"他随手把它放在书架上。

手稿失踪成了一个谜，而谜底可能会成为一个致命陷阱。

自从那次深夜电话事件引发两人的争吵之后，刘兴桐一反常态，他变得小心翼翼，尽量不去激怒李可凡，但他们的关系明显恶化了。这是一种外人难以觉察的恶化。

许先生儿子的电话，令刘兴桐有一种不祥的预感。他想起手稿，就觉得李可凡十分危险，她是睡在自己身边的一颗定时炸弹。

秘书邹亮走进刘兴桐的办公室："校长，车备好了，是不是现在出发？"

"你先下去，我 10 分钟后到。

一个小时后，在会展中心的国际厅，将举行正中大学和北京某校联合开办的博士班开学典礼。他必须给自己一个良好的心态。今天到会的有省里有关部门的领导、北京来的学者、港澳一些机构的朋友，由刘兴桐致开幕词，这是个向社会各界展示正中大学形象和实力的好机会。

看看已经 8 时 15 分，他正想出门。邹亮却又急急地进来，连门也没敲。

"校长，证券公司的同志想见您，我把他们堵在校办公室里，他们说非见您不可！见还是不见？"邹亮看了看表，有些为难。

"另约吧！恐怕来不及了。"刘兴桐有些犹豫。

"那您先下楼吧，我去安排。"邹亮说着，正欲离去。刘兴桐却叫住他："这样吧，请他们一起去会展中心参加开学典礼，在会上再约时间，就这样。"刘兴桐知道证券公司的人所来为何，昨天他们总裁已经预先给他打过电话。

这几天，刘兴桐是门庭若市，都是为着博士班的事。刘兴桐也想好好运作一下，这是一个千载难逢的机会，就此与社会各界好好联络沟通各种关系与关系。这也是大学的社交资源，资源就是无形的公共关系。

绵绵秋雨里有一种黏稠的浪漫气息。山鸣谷应似是一首曾经很流行的《在雨中》。人们现在已经很少听到唐彪安李的这首歌了。那种互为钟情，纯粹得透明的古典情怀，似乎只能诞生于劫后离乱的小巷人生。大都市不再相信类似从沙面的小桥河涌边走出的款款深情，那种天长地久绵延一生的心灵诉说和无尽的期待。爱情的纸船不会再有清澈的流水将它漂起，人心变得浊重，像广州上空灰蒙蒙的天空一样。

最近这段日子，李可凡在外国语学院听课，授课老师是一位从英国来的教授，讲莎士比亚的悲剧。她本来已经十分消沉的心情，让莎士比亚的悲剧情节浸润得无比伤感。每天上午听讲，下午没课，中午她便从学院围墙背后径直上白云山。

林中空地的合唱，天天回荡着一种逝去岁月的激情。原来是每周 4 天，现在是天天合唱，只要有三五人在一起，便总有人会挺身而出充当指挥。不一会儿，合唱队伍便如滚雪球般变得声势浩大。所有来这里参加合唱的人，都被某种东西吸引，这种吸引不是来自白云珠水，不是来自某一个偶像，而是来自自己心灵的呼唤，是自己让自己消逝的岁月所吸引，是自己的呼吸把自己引领到白云山的林中空地。所以，从日出到日落，合唱的歌声，像一轴永远翻不完的长卷，一本了无尽头的书，铺展在林中空地的每一个角落。

李可凡庆幸自己终于寻找到这样的天堂，一定有一个天使引领。她好像回到少女时代，被初恋陶醉，这初恋就是唱歌。

其实她并不唱歌，她只是寻找一个远远的角落，能够很真切地感受气氛的地方坐下。她颔首托腮在那儿坐着，常常是一直坐到夕阳西沉，曲尽人散。

唱歌的人群中，有一个拉小提琴的，他几乎天天来。有时早些，有时迟些，但一定来，风雨无阻。

这个人 30 岁左右，脸色苍白，似乎得过什么病，不太健康的样子。他头发很长，拉琴的时候，总有一绺头发掉下来，挂在前额上，以至于他常常要在静音的时候，甩一甩头发，那个姿势美极了。他总是默默地来，默默地拉琴，从不与人交流。他似乎什么曲子都会拉，指挥掀开歌页，他会很专注地一瞥，马上拉起一个前奏。他拉琴的时候，常常闭合眼睛，只有在拉过门时，全场静寂，他才会睁开眼睛，看一眼合唱的人群，那眼神是柔和的，像羊的眼，有一种忧郁在荡漾。

合唱没有终止的时候，唱歌的队伍川流不息，唱累的人出列喝水歇息，马上会有人把空位补上。指挥的也是这样，总有人在那儿等着替补。以前是清唱，自从来了这位拉小提琴的，伴奏便是他的专职。大家已经习惯了上午清唱，下午等着拉琴的人到来。他总是在午后到达，喜欢唱伴奏的，就等下午上山来唱歌。

李可凡觉得这个人很有意思。她一边听大家合唱，眼睛却从未离开拉琴的人。她已经很熟悉他拉琴的各种姿势。她从他身体的起伏升沉中，慢慢地读懂了歌曲的乐理。她甚至随着他的姿势打着节拍在心里哼歌，慢慢地便唱出声来，心情也就舒畅了许多。

唱歌的人来来去去，拉琴的却永远只是他一个人。他仿佛是一架不知疲倦的机器，在那里无言地转动。夕阳西沉之际，林中空地只有他一人仍在拉琴。可是，李可凡似乎已经听不到琴声，只见一个身材颀长的剪影，在光斑闪烁的红叶之间浮动。那人也似乎早已不在人间，而是飘浮在云端里，渐离人们的气息而去。她不知自己为什么会有这种感觉。

她嗅到了青草与树叶的气味，那气味把她带回少女时代。

那是在故乡的山林。父亲带着她，从城里去老家。她第一次走进山林。山林里就是这种气味，青草和树叶的腥气，正是这种腥气使她萌动了一种欲望：她想拥抱什么，不，是渴望被拥抱。那种诱人的腥气似乎是来自人的灵魂，又透过那青草和树叶散发出来。她伏在父亲的背上，她强烈呼吸着太阳晒在父亲头发上所产生的那种男性的气味，男性头发和阳光交合而成的气味。这种气味就是青草和树叶的气味。在她认识刘兴桐之前，她认识一个比她大十多岁的男友，那人是个作家，在20世纪80年代初离婚大潮中，他离婚了。那时她还是大学三年级的外语系学生，而他已经是一个很著名的小说作家了。她如痴如醉地追求他，而他却异常冷静。他们相处了三年，有一天他告诉她："我离婚了，但我永远不会再结婚，能够接受这一点的人，才能和我在一起。"说完，他没等她表态，他就忙说再见。那一年她21岁，他差不多40岁了。这个年龄的男人，尤其是男作家，是最危险也最显诱惑的。和这位作家在一起时，她时刻地感受着青草和树叶的腥气，那种来自阳光和荒野丛林的气味。后来和刘兴桐结婚，她暂时忘记了对这种气味的寻找，当她再度记起时，她发觉刘兴桐不是具有这种阳光气味的人。她曾经像小狗一样嗅遍他全身，他的衣服，他睡过、摸过的床铺和物件。她发疯似的到处嗅着。没有，一丝也没有，没有阳光，没有青草和树叶。她把刘兴桐的衣物扔到草地上，挂在树林里，曝晒在阳光下。她贪婪地嗅它们，还是没有。

她终于压抑不住，很唐突地问刘兴桐："你身上没有阳光和青草树叶的气味？"那年，她还不到30岁。

刘兴桐被问得莫名其妙，他以为她在讲笑话，学幽默，并不在意。她说完却怔在那里，半天说不出话来。

这种奇怪的感觉与想法一旦根植于心，任是怎样用力也无法将它拔掉。日子就这样一天一天溜走了。但当阳光青草树叶的气味，由现实变成为理想时，她的苦日子也就降临了。这是李可凡自己制造的切肤之痛。以刘兴桐的话说，学英国文学的人都像莎士比亚那样神经兮兮，而莎士比亚充其量只是一个生活极不检点的脏乎乎的英国病人而已。

“你懂什么?”当李可凡开始用这样的语言，坚决地回击刘兴桐这个炙手可热的近代文学史研究专家时，他们结婚还不到7年，但七年之痒却已悄然到来。

40岁的李可凡娇小但是老气横秋。她是那种样子有点病态但很优雅的知识女性，素面朝天衣装淡雅，几乎不戴任何饰物。提包也很老旧，由黄牛皮做成，有补丁的样子。够大，够装上几本大16开本的英语书籍，沉甸甸地挂在身上。这种挂包似乎是城里上个世纪80年代中期才流行，可现在已经21世纪了。

此刻她忽然嗅到阳光青草树叶混合的气味。这种气味来自哪里，她下意识地四处张望，周围倒是有茂密的青草和丛林。但秋雨淅淅，没有阳光，也没有任何气味，只能是来自内心的幻觉。

沉睡多年的欲望和感觉突然像野马似的奔腾出谷。她有些惬意也有些惶惑。不存在的东西你是不必去寻找的，要来的东西你不去寻找它也会自然而然不期而至，就像那梅雨天气，如这淅淅秋雨。

李可凡沉浸在自己的梦幻世界里，这个世界久违多年，而且尘封得灰暗阴晦。

当夕阳把它最美丽的瞬间无私地抛掷给白云山时，林中空地便迎来一天中最灿烂也最伤感的一刻。人们已经陆陆续续离去，林中空地走尽了最后一个歌者。夕阳突然就逃遁得无影无踪。已经没有人唱歌了，而那拉琴的人琴声依然。他正从头开始，在拉一首李可凡全然不知的提琴曲，这是一首没有人听过的曲子，忧伤但是非常切合此刻夕阳消尽时分的山林。他忘情地拉着。当暮色完全溶化了山影和人影，四周恢复一片史前的寂静时，李可凡听到一个有点暗哑但很锐利，似有共鸣的声音：“天黑了，走吗?”说话的是那拉琴的人。

在此之前，他们相见不相识，仅止于彼此点点头，算是认识了。

李可凡有点意外。不知为什么，竟然有些不好意思。天完全黑透了。山坡上的餐馆已亮起霓虹灯。李可凡有一种自我怜悯的意味。

“是该走了，我都忘了时间了。”李可凡有些慌乱，她不好意思地笑笑，她觉得自己的表现很不得体，有些可笑。她站起来时，高跟鞋歪了一下。他便抓住了她的手臂。她本能地回避着。他便也很快地松开了手：“小心!”

他们便相跟着走上通往山下的柏油路。

“你琴拉得真好!”李可凡由衷地说。

“还好吧!本该拉得更好!”他说着,一丝忧郁爬上眉际。

“为什么这样说?”李可凡已没有了拘束。

“因为要生活,要谋生。”他有些沉郁地说。

“在哪里工作?”她的话里有一份关心。

“没有工作,每天晚上教孩子练琴。”他的话里有一丝无奈。

“那是很不错的工作。”

“也许吧,不过,自己就没有时间练了,都把自己给普及掉了。”他笑了起来。

“为什么?”李可凡不解。

“都是些被父母逼来练琴的孩子,只能教孩子练最简单的曲子,不是把自己给练蠢了吗?”

“那也是。”

“生存与艺术,总是不能两全的。你说是吗?”

他们像两个老朋友似的交谈着。李可凡自觉比他年纪大许多,便也没有什么介意,她像一个大姐姐那样,有些怜惜地面对这个看起来有些孱弱的男人。

“哦,我们还没有真正认识呢。你怎么称呼?”

李可凡说着,先自我介绍,她只是告诉他姓李,是外语系的老师,没有告诉在哪间大学,也没有告诉名字,她也不知道自己为什么要这样。

“那我得叫你李老师,做英语老师真好。”他说着,下意识地把琴盒从左手传到右手,这样,他与李可凡之间便没有什么距离,“我叫高塬,父母都是外语教师,不过他们学的是俄语。”他一点儿也不保留地和盘托出。

高塬早就注意李可凡,那天他无意中发现,有一个女人,每次都坐在角落里,落落寡合地听人家唱歌,也不与人交谈。她总是一个人来,而且总是最后一个离开。这个女人令他十分好奇。她好像在等待什么?又好像对什么都漠不关心。她的一切都显得与众不同,素朴但是优雅,她使他想起自己的母亲。她那苍白得有些病态的脸色令他有一种怜惜的冲动与激情,有一种想要全力包裹她的欲望。说来奇怪,他并不知道这个女人是谁,是干什么的,但他就是有这种冲动,这种久违的冲动连他自己都觉得惊奇!这个至少比自己大10岁的陌生女人,给了他一种不顾一切企图接近她的欲望。真是不可思议。

他们各自介绍了自己之后,却忽然间没有了话说,气氛便有些胶滞。李可凡突感头脑一片空白。她想自己是不是有些荒唐?一个结婚多年的女人,竟然在这夜的山道上,和一个陌生的男人,一个比自己小许多的男人,相互迫切地想阅读对方，像两个久别重逢的朋友一样，急于了解离别之后的往事。她不禁怀疑起自己的动机。在白云山的这些日子，似乎是在期待着今夜的这个结果，期待着和这个人的邂逅。虽然她不是一个十分守旧的人，但也不至于开放到这种程度。她承认自己对这个男人有好感，但全部的好感仅止于对他拉琴表现的欣赏。

高塬可不这样想。这个女人对他的吸引，于他而言可能是无须任何理由的。他无须知道这个女人的来龙去脉，她属于谁？她是干什么的？她从哪里来？她将到哪里去？这些对他来说，都并不重要，他也并不想去寻根问底。刚开始的时候，白石山对他的吸引，全然是唱歌的人们使他感到兴奋。他在人们的歌声里听出一种对生活的深深的期望，对逝去岁月的深深依恋。这种期望和依恋令他感动，他愿意让自己苍白的缺失安慰的日子，充满这种毫无功利的感动，所以他希望天天来这里无偿地拉琴，用自己的琴声换取人们感激赞许和欣赏的目光，这是他生命的收获，没有什么比这收获更能刺激他心灵的欲望。但是，令自己在这种欲望中得到最大满足的，却是那个永远坐在远离人群的地方、孤独地品尝着歌声，贪婪地呼吸着落寞的女人。那女人高贵优雅的冷漠，唤起他心底里被压抑、被抽取而变得干涸的热情与欲望。这种欲望一旦通过自己的手指和弓弦的拨动，很快就转化为一种强烈的情欲，一种类似侵略的征服。每当这种冲动和激情慢慢地聚集成为一个高潮时，他的身心会因之而处于强烈的颤抖与战栗之中。他只能听任这种状态，像决堤的河流四处漫漶。

面对这个完全陌生的女人，他顿生一种极度熟悉的心情，他甚至觉得，他已经读遍了她身体和心灵的每一个角落。他闭上眼睛，就可以准确地想象她的每一个部位、每一根头发的样子。可是，当真实地和这个女人走在一起时，他又无法控制自己的慌乱和局促。他不是一个童男子，也不是一个不谙风情的男人，他甚至已经体验了许多感情的风潮。但是，在她面前，他还是无法从容自如。他无法解释自己这种行为和心情。

他像一个胆怯无助的孩子，这多么不符合平日里高塬的性格。

她毫无道理的高贵与优雅，令他自惭形秽，令他觉得自己很脏，很不干净。他不知道自己何以会有如此的想法。高傲的高塬可是从来都十分自负的啊！

也许这个女人的全部高贵和优雅，只是自己恍惚中的一种想象和幻影，并不真实。但是，这是一种实实在在的情绪。这个女人就走在自己身边，近得他只要一伸手就可以把她圈住，拥抱入怀。可是，要真正触及时，她又变得那么遥远，遥远得令人绝望。

一路无话。这个刚才还说话流利畅快的男人，为什么忽然间就沉默无语？

李可凡对男人没有太多的经验。她知道每个男人都是很不相同的。她便不去多想。

他们走得很快，山门就在前头，山门外有公共汽车候在那里。李可凡随口问道："你坐什么车?"

高塬沉浸在自己的世界里，一时没有反应过来。李可凡便说："我往天河的方向，你呢?"

"我也是。"高塬回答。

于是，他们一起挤上往天河的公共汽车。

车上人很多，高塬最后一个上车，过了几站，他才挤到李可凡旁边。高塬抓住了李可凡的手，有几秒钟的时间。李可凡抽出了手，她说："我在前面车站下车。"

他说："我也是。"

李可凡说："那你先下吧!"

他说："你先下!"

第四章

中午，许楠生在巷口的士多店买烟，他一边抽烟一边和店主阿婆聊天。电视里正在播放午间新闻，正中大学博士班开学典礼。电视画面出现讲话的人。咦，这不是刘兴桐吗？许楠生虽然从没见过刘兴桐，但在杨桃村他看过刘兴桐的照片。这时电视上出现刘兴桐的名字，他是正中大学校长。

许楠生想起来了，那天晚上在人玛丽夜总会走廊上见到的人，正是刘兴桐。

他突然想起麦地。他在记事本上查到麦地的电话号码，马上就把电话打了过去。麦地手机关机，来电信息转到秘书台，他便把士多店的电话告诉秘书台，下决心在土多店死等麦地的电话。

不一会儿，麦地的电话打过来："喂，哪位找我。"

"麦老师，我是许楠生，就是，就是那个保安，东北人，记得吗？"

麦地很高兴："老许，怎么样，在哪里啊？"

"我在广州，我去过海南了，就是我父亲书稿的事啊！"许楠生兴奋至极，和麦地联系上，他会给自己好主意的。

"老许，我马上要去上课，找个时间慢慢谈好吗，这样吧，或者晚上你到东莞来。"

许楠生连连说好。

许楠生叫上鬼马李一起去东莞。从广州到东莞，一个多小时就到了。麦老师的门锁着，他俩便在门口等。说好是晚上见的，许楠生便不好给麦地打电话，人家正在上课呢！

他和鬼马李等得无聊，便到处转悠。看门的老人赶过来，用怀疑的目光审视着他们，那目光似乎在告诉你，你不是一个好人。许楠生便有些气恼，口气很粗硬："我们是来找麦地老师的。怎么啦？"

老人见这两人贼头贼脑的，一副民工打扮，心里早有警惕，麦地老师会有这样的朋友？

老人对生人和外地口音的有一种本能的防备，便说："那你们到传达室坐等吧，上课时间，校园是不能让外人随便进入的。”

许楠生不想与老人计较，便收起蛮横的脾性，对老人说：

“阿伯，几年前我在这学校当过保安呢！那时，你还在乡下种田。”他有些讥讽的话把老人激怒了。老人这回认真起来，本说好让他们到传达室坐等的，这回非得把他们赶到校门外不可。他严厉地对他们说：“请你们出去，麦老师下课再让他把你们领进去，要不，我叫保安了。”

他俩只好自认倒霉，怏怏地蹲到大门外去，恨死了这位看门的老人。

他们在大门外晒了两三个小时太阳之后，终于坐到了麦老师的大沙发上。书生气十足的麦老师批评他俩：“要注意修养，别让人看着像贼。”麦老师笑着说——看门老人把刚才的经过跟麦老师说了。

许楠生有些不服气：“我们看起来像贼？城里人就是看不惯我们这些外省人。”

麦老师忙解释不是这样的。珠江三角洲少说也有几百万民工和外地人，有些地方外地人比本地人还多，没有看不起看不惯的理由，与人为善注意仪表是任何人都应该有的素质。麦老师始终笑意盎然地说着：“你看，我就很理解你们，可并不是人人都如此，对吗？”

许楠生无话可说。麦老师又说：“小李你还当过老师呢！你说我说得对不对？”

鬼马李有些不好意思，连忙说：“许楠生就是这样，很凶的。”许楠生便要揍他。

麦老师笑说：“你看，狼性子又上来了。”

“怎么样？去海南了解到什么线索？”麦老师言归正传，许楠生把知道的事情详详细细地说了，还说那天在夜总会见到刘兴桐。、他一说到刘兴桐，麦地马上说：“我知道这个人，很有名的学者，是个很有名的近代文学史专家。”麦老师读的是师大中文系，“我读过他写的书，他那本《中国近代文学史稿》是中文系的必读书呢！”

麦老师说着，突然奇怪地看着许楠生，看得许楠生莫名其妙，也怔怔地看着麦老师。

“老许，你不会是在编故事吧！你跟我说的是真的吗？”麦老师似乎悟到什么，他非常认真地问许楠生。

“你以为我在骗你？编故事？我会编故事？难道你也不相信我？麦老师，是不是我们这些无权无势的人说的话都是大粪？”许楠生仿佛受到了污辱。鬼马李也莫名其妙，不知麦老师何以要这么说。

“我相信你。但这不是闹着玩的，每句话都要负法律责任的。我觉得这事得认真对待。”他不能一下子对许楠生说得太明白。如果许楠生所说的都是真实的，哪怕是其中有一种可能性，其后果也是很令人惊怕的。

“你父亲的日记可靠吗？能不能让我看看。”麦地决心帮助许楠生。他已有一种预感，但他还是不敢肯定许楠生所说全部属实。他一定要读到日记。

“我把日记藏在一个地方，你跟我去广州好不好，我会把所有材料都交给你。我发誓，我绝对不会骗你。”

麦地见他信誓旦旦，谅他也编不出这等瞎话来。他本已深信不疑，只不过对许楠生这等人依然心存疑虑。他和鬼马李总让人有一种不太好的印象。

麦地坐到电脑跟前：“我上网查查，也许能查到刘兴桐的资料。”

网上有一些和刘兴桐同名同姓的人。麦地很容易就找到了他要找的刘兴桐，顿时出现了许多信息。原来刘兴桐不单在学术界，在政界都十分显赫。他任几个全国性的学会的副会长、秘书长，省里多个学会和人民团体的主要领导。还是省政协委员，某个工作委员会的副主任。真是个炙手可热的人物！现正处于事业的巅峰，年富力强，极有继续升迁的可能。在著作一栏，在出版《中国近代文学史稿》之前，发表过许多有关近代文学史的研究文章，之后也发表不少单篇文章，但大多是一些宏观性的发言之类的东西，再没有什么新的突破。他早在20世纪80年代已建树了学术地位。目前在近代文学史领域里，他也还算是前沿人物。

网上有许多对刘兴桐学术思想的评价，但资料大多来自那本《中国近代文学史稿》，评价普遍颇高，几乎没有什么微词，可见，这部著作是十分严谨的。这样一个学者真是无懈可击。如果依照许楠生对他父亲许达生的描述，这个刘兴桐一点儿都不比许达生逊色。许达生写成书稿时，如果以自杀的年龄为限的话，则是36岁，而刘兴桐在大学三年级就已经开始发表有关的学术论文，那年他才31岁。麦地不敢相信自己心中的推论，那是不可能的事，不会有如此的巧合。

他不想对许楠生和盘托出，他想好好收集刘兴桐的资料以后，再和许楠生谈论。他记得他曾买过刘兴桐的《中国近代文学史稿》。他翻遍了书架，没有找到这本书。这本书是1985年出版的，麦地记得很清楚，当时他正在读大学二年级，古典文学史的老师要求他们将现代文学上至近代文学，贯通起来学习，所以很多同学都买了这本书。

在麦地看来，书名相同并不能说明任何问题，何况是文学史著作，要找到许达生的手稿，或者可以证明的有关资料。否则，随便怀疑一个学者，不是开玩笑的事情。

在许楠生看来，刘兴桐确实出版了一本和父亲遗著相同的书，这本身值得怀疑。麦地也认可了许楠生这种想法。

鬼马李很聪明，虽然许楠生并没有很详细明白地告诉他事情的来由，但他已听出了其中的奥妙。他便十分兴奋："许楠生你要发达了！"他为这位穷极潦倒但还算仗义的患难朋友高兴，"我跟你找刘兴桐去，管他当什么大官！"

"别胡扯！"许楠生经麦地老师一说，才知本来以为简单的事其实十分复杂。你一个打工仔，斗得过刘兴桐吗？30年了，陈年旧账，人家还受不受理？打官司还要一大笔钱，他心中无底。

麦老师答应帮忙帮到底："我在正中大学还有一些熟人，是中文系老师，我去跟他们咨询咨询。你们也不要到处乱说，影响不好。"说着，便邀请他俩去吃饭。

麦老师很念旧也很豪爽，他30多岁了也不结婚，有一个同居女友，他所说的熟人里，包括他的女友，在正中大学中文系读硕士研究生，平时他一个人，都是到处对付着吃饭。"我请你们到河边去吃田基美食吧！"他说。

副校长丁新仪不住在正中大学，他夫人是师院的干部，他的家便安在师院。星期一上班时，他在办公室走廊里碰到刘兴桐。他很亲热地迎上去："刘校长，开完会回来啦？什么时候回的？"刘兴桐顺口说："昨天中午的航班。"

丁新仪心中一乐，这家伙露馅了，明明是前天晚上的航班，为什么说成是中午的呢？他留心记住了这个细节。

丁新仪比刘兴桐小4岁，也过了48岁生日。他已经当了好几年的副校长，刘兴桐若是不升不调不出问题，依照七上八下的原则，刘兴桐退休时，他刚好58岁，当正校长是不可能的事，勉强能上的话，也至少得等10年。想起来就灰心丧志。刘兴桐的学术地位很牢固，在正中大学坚守的可能性很大。正中大学是他的老窝，如果没有比校长更高的职务，刘兴桐是不会离开正中大学的。何况正中大学的近代史研究，在国内占有重要位置，而这种位置，与刘兴桐在学术界的地位关系甚大。另外，正中大学中高层正职干部，几乎都是刘兴桐近年提拔的，多是他的学生。四个副校长中就有两个是从本校中文系出来的，党办和校办主任也是如此。各系的系主任、总支书记也有不少是他的研究生和本科生。这种亲缘关系令外校调进的干部和教师有一种莫名的压力。

令丁新仪愤怒的是，这几年调进的教师干部，大多是舍近求远，并非从名校聘请名师，而是从外地普通学校调入。这些人也大多是正中大学毕业生，他们和刘兴桐关系如何，可想而知。在丁新仪眼中，刘兴桐不单是一个学阀，而且是一个政客。但是，他在学界的权威摆在那里，这是硬通货，任是谁也无法撼动的。在20世纪中国的80年代，有几个人能于毕业不到5年，就奠定了学界的显赫地位，并连续破格晋升为教授且被赋予重任，恐怕是凤毛麟角。别的可溜须拍马、弄虚作假得来，学问可是货真价实的苦功。想到这一点，丁新仪也就没脾气了。谁叫你没有学富五车，著作等身呢！虽然刘兴桐是靠一本书起家，可那本书是填补中国学术界空白之作，你不心服也得口服，这是上帝的安排。

尽管如此，丁新仪还是不服气，你刘兴桐即便是个圣人，圣人也有行差踏错的时候吧！他虽然不是一个侦探，但起码的判断总是有的。刘兴桐为什么要隐瞒回广州的时间？那天晚上他回家了吗？刘夫人知道不知道他提前回广州？这是问题的关键之处。丁新仪在早上碰到刘兴桐之后，在办公室里的全部思考都围绕这个问题，他一下把自己想象成柯南道尔笔下的福尔摩斯，再把自己放在华生医生的位置上——反复琢磨刘兴桐的诡秘行踪意在何为。他明知暂时还扳不动这棵大树，但“千里之堤，毁于蚁穴”的道理不说自明。

他乐于做那蚁穴中的一个兵蚁。

平心而论，刘兴桐对他是不坏的，刘兴桐根本没有理由认为丁新仪有什么威胁。

在刘兴桐看来，像丁新仪这样的庸才，只能永远做一个部下。这点他无须去论证也无须去提防什么。一个工科毕业的没有什么学术建树的副校长，能有这个位置就谢天谢地了。还想企求什么？这是刘兴桐的分析。他对每个部下，甚至小至一个名不见经传的系副主任，都逐个进行辨析，这是他的爱好之一，也是他的人事工作的题中之义。所以，他面对每一个部下乃至教师时，那种千篇一律的微笑，其实都有着不同的含义，都表达了他对之特殊的解释。这些，是人们无法知道的。

但是杜林知道。

杜林知道自己不是神仙。自从和刘兴桐一起留校的那一天起，他就明白他的这位同窗一定藏着什么巨大的秘密，这个秘密若不是有一天他自己说出，外人恐怕很难揭穿。他有这个预感。尽管这是一个怎样的秘密，他一时也无法明确说出。

在大学时代，他是《潮流》的主编。同学刘兴桐居然在《社会科学》《学术月刊》《文学遗产》以及《中国文学》四大当时中国大陆最顶级的学术刊物上发表近代文学研究论文。这些论文写得大气严谨、学理贯通中西，读起来回肠荡气，真正是大家之作。他惊叹佩服。在《潮流》上用了十多个页码的版面，又是介绍刘兴桐的文章观点，又是刘兴桐的专访，又是同行专家对刘兴桐的评价。这些文章大多是中文系的同学采写他组织策划的。他约见刘兴桐几次都未能如愿，皆因为刘兴桐是中文系学生会主席，事务颇多，好几次都失之交臂。

杜林有时间坐下来细细阅读刘兴桐文章时，他实在想象不出刘兴桐的学问功底从何而来。那些有着深厚古典文学熏陶的文字，鞭辟入里的剖析、对鸦片战争之后文学的时间追寻，实在不是一个没有经过长期的书斋生活和严格的文学考验的人所能轻易达到的，但是刘兴桐达到了。在80年代初期这个百废待兴的激情年代里，没有人去更多地注意这种非常内在、非常个人的学理成因，人们更注意现实效果和社会影响。那时也不是一个质疑的年代，人们没有闲情去质疑一个事实，去质疑文章的生成。

杜林曾和同学讨论过，他实在无法把眼睛底下的这些美文，和刘兴桐这个个体的人重叠在一起。比他年轻得多的同学，想也不想便怀疑他是不是妒忌了。他们这些上过山下过乡的大龄同学，总给人一种太狡猾的印象。他很想和刘兴桐切磋切磋，但刘兴桐永远不给他机会。他们不可能成为朋友。

杜林不是一个追根寻底的人。如果换了另一个人，也许会给出一个令人满意的结论。

杜林自从调到写作教研室，后来又进了现当代文学室，他便彻底地与刘兴桐疏远了。尤其是刘兴桐在不到5年的时间里，飞黄腾达，学术与事业日新月异，一步登天。杜林便自认平庸，逃进小楼，暂时忘却学生时代的疑问。学问是假不来的。

刘兴桐的一切是否真实，时间会做出公正的评判，恐怕自己当真是以小人之心度君子之腹。杜林在强大现实之前，自认灵魂宵小。他再不与任何人谈起刘兴桐。

倒是刘兴桐常常在各种场合问起杜林。杜林的怪异和我行我素，刘兴桐自然不表示欣赏，他只是点到即止以表明自己的立场态度。在不是实在不得已的情况下，刘兴桐是绝对避免与杜林发生冲突的，相反，他力图处处给人以他对杜林是非常敬重的印象，而且是非常注意落实知识分子政策的。

在某次党委会议上，最后议题是推荐学报副主编的人选，学报原副主编当月底便到退休年龄，正在等待新任主编交接班。大家谈了几个人选，刘兴桐都不表态。有好几位党委委员提议杜林先生，刘兴桐当即举双手赞成。他的积极态度令副校长丁新仪诧异，以往凡是涉及杜林的晋职或评优秀等问题，刘兴桐总是态度暧昧，把皮球踢到别人脚下，然后不了了之，即使上了终审名单，最后也无形消失。杜林从不计较这些东西，也无人追究。刘兴桐今天对杜林态度怎么如此鲜明？丁新仪觉得这里一定有阴谋，这不是刘兴桐的本意，他不会让杜林当主编，他在玩猫捉老鼠的把戏。刘兴桐是党委书记和校长身兼两职，他的态度是最为重要的，丁新仪暂时捉摸不出刘兴桐的真意。那就将计就计吧，他顺着杆子爬，看看刘兴桐出什么招，他的真实意图是什么。

其实，丁新仪也觉得应该起用杜林。起用杜林，对谁都没有威胁。这是一个用人的基本原则，在投出一票时，这种考虑通常都是放在首位的。杜林的学问是公认的，在校外也非常有影响，他的社会活动和文学活动常常见诸报端，倒是在本校反而默默无闻，许多人都不知道杜林是正中大学的副教授。他在校内校外都非常低调，但文章却很张狂。他的同学刘兴桐早在15年前就已经是教授了，杜林是7年前才上的副教授。按部就班评正教授至今上不了，都折腾五六年了，杜林已正式宣布，此生再不参评。杜林这人太迂，却正中刘兴桐下怀。丁新仪装作很虔诚地望着刘兴桐，心中却翻江倒海，他倒不是为杜林想，他是无法看透刘兴桐的真正用心。既然如此，你有关门计，我有跳墙法。既然你赞成杜林，那我就多说杜林的好话，看你还有什么招，他知道刘兴桐和杜林有门户之见，基本上老死不相往来，刘兴桐最不能忍受的就是对杜林的赞许。

“我非常赞成刘校长的意见。”

丁新仪话音未落，刘兴桐便插话道：“是同志们的举荐，我非常支持同志们的意见，学报主编是一个非常重要的岗位。”说着，他对丁新仪挥了挥手，让他继续说。

“是，是同志们的意见。但刘校长非常有眼力，眼光独到。杜林先生是一位在校外非常有影响的学者，我们学校反而对他重视不够，这也反映了我们对一个同志评价的片面性。当然，他衣着古怪，也不是什么资产阶级的奇装异服吧，他说是五四青年，但我看这没有什么关系，这是他的自由吧！是非主流的问题吧！我很赞成起用杜林先生，党委要鲜明地表达对有学问有才能的同志的诚意。只是杜林先生愿不愿意承担，这还是个问题。”

中文系主任冯文炳抢着说：“只要党委信任他，他个人没有不愿意的道理，杜林先生还是很愿意做事的，只是过去一段时间，有些同志对他有一些别的看法，对他的评价很不公正。有什么问题，我可以做他的工作。”在说这话时，他本来看着刘兴桐的眼光，转向别处，“但是有一点，如果是副主编，可能他难以接受。”冯文炳好不容易才把这个意思说出来，因为刘兴桐始终兼着学报主编，从副校长时一直兼到现在。他的话是有所指的。别的院校早就革除了这种校长当主编的惯例。

刘兴桐有些挂不住，他连忙解释道：“我早就建议不兼任这个主编职务，但是，一直没有物色到合适人选，杜林先生有这个意思，党委的同志们再研究一下，从多方面考虑，对这样的老同志若能一步到位，又能很好坚决贯彻党委对学报的领导，那当然好。”他的话里有一些对冯文炳的批评意味，冯文炳并没有去细心领会，反而从相反方面去理解，以为刘兴桐赞同自己的主张。

丁新仪有意要将刘兴桐的军，他也觉得刘兴桐什么都要占，什么都不放手，便故意说得轻松：“学报主编也不是什么大不了的职务吧！我看杜林先生有这个意思，也是为了能够更好地发挥工作主动性，也符合机构改革的发展大势，也是一个思路嘛。同时也为刘校长分担辛劳，刘校长是双肩挑，又有领导重任，又要搞学术研究，还兼着学报主编太辛苦了，光一期社会科学稿子的终审要花去多少时间，还有自然科学版的呢？”他的言外之意已有刘兴桐外行领导内行弊端的意思了。

刘兴桐在心里大骂丁新仪。他很明白丁新仪的用意，可又不便再说什么。他现在只好顺着丁新仪的杆子爬了。他承认，丁新仪说得没错。但是，能让杜林独揽学报大权吗？笑话！杜林是什么东西？但是，他又在心里笑党委一帮人，特别是丁新仪和冯文炳，简直是猪头。出水才看两腿泥吧！他想起《红旗谱》里朱老忠的口头禅。他笑这些人根本就读不懂自己的用心，那就表演给你们看吧！他便把话题转开：“这件事我再找杜林先生交流交流，以杜林先生的才能而言，学报主编基本上是可以胜任的，只要他同意担任，我看没有什么问题。好，开始下一个议题吧！”他已经想好与杜林谈话的方法。他对人事处长周林说：“跟杜林先生约个时间，到我办公室来，哦，算了，我到他府上去吧，以示尊重，杜林先生可是非常讲究礼遇的噢，恐怕没有三顾茅庐的精神，是请不动杜林的。”

丁新仪有点想不透，今天刘兴桐怎么突然关照起杜林来了。他虽然弄不清他们之间有什么具体的恩怨情仇或芥蒂，但刘兴桐对杜林向来没什么善意，这是人所共知的。

冯文炳非常希望杜林先生能当上主编，理由很简单。一是中文系的教师当主编，主宰学报，毕竟对中文系有莫大的好处，控制权在自己手里，中文系的科研文章当然就有更畅通的渠道，近水楼台嘛。二是他觉得学校长期以来对杜林事实上是卡压的态度，很不公平，也不厚道。当然，杜林也有责任。一方面杜林不屑为伍，有一种看透红尘的超脱。一方面学校某些领导确实对他有些成见，形成一种导向。若要他出山，没有真诚实意恐怕不行。杜林不是非做官不可，他也没有什么权欲。刘兴桐有一点说对了，没有三顾茅庐恐怕不行。杜林是个信奉士为知己者死的人，说得投机，什么都无所谓。他没有看出刘兴桐的真正用心，反而觉得刘兴桐在这个问题上确实有大家风范。

原来也有人提出别的人选，但一看刘兴桐已拍板，便不再讨论。刘兴桐在党委会是说一不二的，他对杜林的态度如此明朗，令大家费解。在大学这个体制的所有职务中，学报主编并非炙手可热，无须多议。杜林也确实应该有所安排，否则太说不过去。大家便都认为任命杜林为学报主编没有问题，他当主编，对提升学报的水平有好处，他是个治学严谨同时不留情面的人，关系稿也许会少些。正中大学学报被人大复印资料转载率很低，一直没有突破百分之二十，这很说不过去。皆因为一向没有把学报当作学术窗口来经营。杜林就从来没有在学报上登过文章，他想登也登不了，后来干脆也就不想了。大家心中也都明白。学报是个铁桶，针插不进，水泼不入。刘兴桐一人说了算。他基本上是以人划文的。

党委会议上对学报主编人选杜林的意见统一得出奇，这令刘兴桐意外。他大约也嗅出了点儿什么！虽然心中有些不快，特别是丁新仪和冯文炳，这两个平日里唯唯诺诺的家伙，居然话中有话，看起来说得平和，却绵里藏针，推出个杜林，难道能动摇我刘兴桐什么吗？学报主编谁都拿不去。对学报主编这个不咸不淡的位置，别的政客看不出什么味道，我刘兴桐可是情有独钟。他笑别人都是猪脑，只知有形的东西，我刘兴桐就是嗜好无形的物事。无形乃大，大音希声。他非常得意于即将到来的与杜林的交谈，在他的计划与预谋里，那将是一出饶有兴味的活剧，剧中主角只有两个，刘兴桐与杜林。老同学嘛，人到中年，在一口锅里吃了这么多年饭，总该再度风云际会一番，否则也太不近情理，太说不过去嘛。

他油然而生一种和杜林过招的快感。他坚信自己有绝对优势去收拾这个狂桀的不谙风情的家伙。他要领略长期以来令他不悦的那种目光，目光中似是而非的敌意，究竟有多大的力量，包容了多大的火力。

杜林，你千万别银样镴枪头，他在心里鼓励杜林，仿佛杜林就已站在他面前，拖着那不成体统、自以为是的长衫，神色颓靡的长发遮颜的脸。有什么屁你就放出来吧，他实在已经不能忍受杜林的冷漠和那种只有刘兴桐自己才能时时感受到的奚落与蔑视。这是他最难以释怀的。没有任何具体、没有哪怕是可以从头叙说的有形，哪怕是刀剑弓戟的开战交锋，没有！可是，谁心中都非常明白，只是谁都不说破，无法说破，不可以说破。这才是真正的障碍。

刘兴桐有些失神失态，他陷入一个自设的陷阱，确实是自设的。也许杜林对自己而言，什么也不是，什么危险也没有，他只不过是中国千所大学里一个最普通不过的，依靠多年奋斗才勉强被通过的那种最窝囊，最没有权势背景，也最没有条件被吹捧的教师。他向前的每一步，都要付出比别人更艰难的代价。

在现实功利面前，他其实是一只被动的让人牵着走的羊。而刘兴桐把这只不声不响的神情疲惫毫无光彩的羊，当作一只卧薪尝胆、韬光养晦的狼了。这对杜林来说，不知是污辱还是过奖。

当大家都走在走廊上，准备下班回家时，刘兴桐才意识到党委会议已经结束了。刚才丁新仪还征求了他休会的意见，问他还有什么指示没有。他怎么就如此恍惚？

这个可恶的杜林。

秘书邹亮早已候在楼梯口，他待与刘兴桐同行的几位党委委员离开后，才对刘兴桐说："校长，证券公司总裁高总今晚约在凯旋华美达，你看怎样？他说最后由你定夺。"

"这就很好，由他们定吧，客随主便嘛！"

"那就这样定了。"邹亮是一个很乖巧的青年，研究生毕业五六年了，一直在机关里工作。他很能投合刘兴桐的意趣。刘兴桐很满意这个秘书。他觉得这样踏实的青年，现在实在是不多了。

李可凡有好几天没来白云山了。自从那天在天河与高塬分手之后，她对白云山林中空地便有一种疑惧。她想着那里，可又不想去。她必须想清楚。没有想清楚之前，她是不敢贸然踏出下一步的，尽管她并不知道下一步究竟意味着什么。也许一切并没有那么严重，只不过是一时冲动逢场作戏而已。在广州城里，有个一夜情酒吧，光顾的都是些高级白领，也都是些独身主义者。为了解决生理需要和填充暂时的情感空白，男男女女在一起喝喝酒、聊聊天、跳跳舞。不互通姓名，也无须知道对方的背景，不涉及金钱和感情，双方相悦心怡，便找个地方，过上一夜，或者完事后马上分手。这些事还是比李可凡小 10 岁的西班牙语讲师苏叶告诉她的，她去过好几回。

那天她绘声绘色的描状，令李可凡面红耳赤。苏叶还劝她红杏出墙一回："有什么大不了的？你以为刘校长是冰棍啊！"

"什么冰棍？"一说到刘兴桐，李可凡警惕了。

"冰棍你都不懂，冰清玉洁的棍子嘛，阳痿呗。"苏叶觉得说漏了嘴，连忙补台，"哦，对不起，对不起！"

"怎么会有这样的酒吧，政府允许吗？"李可凡可是迂到底了。

"关政府什么事，又不是卖淫嫖娼，纯属个人自由。你以为是在大学里啊？就说在大学吧！李老师，你知道不知道男生把女孩子带到集体宿舍里，放下蚊帐就欢天喜地，有的还把小姐带进来呢！你不会是装天真无邪吧！"苏叶说着，像看一个陌生的外星人似的看着李可凡。

“难怪，你是校长夫人，总是最后一个知道。”苏叶的话总有话外的内容，令李可凡大惑不解。

“李老师，要不要去冒险冒险？我带你去，哎呀，看你风姿绰约，不要说上了年纪的白领，就是那些小白领，也会喜欢得不行。”苏叶对着李可凡耳语，把李可凡臊得满脸通红。和苏叶比起来，李可凡整个一老土。

“小苏，你真不怕？”李可凡觉得简直不可思议。

“怕什么，你是指勇气，还是怕得病？”苏叶现代得令李可凡掩耳。她的话语直白得可怕。

李可凡不语，她只是很有意味地看着苏叶的眼睛，那眼睛是褐色的，加上她染了酒红色的头发，活像一个野性十足的西班牙女郎。怪不得她学的就是西班牙语。而自己学的是纯正的英式英语，英国人很保守。

“戴套呗，那是一定的，可是，有时也要看情况，感觉好冒冒险也不错，你知道戴那玩意儿双方都不快乐，你留心感觉就知道了。”苏叶还没有结婚，恐怕这辈子也不会结婚了。她的话对李可凡而言，简直是厚颜无耻。

“你经常去吗？”李可凡非常好奇，怎么从来没听说过有这种事？

“看情况，每星期一次吧！李老师，你可别出卖我啊！告诉刘校长，我可就死定了，我还想在正中大学传子传孙呢！”苏叶故意打闹，李可凡知道她正在办理出国留学。

自己如果年轻10岁，如果没有和刘兴桐结婚，是不是也会和苏叶一样，毫无忌讳地谈性，去找一夜情呢？也许会吧！一切都变化得太快了。

她能够感受到高塬的意思和心情，但她不相信这些。对于这些年轻人来说，也就是玩玩而已，她不想让自己无端地掉进这泥垢里去，把自己的生活搞得更加乱七八糟。可是，那琴那人那山色，又似乎与心中所想的那一些，与苏叶描状的一夜情无关。那是什么呢？她否认不了已经发生的一切，她也不想去否认它，甚至觉到一点温暖，这温暖不是因为高塬太热烈，而是自己心中的寒气太重，只要有一点点的阳光，就会使心中布满暖意。

她们都忘记互通电话号码，邂逅得有些偶然，分手也走得匆忙。高塬是来不及问，李可凡是有意不告诉他。她还不想有更多的麻烦缠身。

她心想，高塬这几天不知道还在不在那里拉琴，没有见到她，他心中不知会有什么想法？她不由自主地老是往这方面去想，老有一种跃跃欲试的欲望。她知道自己若被点燃，燃烧起来可能就是铺天盖地。那种不可收拾的境况，是自己不愿意也不敢面对的。自己终究做不成一个很闯的女人。

但她还是想去白云山，还是想去林中空地那儿享受孤独。在广州城实在找不出比这更好的去处了，难怪有那么多人愿意到那儿去唱歌。

一个星期后，李可凡在外语学院听完课之后，就急急地上了白云山。如果碰到高塬，她想请他去吃饭，或到亭子里喝咖啡。半山的咖啡亭有很不错的现磨咖啡，越南咖啡有法国风味，那种名叫罗伯氏特的咖啡喝起来很温和，不是特别浓郁的那种，她不喜欢过于强烈、过于浓厚的东西。

林中空地已有很多人在唱歌。李可凡自从到白云山来，记忆中就老是雨天，很少有风和日丽或艳阳高照的时候。夏天的林中空地不知怎样，反正李可凡是饱览了秋天白云山的雨景，不过，这种天气和李可凡的心情倒是十分合适。淅淅的秋雨就好像淋在心尖上，她似乎听到雨滴滴落在心尖上的“滴答”一声。那样真切那样敏感，这是从未有过的。在和刘兴桐谈恋爱时，她还没有留意这一些。那时，她还没有从与同居作家离分的痛苦中缓过来，就碰到刘兴桐的狂轰滥炸，如日中天的刘兴桐几乎不容她做任何防御，就势如破竹地把她给俘虏了。待她明白过来时，她已经意识到自己从一只豺那儿直接落入一只狼的怀抱，连一点过渡都没有。她甚至连刘兴桐究竟有没有对她说“我爱你”或“愿意嫁给我吗”都毫无记忆。听凭情感的结果，就是她从此失去了自我。当她非常清楚自己已经成为一个叫刘兴桐的人的妻子时，她同时就意识到自己并不爱这个男人。糟糕的是，在意识到这一点时，女儿已经在肚子里游动了，而且处于堕胎将很危险的时候。那时，对生活充满阳光想象的李可凡始知什么叫命运，知道了什么叫女人的别无选择和死路一条。而居然过了这么多年之后，才很偶然地知道林中空地这个地方，有这么多人在这儿唱歌，唱一些老歌。而这些人已经在这儿唱了好多年，快乐了好多年。如果在结婚之前，她到这儿来，这儿的一切定然会改变她，她一定不会和刘兴桐，也许不会和任何男人结婚。

你一旦接受了林中空地，你一定就会抗拒某一种现实。你定然会把自己的命运引领到另一个地方。这个地方在哪里，去那里干什么，则又是另一回事。

李可凡突然有融进人群唱歌的想法，她勇敢地走向前。在前台边沿的一条石凳有一个空位，一根树枝飞临这个位置上空，妨碍了打伞，所以那儿便空着。李可凡收起雨伞，站了上去。这时，她的视野完全罩住了最中心的区域。今天的指挥是一个面有菜色的中年女人，像是一个女工，也像是一个居委会干部，憔悴但是还依稀可以看出年轻时端庄的痕迹，可能是兵团时代的连队文艺宣传队队员。

她指挥得很地道，也很投入。刚刚唱完《草原上的红卫兵见到了毛主席》，她翻过了歌纸，这一首是《我爱北京天安门》。李可凡记得这首歌是用扬琴伴奏的，很清亮很有节奏感。如果用小提琴来伴奏，会更好听。

高塬没有来。也许在路上，这时刚刚过了中午，高塬通常都是在这个时候抵达就位的。她本想装作无意地问问旁边一个唱歌的老人，但大家唱得都很投入，目不斜视。她插不上口。

她看到那个叫区文静的女工。她就坐在最前排，脑袋上顶着画报纸，有光的那种，像少数民族新娘子的头盖。雨水从画报纸的边缘滴落下来，在她双肩上湿了一片。她像孩子一样睁大着双眼，目不转睛地注视着歌纸，口形张得非常专业，唱得字正腔圆。她的丈夫不知失业了没有？如果没有了工作，那她的全家也就失去了生活来源。李可凡忽然想到《新闻周刊》上描写她的那篇报道。那篇报道把这个叫区文静的女工描状得有声有色，就像她的生活和心情一样。

唱歌真是一种忘却。忘却就是希望。

一连唱了好几首歌，也许由于女指挥曾是文艺宣传队队员的缘故，李可凡认定她就是，唱的都是跟毛泽东有关的歌曲。《北京的金山上》《抬头望见北斗星》《天大地大不如党的恩情大》《唱支山歌给党听》等等，唱得大家豪情万丈，气氛无比热烈。林中空地仿佛燃烧熊熊大火，秋雨也似乎停了。

高塬还是没有来。是因为这段日子自己没来，他失望了？李可凡想着笑出声来，自己还没有魅力到这种地步吧！

他病了。只有这种可能。李可凡这时才后悔没有问他的电话。不把自己的电话告他，知道他的电话总是无妨的。

她的心绪便有些低落。

她突然发觉苏叶也在这里。她向苏叶挥手，苏叶全然不觉。正在唱《延安颂》，舒缓优美抒情的："你这庄严雄伟的古城……"苏叶陶醉在饮马延河边的情怀里。苏叶站在人群里，她时尚的衣妆在人群里显得十分醒目。她满脸兴奋地尽情唱歌。双手还像指挥一样，随着音乐节奏有力地挥舞着。

李可凡见到此时正有一个电视台记者模样的人，好几次想把苏叶请出来采访，那男记者一手捧着录像机，一手扯着苏叶的风衣，苏叶回回头，手还在舞动，差点把记者的录像机打落在地。"难道你不陶醉吗？我现在很陶醉，等一下好吗，就等一下，很快。"苏叶继续唱，记者便也跟着她唱起来。

过了一会儿，记者从一首又一首酣畅的歌唱中回过神来，发现苏叶已不在身旁。他连忙钻出人群。苏叶唱累了，刚刚才退出来喝水。

她见到跟出来的记者，连声大叫："太好了！太棒了！太兴奋了！"她得意忘形地大呼小叫，把那位年轻的电视台记者感染得兴奋无比，他扛着录像机，围着苏叶前前后后转着，把苏叶拍了个360度。苏叶也非常配合，做出许多优美但是很自然青春的姿势，把年轻记者乐得不歇口地"OK！OK！OK！

OK……”

“说几句话，说几句，对，随便说。”记者对苏叶十分满意，简直是一流的采访对象。

“老歌太好听了，太伟大了。比如唱《草原晨曲》的时候，我能想到一望无际的大草原，夜空中还挂着一轮皎洁的明月，这样的意境多美啊！”苏叶突然顿了一下，“重来可以吗？刚才太小资了吧，来点革命传统，有教育意义的吧！”

“OK，OK……”记者乐得只会说OK。

“就说《十送红军》吧，那民歌调子简直令人不能自已，送红军，就像送情郎，浓浓的爱情之火，可以燎原革命大地，每当我唱起《十送红军》，我就想起成千上万的革命先烈，在我们前头英勇地牺牲了，我们还有什么理由，不可以把一切献给党呢！可以吧！”苏叶很认真地问。一席话把她说得满脸通红，汗珠子都出来了。

“太可以了，太OK了，太……”电视记者太年轻了，他的激情让聪明狡猾的苏叶煽动得四处流淌，泛滥成灾。

按照现场采访规则，记者必须现场采访并做些评述，电视记者把苏叶拉到一边，把她介绍给一位也很年轻的节目主持人：“这位是苏小姐，正中大学西班牙讲师，这位是新闻主持人文菲小姐。”

苏叶和文菲客气地握手。文菲便把已经写好的几句话给苏叶看：“这是你的感想，我就照着念了，也算是我们的评论，你看看，可以吗？”

苏叶瞄了一眼，也不细看：“对了，就是这样了，没关系，能教育下一代就可以了。”苏叶很兴奋。李可凡一直站在离苏叶不远的树下，苏叶一点儿也没有觉察。

主持人文菲开始录像录音，背景就是合唱的人群。

“我们刚才采访了这位苏叶小姐，她觉得这些唱歌的人都很幸福，即使是下岗人员，他们没有悲观，而是以唱歌这种积极方式来面对生活，这让她非常感动。看到他们如此努力地唱歌，苏小姐觉得自己也要多多加油！”

苏叶对文菲说：“你比我说得好得多，是不是你的感想也是这样。”

文菲笑笑：“你比我深刻多了！”

苏叶于是很高兴。

不管生于何时代，被评价为深刻，或对深刻的追求，都是一种共同的向往。李可凡见苏叶已完成了采访，便不失时机地叫住苏叶。

苏叶很意外，她惊讶得很夸张，张大嘴巴就要大叫。李可凡做了一个捂住嘴巴的动作，快步走了过来。

“想不到你也会到这种地方来！”苏叶大惊小怪，她一把抱住李可凡。

“这里又不是一夜情酒吧！”李可凡心情很好，刚才记者的采访和苏叶一番感想的确很令她感怀。

“你怎么会来？我以为你已被刘校长统治成为中世纪的女奴了。”苏叶口无遮拦。她依然在惊讶的余波里。

“你觉得我很老吗？很土吗？很不可救药吗？”李可凡一连几个质问，令苏叶认真起来。

“怎么样，这里真不错吧！我是指这些人，唱歌。我来过好几回了，积极分子呢！”苏叶依然很兴奋，复又神秘地说，“李老师，等会儿我带你去一夜情酒吧，我请客。”她等着李可凡的反应。

“去你的！”李可凡拍了苏叶一下。

“我说真的，不一定非得去尝试，也不一定非得有什么目的，看一看，深入生活，体察民情嘛，有什么不好？存在就是合理，何况那里还是很高尚的，都是些成功人士呢！你以为啊！”

“你以为我不敢去啊！苏叶，年轻时我比你还前卫，信不信？”李可凡经不住苏叶的游说。她从没有把自己读大三时就已经与作家同居的事向任何人说起，几乎也没有人知道这件事，她和那作家始终都相处得很秘密。她连刘兴桐都没有告诉，刘兴桐也从没有问起这件事。李可凡是很懂得保护自己的，她从来就不相信男人会不在乎这些事。她和刘兴桐的第一次，就有意选在来例假的那天，把一切都遮掩得天衣无缝。即使是刘兴桐问起，她也绝不认账的。这就是李可凡。不知为什么，她此刻很想把这一切对苏叶和盘托出，否则藏在心中非常难受。

“我当然相信。可是你现在被三座大山压迫得苟延残喘，再不奋起革命，推翻三座大山，你要建立新中国都难。”苏叶依然一脸的不正经。

“什么乱七八糟的，说什么呀！我一点都听不明白！”李凡心中明白，但她还是故作懵懂。

“刘兴桐、女儿和自己的内心，一共是三座大山。明白了吧！”忽然，苏叶非常专注地审视李可凡，然后非常神秘地问，“李老师，你不是一个人来的吧！哦，你在等一个人。”四处张望，在目力所及的地方寻找着可疑的人。

李可凡不置可否，不知为什么，今天下午非常郁闷，要不是遇到苏叶，这个下午不知会怎么过。她忽然坚决地说：“苏叶别胡扯了，我们去一夜情吧。”

“冬宫终于被解放了！”苏叶说。

第五章

老枪是个女人，她的潮阳帮在火车站一带的地头上很有点名气。她在环市路上开了一个小小的潮州菜馆，却终日开着一辆最新款的“本田霸道”越野车，来往于番禺与广州之间。

鬼马李从老枪这儿拿假火车票，和许楠生一起到火车站去兜售，所得款项和老枪三七分，老枪得三。鬼马李觉得很合算，但许楠生总觉得不是长远之计。老枪看出许楠生的心思，便问他愿意不愿意和她一起做别的生意。许楠生一直想做大生意，但苦于无钱无势，老枪愿意提携他，他自然喜出望外，愿意为老枪效劳。

1979 年，一次国土保卫战时，老枪是战地卫生员。血流成河和满山遍野的尸体，使她变成一个铁血而且乖戾的女人。弹片削去了她半个乳房，留下一块碗口大的伤疤。这伤疤成为她在江湖上的武器。初出道时，她经常掀开衣服，露出那骇人的伤疤，把蛮横的对手吓回去，加上她时不时会说出一口谁也听不明白、但足以令人为之惊惧的潮阳话，浊重而且粗粝，掷地有声，如电如雷，令人无以为对。她的江湖地位因此慢慢地确立起来。这些都是传说。鬼马李和许楠生见到的老枪，是个样子贤淑的潮汕女人，一点也不粗俗蛮野，倒是有几分温良恭俭让的味道。以鬼马李中师毕业生的水平来评价，这女人算得上《诗经》所写的窈窕淑女。她说的潮汕话也不是那种浊重粗粝的潮阳话，而是潮剧里说的潮州话，温软而且娇媚。许楠生便坚持说，这老枪定然是个百变女人，她会各种各样的潮汕方言，该重说的便说潮阳话，该轻说的便说戏文上说的潮州话。这个秘密来自老枪的潮汕人马仔。

老枪好像什么生意都做，又好像什么生意都不做。去她那里取假火车票，她也说是代别的大佬做的。她在环市路那边的潮州菜馆，经常有潮汕客去帮衬，她对他们说，她只是二老板。“每月赚这个数！还不够喝茶！”她打着响指，然后伸出两个手指头，究竟是 2000 元还是 20000 元？谁也不明白，她自然也不会说。许楠生老盼望能亲眼目睹老枪掀开衣服，露出半只碗口大伤疤的乳房，见识见识，但始终没有机会。他坚信那不是真的，他仔细观察过老枪的乳房，两只乳房一样大小，又高又挺。鬼马李便笑他老土，戴上义乳不就得了。

和老枪一起做生意，其实很简单。老枪让许楠生送货，每回给许楠生500至1000元不等。许楠生也不问送的是什么货物，老枪也不说，彼此心照不宣。老枪坚持要许楠生坐公车，不能打的，也不能坐摩托，更不能与货主有任何交流，对上号把货一放就走人。送过几回，许楠生大约也猜出所干何事，否则每回怎可能分得那么多钱？有时一天送几回，有时几天送一回。这些事，许楠生连鬼马李都不说，老四川就更不能让他知道，那不把他吓个半死才怪。

对许楠生而言，这生意不可不做，也不可多做，老枪也不强迫他，说什么时候不合作了，说一声走人，无所谓的。在江湖上闯荡，各人好自为之。这些话，算是对他的告诫。言外之意是好汉做事好汉当，这也算是江湖上的规则。

有一次，许楠生带货上了公车，还没等他下车，车上有人被偷了钱包，失主当即报警，并让公车开到派出所去，这可把许楠生给吓住了。他连忙趁乱把东西塞到一个人的口袋里，才逃过一劫，后来那人不知怎样，反正每个人都是被隔离了搜身的。他走出派出所时，身上的冷汗还在嗖嗖地冒着。

那一次老枪也还不怎么追究。倒是他要求老枪放他一马，暂时收手干点别的。老枪也不勉强他，只是轻描淡写地说：

"没关系，拿5万元收手费然后消失。"她的潮汕普通话很好听，温软得令人骨头发酥发麻，可是说到5万元，许楠生如雷轰顶，七窍出血。"那货值10万，你知道吗？"老枪好像在说着一件别人的事。

许楠生不敢不认这5万，这些日子，他大约也就赚了这么多，也都花了个精光。白天恐惧惊栗，夜里便去包个发廊妹来压惊。许楠生悔不当初，可是上了老枪的贼船就由不得自己了。

"兄弟仔，5万元拿来，无相干。"还是老枪那温软好听的潮汕普通话。她说这话时，她的潮汕马仔便冷冷地看着他，一言不发。这阵势许楠生不是没经历过，但像老枪这样不动声色，谅你不敢造次的架势，还是令许楠生胆战心惊。潮州帮向来是斯文贼，血刃屠城的事由别人去做，他们只管出钱、布局、收数，论功行赏，坐收渔利，公平合理。于是，自有人去杀人越货，做革命军中马前卒。

许楠生心想，即便我拿得出5万元收手费，也未必能轻易收手。上了贼船，就由不得自己了。老枪早把许楠生看透，她谅他不敢。5万元只是说说而已，便不再理会他，悠然地喝她的工夫茶，说完连看都不看他一眼，只管和别人说话，和汕头人说汕头话，和海陆丰人说海陆丰话，和潮州人说潮州话，和揭阳人说揭阳话。那些话都属潮汕话，可又千差万别，口音文野不同，话意各有千秋。看老枪的架势，许楠生感叹港台电视剧里的黑帮，比起眼下老枪的潮州帮，逊色海了。

许楠生一急，顿时只觉得喉咙发痒，鼻涕如清水般流了出来。他知道毒瘾又犯，本来已经戒住了，这些天为老枪送货，芒枪给他的几盒烟里，全是海洛因，他明白但经不住诱惑。此刻他浑身骨头如蚂蚁在爬、在咬。堂堂一条东北汉子！他先是蹲下，然后跪下，鼻涕口水流了一地。老枪便冷冷地抛下一句话："衰仔！"潮汕马仔便丢给他一盒万宝路。

许楠生哆哆嗦嗦地扒开烟盒，掏出一支烟，潮汕马仔为他点上火。此刻，他知道此生不陪老枪上断头台都难了。

老枪用潮汕鸟语对马仔说了什么。马仔便对许楠生甩了一个眼色。许楠生会意，两人便相跟着出门。夜色中的环市路充满着无穷的诱惑，吸过海洛因的许楠生又是一条生机勃发的东北汉子。既然不得不把命系在裤腰带上，人生也就简单了。他忽然有了豪情，非得要请潮汕马仔喝酒，然后上发廊洗头，洗去晦气。潮汕马仔说无须破费，老板交代了，想干什么都行，有他看数。这非常投合东北人的脾性。他们便像患难兄弟似的，勾肩搭背，豪气十足地上了中国城。潮汕马仔又电召来几位兄弟，有东莞的，也有潮汕人。其中有两个还是公安局的，喝得有些高了。许楠生悄悄地问潮汕马仔："老枪有先生吗？"

"没有，但夜夜有，要不，怎叫老枪呢！"潮汕马仔满脸通红，酒气很大，忽然觉得说漏了嘴，便对许楠生说，"蒲母仔，别乱说啊！"他用手做枪状，在许楠生腰间顶了一下。

喝足了酒，潮汕马仔便到二楼夜总会凡尔赛宫去订了两个包厢。许楠生也不多问，他知道老枪肯定还有客人要安排。他对夜总会没有什么兴趣，到发廊去更实际一些，便说要先走。潮汕马仔便对他说："大佬，有几位处长要来呢！都是地头上的强人，不认识一下？"潮汕马仔这一说，倒把许楠生吓住了，他不想结识这些人，也没什么话说，自己不过一个马仔。他只想把父亲的遗稿的事整明白，回东北老家去。他不想在广州过这种担惊受怕的日子，说不定哪天就脑袋掉地了。

潮汕马仔很仗义，说："既然这样，留一个包厢给你，你有什么朋友尽管叫来，你们自己乐，完了我来埋单。"

许楠生没有什么朋友，鬼马李和老四川消受不起这种地方。他忽然想起麦地，手稿的事不知有什么进展？何不做个顺水人情？便对潮汕马仔说："那我就不客气了，顺便谢谢老枪。"潮汕马仔便去别的包厢招呼客人。许楠生马上用手机打麦地的电话。麦地正好在广州，许楠生一定要他到凡尔赛宫来，他非常豪气地做了一回老板："你有什么朋友，尽管请来！"他在电话里气宇轩昂地摆了一回阔。

党委会议下午刚刚开完，傍晚时已传出风声，说刘兴桐力邀杜林出山当学报主编。金毛不失时机，端着饭碗边走边吃便直奔杜林的宿舍。

杜林听说，不以为然，他冷冷一笑，反问金毛："你也信?"

金毛有些诧异："这是党委会议上的讨论决定，也不是刘兴酮个人的意思。"

"那么，怎么说是刘兴桐力邀我出山呢?"杜林说，"你以为他刘兴桐乐意让我当主编。他会让出位置来?"

"问题是你愿不愿意当?"金毛觉得杜林这人也太固执，总是坚持自己的观点，也太偏激了吧！

"不是愿不愿意当的问题。你看现在的学报弄成什么样子，可惜呀！但是，这些都非你我所能。拉倒吧！还是旧帽遮颜过闹市，破船载酒泛中流，躲进小楼成一统，管他春夏与秋冬。"

"杜老师，我觉得你应该做点事，不然真是太可惜！刘兴酮是个三寸钉，没什么水的。你说呢?"金毛有些义愤。

"关起门自个儿说说可以，在公开场合可别乱说。我无所谓，你还要指望上讲师、副教授、教授呢?不怕给你穿小鞋?我可是充分领教了老九的厉害。"说着，杜林打开了一听啤酒，随手扔给金毛一听，"今朝有酒今朝醉吧！老弟！"

"听说刘兴桐在党委会上说，他要三顾茅庐，请你出山。我看，倒是机不可失，我还有几篇文章等着走你的后门呢！"金毛一脸的期待。

"那我就更不该去当什么鸟主编了！"杜林哈哈大笑。金毛大惑不解，这有什么好笑的。

"不谈这些，好不好?否则我不请你喝酒！"杜林仰脖，把一听啤酒咕咚咕咚地直灌进肚子里去。又拉开一听，又是仰脖，又是咕咚咕咚。

金毛便知杜林并非真正超脱之人。没有人能真正超脱。他们这代人，心事重重，自以为天降大任，可常常是裹足不前，想的比做的多，敢说但不敢干，何苦呢?党委让你做，你放开手做就是，讲究那么多名分干什么，管他是刘兴桐李兴桐，又不是为他个人做。他很想把这些话告诉杜林，可是一见杜林那副落拓不羁的模样，他又忍住不说了。

金毛还是很不客气地说："杜老师，我知道你们这个年纪的人，心里想的和做的完全是相反的。嘴里说不做，心里可想了。别装清高了！我就等着你发我的文章啊！说定了，拜拜！"他不忘带上那听啤酒，"改天我请你喝！"他认定党委会的消息不是假的，杜林也不会坐失良机。他的狂傲后面，有一种怀才不遇的愤懑，包括他的长衫长发长须。在金毛看来，这不过是一种很小儿科的示威游行。穷则独善其身，达则兼济天下，封建士大夫，如此而已。

金毛前脚走，杜林的研究生区惠琴后脚到。她见杜林老师房门大开，边敲门边走进来。杜林见是区惠琴，连忙收起啤酒罐。区惠琴忙说："杜老师，没关系的，你喝你的酒吧，我请教一个问题就走。"

杜林忙请她坐。这是他非常喜欢的学生，她是东莞一所中学的语文教师，去年考上来的。整天钻在书堆里，问题也很多。

杜林笑说："又有什么问题?"

区惠琴答非所问："杜老师，听说你要当学报主编了。"

杜林笑笑："你也知道了？小道消息，不足信啊！"他说话有一种叹气的味道。

"我觉得当学报主编没什么意思，我倒觉得杜老师应该去当校长。"

"别乱说，我当校长，等大学可以自由选举校长的时候吧？你投我一票，加上我自己投自己一票，一共是两票！对不对?"杜林心情很好，"有什么问题，你说吧!"

"杜老师，你知道我发现什么啦？真的很奇怪，太奇怪了！我无法解释。"她忽然严肃异常，沉吟片刻，复又说道，"真不知道谁抄袭了谁?"

"你说什么？你详细说说。"杜林觉得问题严重，但不知她所指。

"你一贯要求我们，不仅要把当代、现代文学打通来认识，同时还要把近代，特别是晚清的文学和现当代贯通起来。所以这段时间，我集中阅读了几乎图书馆里可以翻查得到的近代文学资料，你知道我看到了什么?"区惠琴很紧张地说。

她从书包里掏出两本杂志，一本是1962年出版的《社会科学》，一本是1982年出版的《学术月刊》。这两本杂志刊登着两篇题目不同，但是内文几乎完全相同的文章。1962年的文章题目是《论梁启超小说理论》，署名达文。1982年的文章题目是《梁启超与晚清小说理论》，署名刘兴桐。

刘兴桐的学问杜林太熟悉了。他几乎研读了刘兴桐发表过的所有文章，他早就看出刘兴桐有名堂。他的所有文章都溢不出他的那本《中国近代文学史稿》，包括文字。严格说，若离开这本书，他便一片空白。他几乎从没在这本书以外的任何领域，发表过任何见解。刘兴桐也偶尔写过一些文章，但文字风格和功力与《中国近代文学史稿》大相径庭。很少有人会去留意这种差别。作为刘兴桐的同学与多年同事，他非常清楚个中玄妙。只是他没有说话的机会与权力。

区惠琴等着杜林表态，她当时很偶然地发现，把她吓了一跳。她在心里藏了许多天，终于还是决定到杜林老师这里来请教。这对她的打击太大了。她读过刘兴桐的《中国近代文学史稿》，那里面的文字与叙述令她着迷，那是一种充满着生命热情的叙述。刘兴桐因此成为她的学术偶像。她多次跟杜林说到这一点，可每次她都觉得杜林有些回避，有些不以为然，她一直以为杜林是文人相轻。她曾经想，明年刘兴桐招博士生，她一定去考刘兴桐的博士生。

区惠琴见杜林没什么大反应，她原本以为自己发现了一个天大的秘密，这秘密会使杜林大吃一惊，岂知杜林却很轻描淡写地说："这两篇文章你都读过啦？有什么见解？"

"老师的意思？我当然是读过。"区惠琴不明白杜林为什么装疯卖傻。

"肯定是抄袭，难道不是吗？难道达文与刘兴桐可能是同一个人吗？"区惠琴急得眼泪在眼眶中打转。

"那，谁抄袭谁呢？"杜林在区惠琴眼中，似乎变了另一个人，这不是平日令人尊敬的导师吧！怎么一接触具体的现实问题，那位一向仗义执言、特立独行的狂桀之士便也变得狡黠诡异起来。谁抄袭谁，这还是个问题吗？难道1962年之前的刘兴桐会有文章让一位叫达文的人抄袭吗？

区惠琴感觉杜林在玩什么把戏。

"那你打算怎么办？"杜林不慌不忙。他把手伸向啤酒罐，正想拿起来喝，又马上把手缩了回去。

区惠琴见状，忙轻声地说："杜老师，没关系的，我陪你喝。有酒吗？"

"有有有，当然有，一起喝吧！"说着，一听罐装啤酒变戏法似的已到了区惠琴面前，杜林还帮她把封盖拉开了。

他们碰了一下，杜林一饮而尽，区惠琴抿了一口。

"不，啤酒是灌的，不是喝，越大口越能品出滋味来，白酒才是抿的，那红酒呢……"杜林一喝起酒就来劲。

区惠琴便对杜林说："杜老师，你应该有个家，有个师母来管管你，侍候你，你看。"区惠琴的目光扫视着屋子里的一切：凌乱而且肮脏。区惠琴是那种结过婚的大龄研究生，所以她很能体贴导师的处境，说话也就随便一些。

杜林苦笑，笑得很酸涩。谁都会这么说，他自己也是这样认为的。可是，没有理由，日复一日，年复一年，日子就这样悄悄地溜走了。

"言归正传吧，你打算怎样？"杜林正言正色地问区惠琴。

区惠琴不假思索地说："曝光呗，揭发呗！还达文先生一个公道呗。"

"很好，后生可畏，正气凛然，不愧是杜林的学生。但是，怎么曝光？怎么揭发？怎么还人以公道？你想过没有？”

“我还没有想好，但我想这不是问题吧。杜老师，难道还需要什么准备吗？铁证如山！都在这儿。白纸黑字，还能抵赖吗？”区惠琴确实正义凛然，初生牛犊不怕虎。

杜林依然慢条斯理。他又深深地灌了一口啤酒。血涌上他的双颊，本来苍白失血胡子拉碴的脸开始红润起来。

“我早在十多年前就已经有过这种怀疑，不是有意找碴儿，是蛛丝马迹自己找上门来。我很欣赏刘兴桐的文章，那是炉火纯青的学养方能成就的。英雄莫问出处，只要能写出好文章就是英雄。那时我和你一样年轻，没凭没据但凭感觉，自然也不全无根据，但毕竟感觉想象多于实据。就那么一点隔阂，20 年间同学同系同事，却像乌眼鸡似的。不是他的问题，是我的问题。我容不了人，容不了人有错，就这样耿着。水至清则无鱼，人至察则无朋，就是这个缘故。”杜林停顿一下，又喝了一大口酒，酒没了，区惠琴连忙又给他拉开一听。地上已扔了七八个啤酒罐。区惠琴见杜林声色苍老，像在讲一个遥远的别人的故事。

“如果我早些和他推心置腹地谈谈，也许他还来得及去做一些弥补的事，现在大家都老了，老婆孩子狗，该有的都有了。你刚才说我应该有个家，有个师母，这很对，我也曾想过，可这是缘分，也是命运，一切都是前定。本不该和你说这些，但既然说开了，也就说说无妨。我当知青时，你还刚刚出世，所以有些事你不懂，无法体验。我给你们讲新时期文学，为什么要让你们看《站台》，贾樟柯作品，目的就在这里，了解体察一个时代的变化。哎，说远了。”

杜林又喝酒，他有些伤感，他有好久没有向谁倾诉了。他从没有倾诉的对象。这个区惠琴，虽说是自己的研究生，却也是一个成年女性，所以他才并无忌讳地与她谈论。他想她应该能够理解。

“你认为刘兴桐这 20 年间，活得怎样？很风光是吗？我想他活得比任何人都苦，最终还连带害了夫人孩子，这些都是后话了。也许他不会这么想，但事情就是这样，由不得他想的。李可凡是我的同乡，也是我同学的妹妹，唉，说起来复杂了。我并不是一个正气凛然的人，更非一个五四知识分子。”说到这里，杜林笑了起来。

区惠琴却反而笑不出来。她虽然才 30 岁，从学校到学校，对外面的世界知之甚少。读了研究生，杜林要求他们从近代文学一直读到新世纪文学，作家作品汗牛充栋，特别是晚清的那些小说诗词，光一本《清闺秀艺文略》五卷她就读了半年的时间。她是做“女性写作”课题研究的，杜林要求她从《清闺秀艺文略》读起，清三百年间光女作家就三千三百人，不能不读。苦读之后，果然视野大开。她对杜林的感慨也就颇能理解。杜林的一席话，把她刚才的一腔热血浇得冰凉。

她心情很矛盾。她能理解老师的苦衷，她也没错看老师的品行。但是，她还是不能彻底明白，像杜林这样以特立独行自诩，而且事实上也我行我素，远离现实功利，甘于清贫平淡的人物，居然一事当前，依然顾虑重重。和生活里那些谨小慎微的小人物其实并无两样。她有些失望。连旧时代的知识分子那点正气都没有！也许写出来的人生与正在做着的人生，其实就完全是两回事。

也许老师是对的，他想得很周全。

她打算周末回东莞，与麦地好好谈谈，也许他能有一个万全之计。麦地在电话里也说他已有一些线索。

区惠琴起身告辞。她看着桌面上的两本杂志，杜林会意，他说："这两本杂志先放在我这里吧，找个时间我们再谈谈。是不是对我很失望?"区惠琴只是笑笑说："哪敢呀！你是导师嘛！说什么都是对的。"

"你真的这样认为，那不是一个好学生。"

"不是好学生也是你的学生。"

区惠琴说着告辞。

一夜情酒吧其实有一个很雅的名字，就叫风雅颂。一夜情是记者写文章概括出来的。记者们固然一箭中的，直取主题，但乐于制造耸人听闻的新闻。

风雅颂坐落在环市路靠近越秀山的一座小山冈上，原来是一座华侨的别墅，被租赁出去改造成一个俱乐部样式的酒吧。有会员制客人，也接待散客，生意兴隆。从傍晚6时开始，就陆续有客人光临，大多是那些从广州城里的高级写字楼出来的白领。

几十平方米的露天花园有几张雅致的桌椅，灯光布置得暗淡、闪烁，似有若无的音乐在花草树木之间流荡。从假山上泻下来的流水，从每张桌子下面流过，流水中也有闪烁的灯火。主人努力营造一个恍惚迷离同时有些惆怅的气氛，这很能令人们从现实困顿中，坠入一种想象的氛围里，以求得一种哪怕是不切实际的短暂的抚慰。这是花园里的外场。这个环境是让那些在拥挤浮躁的室内空间里已经耗尽了精力，在身体的摩擦中被调动起隐隐的激情而想进一步发展，在情感中谋求交流的男女，有一个相对温馨雅致的去处，以便达成最后的约定。然后从这里直接打的或驾车到某一个地方，去共度另外时光。

室内的情况就完全不同了。

震耳欲聋的打击乐，占领了人们的耳鼓。人们必须非常大声地说话，扯着嗓子喊叫，才能让对方听明白。要不就只有贴着脸耳语。这两种方式都能最大限度消除人们初次见面的陌生感。再内向收敛的人，在这种激情澎湃的环境里，也只能处于零距离接触之中。加上有意造成的空间狭小，人和人几乎是身贴身，屁股顶着屁股，酒杯挨着酒杯。这种人为的亲密的确煞费苦心，令人一下子便进入某种状态。

来这里的人心里都非常明白，寻找疯狂同时寻求安宁。先让内心处于疯狂状态，然后从疯狂的尖峰慢慢地跌落下来，这种反差最能剥离人们白日里的假面，也最能煽动起让白天和光明遮蔽得严严实实的情欲。先有身体的摩擦，挨得很近的体味的交流，然后再到截然不同的外场花园，去领受中世纪维多利亚时代的古典情怀，这就是风雅颂的企图。没有人会自觉抗拒这种企图。因为这种企图太适切人性的脆弱部分。

苏叶坦言在这里已经有过若干次对象不同的艳遇。“这比去找鸭好多了，但很难保证质量。”她搂着李可凡的腰，通过马路边的一个装饰豪华雅致的小门，拾级而上，先经过那片花园。李可凡说：“就在这里先坐坐吧！”她心里还是有些顾虑。她已经感受到从屋子里传出的激情与热浪。好几位衣着大胆，几乎是穿着半透明内衣的女孩进进出出，令她有些气急。

“先进去再说，你看上哪位帅哥，再把他约出来不迟。我们俩在这儿有什么好坐的，难道你想同性恋不成。”苏叶说着，亲了李可凡一口。李可凡猝不及防，笑骂苏叶。

她几乎是让苏叶拖着进了内场。四个男孩组成的乐队，正在小舞台上猛烈地摇滚着。撕裂的嗓门，唱出了狼的哀嚎和紧张的奔突，痛苦的、扭曲着没有目标的张望。这就是四个摇滚着的青年今晚的疯狂。

苏叶在一张狭长的像独木桥一样的桌子边为李可凡找到一个位子。娇小的李可凡蹭了几次，才把屁股搭上那同样狭长细小的高脚凳上。苏叶安顿好李可凡，便去取啤酒。她举着半打“喜力”冰啤，在人群中挤来挤去，有人便帮着她，撑住她的腰往前推，她便不停地用英语说谢谢。她的情绪早已被煽动起来。

李可凡感到有些气闷。她身边坐着一位络腮胡子的人，他见李可凡，便伸出大手：“我叫 Mark，自由电影人，独立电影人。”他怕李可凡不明白，反复解释着。他不等李可凡说话，便抓住李可凡搭在桌子边的纤手，重重地握了一下，“请问芳名？”

李可凡有些慌张，但她记住了苏叶的话，在风雅颂，没有陌生人。她便如实交代：“李可凡。你好！”

“来，干一杯！”他随手拿过自己面前已开启的冰啤，递给李可凡。李可凡顺手便接过来，她奇怪自己，这一切都是极为自然地进行着。

他们干了一大口，Mark 几乎是直着喉咙，把一瓶喜力冰啤一口气倒进胃里去。李可凡便也学着他，只不过是一口一口地也把啤酒全喝进胃里去。她觉得一切都变了，她再不是进入这间风雅颂之前的李可凡了。

“这么快就聊上了啦！”苏叶红光满面，一脸的兴奋，她对着 Mark 说，“老兄，这么快就把我的女友泡上了！”

Mark 笑笑，他笑起来很粗犷很好看。

“你们认识？”李可凡问苏叶。

“现在认识！就现在。”苏叶奇怪李可凡怎么会这么问。

“这位李可凡小姐很高雅，搞文艺的？”Mark 很会恭维。

“怎么，看上啦！”Mark 又是笑笑，脸上坏坏的。“怎么称呼？”他伸出手。

“苏叶，薄荷，很辛辣那种，怎样，要尝尝？”

“名字不错，味道也好，改天吧！”

“那你等着，也改天吧！”

大家便碰杯，嘴对着瓶嘴吹冰啤，哈哈大笑。

李可凡从没有和那位作家朋友到过这种地方，20 世纪 80 年代的作家大多是忧患意识很强的那种，不是从部队来就是当过知青，都很土。他不喝酒，也不会跳舞，只喜欢到处游历。她和他聚少离多，但很享受。后来嫁给刘兴桐，刘兴桐就更土，是那种很地道很农民的土。她便无缘这些场合。

内场确实很吵很闷热。Mark 看出李可凡有些不适应，便提议到外场去透透气，吹吹风。李可凡心想，一切好像都布置好的，你无法不按照规程走。她很自然地说：“好吧。”

他们相跟着，在人群中寻找落脚的地方，Mark 很绅士，前头开路，同时拽着李可凡的手。

苏叶正在另外一张长桌边与几位老外谈天，她喝得很疯狂，她的眼睛却跟踪着李可凡，挤眉弄眼的，做出鼓励她的怪样子。

李可凡只是想透透气。她觉得这位独立电影人 Mark 很有绅士风度，大家坐在一起聊聊也无妨。心想这一夜情酒吧的种种惊险，一定是让记者给渲染出来的。外场风很凉，是深秋天气那种天高云淡，寥寂长空的那种沁凉，令人感到很舒服。这种凉意，有一种激发人偎贴身体的欲望，非常奇怪地就渴望有人来抚摸自己冰凉的双手。这种欲望与性无关，也并不淫邪，而是一种心灵渴求被温暖被抚慰的那种。凉风一吹，燥热的心胸马上就非常清醒，所以李可凡反而不觉得这地方有多么险恶。正如苏叶所说，风雅颂连名字都令人感到优雅。哪里来的四面楚歌，危机四伏呢？

Mark 问她喝什么，那声音很磁性。喝什么并不重要，重要的是这声音所代表的一种情调，作家和刘兴桐都不具备这声音。

“来红酒如何？”Mark 见她只是微笑，便半是征询半做主地问。

“随便！”李可凡有一种被宠幸的感觉。女人真的是情感动物，用不着多少殷勤就足以俘虏一打以上。

Mark 打了个响指，侍应生便像从地底下冒出来似的，一下子出现在他们面前。

“来干邑，姿华士十二年的。”Mark 对酒品很熟悉。

“姿华士十二。”两只精美的法国玻璃杯摆在他们面前。李可凡见那醇厚的酒液倒进晶莹透剔的高脚酒杯里时，她眼中溢出眼泪。为谁流泪呢？她说不清楚。

Mark 很知情解意，马上递过来一张纸巾，紫罗兰气味的纸巾上面印着 Mark 的英文字母。这种做派李可凡可是第一次见识。李可凡自觉像一个乡巴佬似的，她有些坐不住了。

她突然想逃离这个地方。她渴望在这里和这个叫 Mark 的电影人永远地坐下去，什么也不要发生。她同时又想马上逃跑，她觉得这样下去会疯掉的。她绝对不是一个风情万种水性杨花的女人，但是，她无法保证自己再坐下去，会守得住自己。她从来都是十分自信的。但是今夜在这个年龄与自己相当，或许大一些，或许小一些，酷极了，也斯文极了，绅士极了，同时也可能富有极了，有才华极了的男人面前，她实在无法保证自己。她从来就没有想放荡一回的想法，可是，此刻他极想又极怕当真走出这一步。该死的作家，该死的刘兴桐，该死的高塬，连同面前这个深沉的神色苍凉同时优雅的男人。

Mark 的目光一直没有离开过李可凡，他在细细地阅读面前这个女人。他在这个叫风雅颂的地方喜欢过好几个女孩，不，应该是女人吧！她们各有各的精彩，但还从未和她们中任何人上过床。今夜这个叫李可凡的女人，那慌张的少不经事的眼神和素面朝天的明亮，的确令他眼前一亮。到了这种年纪依然冰雪透明的女人确实少见。他便有一种强烈的侵犯她的欲望。这种欲望连他自己都说不清楚原因，他甚至不知这个女人是干什么的，住在哪里，有什么背景。但是，他喜欢明亮纯美，这就够了，哪怕她有艾滋病。

疯狂的 Mark，上帝在黑暗的秋天的夜空哭泣，哭泣人世间的男人女人们，无法解救的最终是情感的疯狂。

Mark 只是默默地举杯，非常主动地和李可凡碰杯，一饮而尽。而李可凡始终不敢看他，只是偶尔用眼睛的余光瞄瞄他那红色的血一般的酒液。

男女之间的沉默会使双方的情感积聚为一种爆发。他们就正处于这种危险之中。

苏叶突然出现在他们面前，她身后跟着一个穿着白衬衣、打着红色领带的男人，那男人看样子也就只有25岁。像个大学生，但很干练的那种。苏叶对着李可凡耳语："我不管你了！我先走，别客气，把他收拾了。拜拜!"说着，她轻吻了李可凡的面颊，和那男人走了。

李可凡果断地站起来，对自己也对Mark说："对不起，我也走了!"说着，拿起挂在椅背上的风衣。

Mark也站起来："再坐一会儿，然后我送你回去！要不我们找个地方，再聊聊?"

李可凡犹豫地站着，她拿不准究竟是走呢，还是留。Mark看出了她的犹豫，便说："到我那儿去吧!"他打了个响指，"埋单!"

她坐上了他的车，一辆丰田佳美2.4。

"送我到天河!"她很坚决。

Mark很失望。但他不说什么，只是从衣袋里掏出一张名递给她："想起来的时候，想看独立电影的时候，想一起喝芝华士十二的时候，请电话给我，OK!"

她没有接，他把名片放在她手心里。

Mark掉转车头，向天河方向开，他再没有说什么。但车开得很慢，很慢。

"你是一个很纯美的女孩!"

"40岁的妇人!"

"依然是纯美的女孩!"

"骗人!"

"骗人的不是我。"

沉默。

"我们都在互相欺骗。"李可凡打破沉默。

"不，不是，各自只是在骗自己。"Mark说。他目光直视，那目光里有一种李可凡很熟悉的忧郁，高塬也有。她忽然想起高塬。

"我们认识还不到几个小时!"李可凡终于说出了忧虑。

"与时间长短无关。"

"你是不是每天都到这种地方来。"泡妞的话到了口边，李可凡出于礼貌咽回去了。

"可以这样说。"

“这是你的生活方式?”

“不，偶尔。”

“什么是经常?”

“经常是成年累月在外面，在野地里拍电影。”

“很会引诱女孩儿?”

“你这样看?”

“是!”

“你正在被引诱?”

“我不是女孩儿!”

Mark 笑了，他笑得很含蓄。

丰田佳美上了中山大道，从体育东拐到黄埔大道，又从车陂回到石牌，拐往天河北路，又回到环市路。

“怎么这样走?”李可凡冷冷地问。她认为 Mark 别有用心。

“你说去天河，你并没说天河哪里，你也没说停车，我是司机，只好不断地开着，只要不离开天河。”

“你很聪明!”

“也许吧!”

“我已结婚了，还有一个女儿!”李可凡说。

“我也是，还有一个儿子!”

“那为什么还这样?”

“问你自己!”

李可凡无话可说。

“你打算怎么样?”李可凡终于忍不住地发问。

“随你，一切听你的!”

“这么乖?”

“哈恰相反，出于对你的尊重。”李可凡在心里叫苦，碰到一个冷静的炽热的锲而不舍的杀手，你无路可逃。

“好吧，那送我到天河，然后各自回家。”

“天河哪里?”

“就天河城吧!”

“你住天河城?”

“不，我打的回去。”

“明白，再见吗?”Mark 有些伤感，看不出他是在逢场作戏。

“我会电话给你，只要我活着。”

“你会活得很好的。”

“谢谢你的祝福，也祝你活得快乐！”李可凡有些感动，她由衷地说。

“对了，你拍过什么电影？我想看看。”

“到我那儿看！”

“好啊！我会去的。”

“看过《八月的风筝》吗？”

“没有，你拍的？”

“对，以前拍的。”

“现在呢？”

“《红色小提琴》，正在拍，过几天去西藏拍，上喜马拉雅山顶拍。”

李可凡的心猛地抽紧。Mark 发觉了，关切地问：“怎么啦？吓着啦！”

“没什么。”

“我的名字叫胡杨，Mark 是我胡编的。”

“胡杨？能活千年，死了又站千年，倒下去又是千年不朽的那种胡杨。”

“你什么都知道。你是老师吧！”胡杨说。

“为什么要告诉我真名？”

“因为你一开始就告诉我真名了。”

“如果是假的呢？”

“不可能吧！我相信我的判断，很纯美的女孩儿是不会骗人的。我喜欢不会防备的女孩儿。”

“骗起来容易，是吗？”

他笑了。

天河城到了，李可凡突然吻了胡杨的面颊，他的胡子扎得她直痛到心里去。

胡杨猝不及防，李可凡已拉开门下车。她迅速地截停了一两红色的士，在钻进的士的当儿，她向他挥挥手。

他在车里一直目送着那辆的士消失在天河的车流里。

前面是一片红色的车尾灯。

第六章

麦地很快就到达凡尔赛宫，他轻车熟路地找到许楠生的包厢。和他同来的还有二女一男，都是他大学同学。他们刚才正想去消夜，许楠生急电，大家就一起来了。他们一进门，妈咪随后就到，身后跟进着一长溜十多个的陪唱小姐。许楠生眼巴巴地望着麦地，由他裁决，因为麦地还带了两位女的。倒是那两位女的很开通，见许楠生为难，便朗声说："你们叫小姐，没关系的，我们就唱唱歌，等会儿先走的。"

麦地说："算了，妈咪，让小姐回吧，我们自己唱歌。"

妈咪不失时机："那就挑两位，陪着唱唱歌多好，来！这小姐，最会唱歌了。"她拉着一位穿牛仔裤露脐装的女孩，就往麦地身边推，"陪陪这位大哥，好好唱。"

麦地说："别，我夫人呢！"他指着区惠琴。

区惠琴却说："没关系，就当我不在，小姐，就陪这位大哥，好好陪呀！"自己得意得直乐。

跟着麦地来的另外那位女孩叫伊然。和区惠琴一样年纪，30岁吧！她大大咧咧地问妈咪："他们男的有小姐陪，我能不能叫鸭陪啊！"

"小姐你说笑，哪有鸭呀！不过，你要先生陪唱，我可以为你请，音乐学院的帅哥。怎么样？一call就到，马上到。"妈咪真真假假。

"好啊！怎么样？麦地，你埋单哦！"那女孩一脸坏意。

"没问题，我这里有许大老板许楠生兄做东呢！"麦地顺水推舟。

"别闹了，唱两首就走，这里空气太闷。"区惠琴最怕空调。

许楠生插不上话，和这些同龄人在一起，他自惭形秽。他们都是大学生，阳光明亮，有学问有正式工作，有幸福家庭。

自己有什么？吸毒、贩毒、卖假火车票？坑蒙拐骗。自己的父母还是大学教师，他们的父母不过是东莞农民，可现在天渊之别。此刻他兴致全无，心中十分沮丧。

男侍应为他们斟酒，许楠生无事可干，便对侍应说："我来吧，你走。"

那位穿牛仔裤露脐装的小姐觉得无趣，也走了。他们几个便唱歌。

麦地把同学一一介绍给许楠生，还特意把许楠生父母是大学学者强调了一下。他看出许楠生心中的隐曲，想活跃一下气氛，便对区惠琴说："你跟许老板合唱一首吧！"

区惠琴马上应允："好啊好啊！许老板，唱什么？我来点。"说着，自己先端起一杯啤酒，"许老板，借你的酒，敬你一杯。"咕咚一声，酒全进去了。

伊然邀许楠生跳舞，许楠生哪里会跳舞，吓得直往后退。伊然便很大方地说："我教你，跟着我跳就行了。"说着，拉起许楠生的手就跳起来，她挽着许楠生的腰，"我带你。"

伊然很能鼓舞人，她口里不停地叫着："对，对，就这样，走，蹚，一、二、三、四，好极了，对，就这样……"

许楠生有了信心，心中也开阔多了。倒是把伊然累得满头大汗。

伊然身上的气味，令许楠生晕眩。他说不清是什么气味。

"老板在哪里发财？"伊然装得很世故。

"哪有财发？做马仔，黑社会。"许楠生故意把自己抹黑。可这又是真的，听起来很假。

"黑社会是不是很好玩？像香港片里那样？"伊然倒不怎么在乎。社会分工嘛！在她看来，既然有毒瘤，就当然应有生长毒瘤的土壤。黑社会也不是铁板一块，都企业化了。周润发演的黑社会老大，就很酷。

"大概是吧！"许楠生觉得很轻松。

"什么时候带我去看看你们黑社会？看看你们老大。你是老几？"伊然一脸纯真。

"我像老大吗？小马仔都轮不上，点火递烟的，外围的。"许楠生开起玩笑来。

"哇噻，像地下党，还发展外围。"说得大家大笑。她呼出的气把许楠生撩拨得生气勃勃。

外场在跳热舞，伊然拉着许楠生出去观看，一个身材高挑的女孩在跳，水蛇似的，衣服一件件地脱，剩下三点，灯光骤暗，音乐戛然而止，节目结束，席间便是一片唏嘘。

"读大学真好！"许楠生忽然没头没脑地蹦出一句话来。

"你没读过大学？"伊然有些吃惊，见许楠生有点窘，便说，"其实，也就是在校园里感受一下而已，读不来真才实学哎！不过，现在读大学年龄放开了，谁都可以读。”伊然总是很热情。

“是啊，有机会就去读大学，我父母……”他欲言又止。伊然不作声，只是说：“有空到我们那儿玩，我在中信大厦上班，做人寿保险的。”

许楠生心中很黯然，彼此各自生活在不同的世界里，像伊然他们有多么好，见得了阳光。每当此刻，他就会很无端地仇恨自杀的父母。

伊然刚才从麦地那里已经知道许楠生的情况，她不想让他太自卑，她想他若能振作起来做点正事就好了。麦地要她对他倍加热情。反正伊然性格开朗，这点任务不是问题。

舞过三曲，大家唱歌也唱得累了。麦地便把许楠生叫到角落里，问他什么时候正式去找刘兴桐。许楠生说：“打了几次电话，刘兴桐只接到一回，他说再联系我，可他没向我要联系方法。”

“没理由的啊！他应该见你才对。”麦地有些纳闷，“你直接闯宫，就上他办公室去！怎么也得见上一面，把事情说透就行了。看看他态度再说好吗？区惠琴也做了一些工作，以后再告诉你。”麦地很仗义。

“我明天去正中大学找他，找不着就上他家去！”许楠生破釜沉舟。

“上他家也好，见不着就见他夫人，先说说吧！总之，这事看起来有点儿复杂。慢慢来，千万别顶牛，搞砸了就不好办了。”麦地怕许楠生鲁莽，反而招来麻烦，他很同情许楠生。刘兴桐既然做得出来，现在又有权有势，不是一下就可以扳倒的。许楠生又是这种情况，他还是十分担心的。他听区惠琴说，杜林教授早就有所觉察，连他那种天不怕地不怕神鬼不怕的人，都有些顾虑，何况一个小小的许楠生？我麦地更不是他的对手。

或者把许楠生带去见见杜林，看看杜林的态度？总之，应该还许家一个公道。

“那好吧，小许，我们先走了。我们埋单吧！”麦地叫侍应。

许楠生很感激，今晚很快乐，认识几个大学生，大家都不轻看他，令他心中很温暖。即便讨不回公道，有这些朋友，也值了。

“本想请你们消夜，那边还有朋友，改天吧，谢谢了！有人埋单呢，不是你，也不是我。”许楠生说着眼睛都湿了。

送走了麦地他们，手机响了，他打开一看，是鬼马李。有好几个未接电话，都是鬼马李打来的。

许楠生连忙给鬼马李复电。电话里传来鬼马李的哭腔：“出大事了，你赶快来！”

电话挂断了。

刘兴桐带着邹亮准时到达凯旋华美达。

证券公司高总裁早已候在大厅。见面寒暄之后，便上三楼的总统套间。

临江的大客厅宽敞无比，地毯厚而松软。人在上面走着，脚步都显得轻盈。

总统套间富丽堂皇的程度无须细说。重要的不是享受，而是排场、规格。刘兴桐一进门，高总便将早已候在那里的三位客人逐一介绍：

“这位是博文科技的老总蓝怀声博士!”衣冠考究气度不凡的蓝博士是做土木工程的，有一个上市公司，钱正多得没处花。

“这位是中盛高达的老总洪文虎先生！洪先生是做电子生意的，也做些高档装修工程。”

“这位是大学教授，著名作家姜一刀先生。姜先生是评论一把刀。”

高总和刘兴桐是老相识了。蓝博士年龄不足40岁，洪文虎也在40岁左右，显得老成一些，姜一刀教授稍老，55岁左右。刘兴桐出于习惯，一边和他们交谈，一边细细地揣摸这几个人，心想高总在约会时并没有提到这几个人，请他们几位作陪，高总有什么意图？总不会无端把几个不相干的人弄在一起吧！

邹亮和司机被安排到别的地方去。邹亮离开时，对刘兴桐耳语：“高总让司机用完餐后先回去，恐怕夜里还有安排，要不要给李老师打个电话?”

“这样啊!”刘兴桐故作沉吟。其实高总在电话里早已给他讲过今夜的安排：“到时我用奔驰送你回府。”刘兴桐犹豫了一会儿：“好吧！就说今夜有会，不一定能赶回去。”

姜一刀是本省师范学院的教授，常在报上发表评论。他对刘兴桐非常熟悉。他先把刘兴桐结结实实地吹捧了一通：“刘教授是本省‘文革’后最早破格提升的教授，从助教一步到位晋升为教授。”他把刘兴桐做了一年多副教授给省略了。刘兴桐也懒得去更正。反正也错不到哪里去。“刘教授的大作《中国近代文学史稿》，是填补中国文学史空白的辉煌之作，大学中文系学生的必读书，可与胡适之先生的《白话文学史》比美。”

刘兴桐见他说得夸张，脸上有些挂不住，连忙打断姜一刀的话：“姜教授过奖了，我哪有那么神通，前辈学问，九十九度，我加一度而已。”

“对对，那是当然的，这一度不是谁都能加得上的哟!”姜一刀如簧巧舌，让刘兴桐不好再做谦虚状。

蓝博士在美国留过学，留学归国创业，他对国内情况不是十分了解。姜一刀的介绍令他对刘兴桐十分感兴趣，很想在文化方面有什么作为，便说：“有空请刘教授到公司给员工讲讲中国传统文化精神，主要是给白领讲，可好?”蓝博士是潮汕人，说话斯文且带点儿娘娘腔。刘兴桐听起来很受用。

洪先生是搞实业的，看得出是珠三角一带的农民企业家。他始终颌首微笑，一个劲儿地抽雪茄，一言不发。这些文化人凑在一起，就没有他说话的份了。

高总是东道主，他在一旁忙来忙去，见大家谈话投机，便锦上添花："请诸位再等一会儿，今天我还请了几位客人，助助兴！刘校长是贵客，诸位也都是朋友，圣诞也快到了，大家难得聚一聚，几个大男人没有高贵女性作陪，也说不过去。看，来了！"高总极具表演水平，他冲着客厅大门，眼睛放光，"欢迎诸位光临！"

只见几位美女站在门口犹豫，在进与不进之间徘徊。

高总把她们一一引进。

大家便纷纷落座，都按高总的安排找到自己的位子。高总喜气洋洋地举杯："佳人美酒，成功人士，欢迎诸位光临，提前过一个圣诞，我先饮为敬！"牛高马大的高总，致完祝酒词，把半杯路易十三倒进他牛一样的大口里。

坐在刘兴桐旁边的，自称是歌舞团的演员："叫我阿靓吧。"听口音是北方人，却有一个珠江三角洲的名字，阿靓。"人不靓，所以叫阿靓，靓妹！"她很风尘也很懂得悦人，无话都能引出话来，气氛果然马上就热烈起来。光是阿靓这个名字，就令人遐思。她二十四五岁，瓜子脸，单眼皮，身材迷人。她举起酒杯，对着刘兴桐似是耳语，却大声得让所有人都能听到："不管他们，我们先干一杯，好吗？"她的语调里有一种零距离的亲密。

"这不公平，阿靓的酒是最好喝的，不能让刘校长独占。"高总捋起袖子，把酒杯伸到阿靓面前，"来，干！"

阿靓做娇嗔状，蹙着眉一饮而尽。

"刘校长，你可得帮我的忙，别让高总欺侮我。"说着，她拉了一下刘兴桐的袖子，把手放在刘兴桐的腿上。刘兴桐也就把手压了上去。

蓝博士开始时还很拘谨，经不起他身边的小姐——一个染着金发的女孩的撒娇，他也一杯一杯地牛饮。他一点儿也不作假，几杯下去，就已经飘飘欲仙了。

姜一刀可是只老山猪。他当过兵气宇轩昂。干瘦的脸上如刀如斧凿出，一边面颊还有一块不大不小的青斑，令他的脸平添几分肃杀与严峻。他坐得笔直，双目炯炯。凭他的锐目，他能穿透在座任何人的心思。他身边坐着一位像是少妇似的小姐，丰满而且富态。她倒是像个不经事的淑女，坐在那儿一声不吭，却美目顾盼有情，职业道德极好，只对着姜一刀笑，又是给他添酒，又是夹菜，还时不时用餐巾给姜一刀拭去面前的酒渍，很贤淑的样子。

姜一刀却粗豪而且颇有军人作风，对酒桌上一切细节均不予理会，对小姐的殷勤也视而不见。他时时冲动地站起来，一手端着酒瓶，一手擎着酒杯，四处挑衅。谁也甭想逃过他的轰炸。轮到阿靓，姜一刀死活要阿靓把酒斟满。

阿靓笑着大声说："姜教授，是路易十三，不是二锅头耶，一杯就是千多元耶！"

高总笑说："只要诸位高兴，路易十三算什么，酒做出来，就是给人喝的嘛！"

姜一刀更得意："你看看，高总发话，还不斟满？"姜一刀在场面上混得太油了，连刘兴桐都觉得太铺张。

第二瓶路易十三上来，姜一刀高声叫着："总量限制两瓶，但诸位必须给高总面子，不能不喝好！"

大家便一致欢呼。

除了应付姜一刀的轰炸喝酒，洪文虎一直与高总在密谈什么，刘兴桐看出今夜的东道主其实应是洪文虎，他憨厚的样子很能迷惑人。

他能喝，但绝不主动请喝，他喝酒像喝水一样，面不改色，也不张狂失态。他身边没有安排女士。这很适合他今夜的身份。他坐了一会儿，便悄悄走到刘兴桐身边，捂着嘴巴对刘兴桐耳语："刘校长，对不起，我先走一步，过几天最好能到舍下坐坐，有些事拜托你。这点儿小意思请您笑纳，交个朋友吧！"他说得在理，也有分寸，顺手把一个礼品袋放在刘兴桐脚边。他转而对小姐说："交给你啦，小心帮校长看好！"他给阿靓使了下眼色，阿靓会意："放心好了，丢不了！"

"这不行，这哪行啊！洪总您太客气了。"刘兴桐一个劲地推辞，他也不知那礼品袋里装的是什么。高总见状便凑过来，他早已候在一边，俯身对刘兴桐说："一点儿小礼物而已。刘校长您就别见外了。"

洪文虎和刘兴桐亲热握手，又抱拳作揖与诸位告别。高总和阿靓便送洪总出门。刘兴桐就势俯身装作扣鞋带，伸手往礼品袋里一探，长方形的厚厚一大块，用报纸包着，还有几听茶叶几瓶洋酒。他心中便明白。

刘兴桐觉得阿靓非同寻常，她与高总特别是洪文虎关系非同一般，否则怎么相跟去送洪文虎，还有，阿靓一见面就如此熟络，大胆风情，怕是别有所图。他便有些警惕。但酒已喝得多了，他心中有些飘浮，也就顾不得许多。这些天心情尤其烦躁，在他看来，各种潜伏已久的病灶都陆续呈现，浮出水面。杜林的眼光，正如那"赵家的狗，何以多看了我两眼。"（阿Q正传）。丁新仪也在窥测风向，伺机蠢动。冯文炳也不是好东西！居然胆敢在党委会议上发难。都是些看风转舵的家伙，李可凡这些日子更是疯疯癫癫，天天往白云山跑，说是去唱歌，有时还深夜未归，究竟是怎么啦？还有薇和洪笑。洪笑可是步步进逼，他再不做抉择，恐怕难以收拾。他有一种分崩离析的预感。许家后人也步步进逼，半年前来了电话，难说后来没电话来。是自己没有接到？反正这事迟早都得面对，不如先下手为强。刘兴桐在阿靓离开的当儿，忽然思绪万千。

一想到李可凡，他的后背便冷汗嗖嗖。这个看似纯净的女人，做什么都是不动声色。你不知她心里在想些什么。她一定藏了手稿，若果许家后人与她联系上，那事情可就复杂了。看来症结还在许家后人那里，他后悔失去和许家后人联系的机会。

高总和阿靓相跟着回来。刘兴桐忽然想起女儿留学的事，便把高总引到客厅一角的沙发上。未等他开口，高总似已看出他的心思，主动说：

"刘校长，你女儿留学的事我正在办，她把学校一挑定，其他的事情就是我的，放心。"他大大咧咧一说，刘兴桐反而连连摇头："高总，不说这个，我是说，洪总。"他欲言又止，指了指阿靓脚下洪总送的礼品包，"不太好吧，无功受禄，也不知道是什么东西。"

"哎呀！老哥，你就别放在心上了。湿湿碎嘛！"他忽而探过他那硕大的脑袋，对刘兴桐耳语，"无非就是想进博士班，有求知欲是好事，农民企业家，也难得。我可是对他说了，刘校长没问题，够朋友。可是学校就不同了，总得给学校做点贡献，那才路路通，六六顺嘛。刘校长，洪总是个明白人，可以做朋友，学校有什么难处，他会大力支持。"

刘兴桐认为，上面的领导干部进博士班，他无意见，无问题，只要你愿意进，进多少都可以。反正官大，出了事他们自己兜着，学校睁眼闭眼。可是下面来的就不同了！出了事可就没人兜着了，也兜不起。刘兴桐把这个意思告诉高总。高总竟拍拍刘兴桐的肩膀："老哥，你就多虑了，大校长搞不掂，谁还搞得掂？喝酒去！来，阿靓，请刘校长干杯，你还读不读刘校长的博士啊！"高总大包大揽，把刘兴桐弄得哭笑不得。今夜可是金蝉脱不了壳了。

两瓶路易十三落肚，众人虽各有醉态，但意犹未尽。高总便请诸位留步，餐后将去番禺那边一处度假村，说洪总早已派人安排，他先去那边迎候。诸位又是欢呼。只是蓝博士已经昏昏沉沉地整个儿靠在小姐的大腿上，那小姐正像母亲一般，轻拍着他的后背，还煞有介事地摇晃着身子。

最后一道菜是金钱龟汤。每人一小碗。又是姜一刀演说，先说金钱龟如何贵重，万把元1斤，每人一小碗便近2000元人民币。再说这金钱龟的功效如何了得，武功简直胜过《天龙八部》！这话又高雅又通俗得可以，人人听得心花怒放。除了几位小姐刀枪不入，尤为清醒以外，其余包括姜一刀，已刀枪入库，马放南山，任凭敌人随意摆布了。

几辆大奔，急急地通过洛溪大桥，沿灯火阑珊的珠江江岸，向珠江三角洲灯火通明的夜色挺进。

刘兴桐和阿靓坐在后座。他仿佛回到儿时，坐在摇摇晃晃的摆渡上，在万泉河上漂流。这20多年便成一片空白。阿靓的手插进了他的衬衣，在他身上游走。

他忽然一阵窒息，万泉河的洪峰覆盖了他，他在水中挣扎。他大声地叫喊着，可是风声、雨声、秋水的轰轰声，遮盖了他的叫喊。

他终于逃出深水，爬上河岸，走上那被高速公路一劈为二的小山冈，山冈上的坟墓依旧，那鲜红的碑文像是血红的眼泪，黏稠地汹涌而出，沿着山坡，像泥石流一般向山下倾泻。

他跑不动，无处可逃，双脚被黏稠的血流胶住，滞动的血流漫上了脚背、小腿和腰身，最终把他淹没了。

于是，他骇得大叫。

转过一条墨黑树荫的林荫道，度假村到了。

在外语学院门口，李可凡远远地便看到高塬站在树荫下，那儿有几块站牌。高塬也往这边张望，他看见李可凡，便站在那儿等，那儿是李可凡必经之路。

李可凡走到他面前。

“你终于出现了!”他说，眼睛望着远山。他手里的提琴盒在微微地颤动，提琴盒的一端正好顶着李可凡的手。颤动便通过提琴盒传导到李可凡手上。

“你也是!”李可凡有些伤感，“病了吗?”她发觉他似乎是大病一场，身子骨越发瘦弱了。

“我们上山吧!”他深深地呼吸了一口气，好像在释放心中的郁闷。

他们坐上了往山上去的巴士。每人8元，其中5元是门票。高塬抢着去付，李可凡从售票员手中把钱放回高塬口袋里，掏出一些零票给售票员。

下车之后，去林中空地还有一段路。李可凡还没吃饭，便邀他共进午餐。他们走进半山坡上的小餐馆。服务小姐递过来餐牌，高塬将它传给李可凡。李可凡随便点了几样小吃，东西很快就上来了。高塬只喝了几口汤，就怔怔地看着李可凡吃。李可凡很诧异高塬的样子：“吃不下?”

“嗯，堵得慌，我看是活不长了。”他很悲观。这很令李可凡意外，才半个月不见，高塬似乎变了一个人。他的头发很长，但还梳得整齐。

“很久没来山上拉琴了?”李可凡问。

“上个星期来了，这个星期病了。”正好和李可凡错过了。李可凡上个星期没来，这个星期天天来。

“这几天都在外语学院大门口等你，我真蠢，不知道学院里的人都是从后门上山的。”这几天李可凡倒是听完课就从后门上山，高塬却在大门口死等。

李可凡想哭。这个高塬太犟了，真不知该怎样说他。

“有去医院看看吗?”李可凡关切地问。

“我知道怎么回事，只要能拉琴就好。”

李可凡也无心吃东西，她想不到高塬会陷得这么深。毫无道理！她不知道自己应该怎么办才是对的。

高塬似乎没有太多力气说话，他只是对李可凡笑笑，笑得很勉强。他收拾好琴盒：“我们去唱歌吧!”

李可凡不作声，收拾起东西跟他走出半山亭。秋日午后的阳光很亮，很扎眼。李可凡戴上墨镜，从墨镜里看高塬，高塬便回到那些有雨的秋日里。

林中空地空前地多人，唱歌的人们一直站到马路上来，有三四百人。白家胜教授在那里忙来忙去，收拾歌页。白夫人指挥，还有两个工人模样的人，一个负责唱前奏曲，一个负责唱过门，两个人都很卖力。口里又念又唱，双手随着节奏猛力地挥动着。其中一个秃顶的老工人见高塬来了，便大声叫着：“拉琴的到了。”人们便欢呼起来。高塬快步走到指挥身边，白夫人边指挥边对他示意。高塬便拉开架式，连试音都不需要，就拉了起来。这是一首苏联歌曲《三套车》。

高塬仿佛变了另一个人。头发在空中飞舞，琴弓在弦上弹跳推拉，他的身体在空中急速地变换着位置与姿势，琴声在林中空地四处飞扬。李可凡觉得高塬是在拼命消耗自己的生命。她不是一个愚蠢的不谙风情的女人，愚蠢到对一个男人的爱情毫无所动。她知道这种爱情是不会长久的，岁月和时间不仅仅改变各自的形体和相貌，同时也在改变着爱情，没有永恒的东西。没有圆满的结局。但是，这些都是未来岁月的事，重要的是现在，可现在又是这样残酷。你不可能什么都要，你必须割舍，放弃一些对于目前来说是最重要的东西，才可能去收获一些对于未来来说是重要的东西。而这些辨析几乎是无法慧眼的。你无法分清什么是重要和不重要。

和刘兴桐的生活终将要告一个段落，女儿一旦去留学了，和刘兴桐的一切也就成了一个句号。她是这样想的，趁现在还没有老到没人要的地步，赶快抉择吧！她千百次地这样对自己说。可她又不是一个坚决的决绝的女人。

她很清楚自己对高塬，并非一见钟情，即使是现在，她也还谈不上什么爱情，年龄是一回事，这与爱情无关。正如当初爱上那个比自己年长 15 岁的作家一样，年龄不是问题，问题在于她只是被高塬的琴声吸引，被他的姿态吸引，被他的执着吸引。她自觉很容易让男人身上一些形而上的属于气质或精神的东西所吸引，有些吸引是很无端的。

她也知道，这些男女之间无端的吸引最容易导致爱情，最终导致家破人亡。所以，它一开始就是危险的。

她开始怀疑自己是一个心旌激动的女人。那天晚上在风雅颂一夜情酒吧的表现，和Mark短暂的邂逅，事后想起来心惊肉跳。半夜3点时苏叶给她打了一个电话，打在她的手机上。她当着刘兴桐和苏叶谈了十多分钟，开始时苏叶以为李可凡在某一家酒店里，正和Mark一夜情。当她得知李可凡早已回到家里，正躺在刘兴桐身边，她在电话里大倒胃口。

于是李可凡便问苏叶的感受，问她此刻在什么地方。“在什么地方已不重要，感受却是重要的。当然很不错！但是，美中不足总是有的，他完全没有经验，是个大学研究生，正在读硕士。”苏叶恬不知耻。这令李可凡很吃惊，这个苏叶上了瘾了，童男子也要。

她和苏叶雾里云里的话，令刘兴桐大惑不解。他只好蒙着被子睡自己的大觉。李可凡完全不顾及他的感觉，干脆跑到阳台上，去和苏叶在电话里大谈特谈。

在高塬和Mark之间，她暂时还无法做出判断，但她很明确地告诉自己，那可能是完全不同的两种感情。相同的只是，都来得很突然，突然得使她根本不想去防备。

她知道当自己在百无聊赖时，迫切地急于跟谁打电话，也许爱情就开始了，这她有经验。但是，她现在没有这种迫切。

她像往日一样，坐在远离林中空地的角落里。一个坐轮椅的人吸引了她的目光。那人把轮椅靠在树上，然后拄起双拐，就这样站在那儿唱歌。旁边的人给他让出一个位置，这样他就可以看得见歌页，看得见指挥的人。

那个人不断地前移，没入人群中，她也就看不到他。这对，一个人进入她的视野。

马路上停着那辆她很熟悉的红旗牌黑色轿车，他就站在轿车旁边，伸长脖子向人群中张望。他就是刘兴桐。

他不是来唱歌的，他慢慢走近人群，沿着人群四周游走着。

他在找谁？当李可凡意识到刘兴桐此举只能是来窥探自己时，她心中浮起了酸楚与不屑。

这个人，他总是不能光明正大地活着，总是以为所有人都在欺骗他，所有人都在与他作对、陷害他。包括他的妻子。

她很想走过去，站在他面前，看他怎样面对。她知道自己此刻出不出现，今夜都会是一场战争。她站了起来，向他走去，没走几步，她又转回来。她觉得很无聊，她很从容地坐下了。

刘兴桐终于坐进车里，车往山顶驰去。

那个坐轮椅的人，可能站得太久了，他突然软绵绵地倒下去，幸好他被夹在人群中间，倒下去时拖压着周围的人。人群骚动起来。他努力地想爬起来，双手握着拐杖，拼命地撑着挣扎着，却完全没有效果，人们七手八脚地把他扶起来。他虽然没有摔着，但已精疲力竭，一脸的歉疚，眼镜碰掉了，他很不好意思地摸索着。有人把眼镜找到了，帮他把眼镜挂上他的鼻梁时，他才恢复了原状。他坐回了他的轮椅。人们又回去唱歌。

他老老实实地坐在轮椅里，但还是探头探脑，往人群的缝隙里张望着隐隐约约的歌纸。他放开喉咙唱着，手指在轮椅扶手上打着节拍。

李可凡忽然觉得自己很像这个坐轮椅的人，时时处在摔倒的危险，可又处处和这种危险抗争。也许有一天，坐轮椅的人再次摔倒了，就再也不能爬起来，自己也完全有这种可能。她已看出高塬的心情，这种心情很大的程度源于高塬自身，他也许把对方，把李可凡神圣化了。这是更其危险的。李可凡不愿意因此而受伤害。她很矛盾。

高塬在那儿拉琴拉得很投入。唱歌的人群里有许多很年轻的女孩儿。这些女孩儿也许会有人爱上高塬，他天天处于一个最中心的位置，处于所有目光的凝聚中，也许高塬终将会留意上人群中的某一个女孩，这也是完全可能的。她越想越觉得自己很无端，很可笑，庸人自扰。

还有那个叫 Mark，也叫胡杨的人，这两个截然相反的男人，那么突然，轻易地就闯入自己的生活。猝不及防，问题是她也不想防备。也许这才是生活的本来面目，也是自己压抑已久的本相。

整个下午，她就这样反复地想着，没有头绪也没有答案。说不清因为什么，她悄悄独自下山。

第七章

中环的马路上行人寥寥，食肆却灯火辉煌，偶尔有一两辆的士呼啸而过，秋风冷雨，把坐在摩的上赶路的许楠生淋成落汤鸡。

许楠生接到鬼马李的电话，急急赶到瑶台的租屋。这些日子为老枪效劳，他很少到租屋去住，常和潮汕马仔混在一间屋里，已经有好些天没见着老四川了。

鬼马李也是刚刚才回到租屋，他一进门就被眼前的景象吓坏了。老四川倒在床铺上，地上一大摊血。鬼马李以为是凶杀，转身就往外跑。他敲了半天的门，才把士多店的阿婆叫醒，用她的电话打许楠生手机。他不敢报警，也不敢惊动邻居，一直等许楠生到来，他都没敢再进租屋。

许楠生在巷口见到惊慌失措的鬼马李。

鬼马李面无人色。许楠生问了缘由，大骂鬼马李窝囊：

"救人要紧啊！出了人命，你跑不掉！"

老四川割腕自杀。平日里切菜切肉的那把刀掉在地上。老四川歪倒在床铺上，一只手耷拉在床沿，血就从那只手腕淌下来。因为床铺低矮，老四川的手便呈弯曲状，手掌着地，也许正是这个缘故，血流受到阻碍，流得不太急迫。老四川还有鼻息。

许楠生叫鬼马李赶快到巷口去等救护车，他一边掏出手机拨 120，一边到处找东西给老四川包扎。

老四川怎么有这多血？他拖了老四川的破棉絮，把地板上的血盖住。

老四川的脸很安详。一把络腮胡子圈住他四四方方的脸，这脸粗豪、倔强，有模有样。许楠生从没认真端详过老四川的长相，此刻他是第一次很切近也很仔细地端详起他的模样来。他不像一个乞丐，可他又真真实实地在此地乞讨了将近 10 年。许楠生和他认识了有四五年了，是他南下谋生这几年中，接触最多的一个。在这间租屋里，他断断续续地和老四川住了许多日子。

老四川虽然是个乞丐；但他是个最好的租客，房东阿婆逢人便说老四川是好人，从不拖欠房租。许楠生有时没钱交100元房租，那几天便逃到外面不回来，老四川就先垫上然后等他回来再一一清算。许楠生若又回到老四川身边，就意味着他口袋有了些钱，至少付得起100元的房租。所以老四川并不害怕他会永远不回来。

老四川的儿子3年前考上了正中大学，这是老四川最大的荣耀。他每月都会把乞讨来的钱如数存进银行，然后再转到儿子的长城卡上。有时多些，有时少些，但从不会少于600元。

刚开始时，儿子还来过租屋。许楠生只见过两回。儿子对父亲并不怎么亲热，来了连坐都不肯，只站在门槛边说几句话，然后就逃也似的跑了。后来就再也没有见他来过。老四川也不常提起。只是到了每年9月，该为儿子缴交学费了，他会长吁短叹，抱怨学费又涨了。老四川除非病重，否则他是不管天上下刀子，也要匍匐着出去乞讨的。他有时对许楠生很感慨地说，要不是想着儿子，真想一头撞死，活着真是受罪。许楠生也颇有同感，像老四川这样也曾经威风沙场、心气强傲的汉子，如今沦落到乞丐的境地，这中间不知要历经多少难与人言的痛楚。许楠生好几次想帮他一把，拉他下水去卖假票，或为老枪效命，老四川都不置可否，他似乎更钟情乞讨这个行当。

他并不反对许楠生去做任何事，包括那些掉脑袋的事情，他只是有时会忧虑地对许楠生说："小心点吧！见好就收，事不可过三的。"许楠生不会把他的话当回事。老四川也知道自已说这些话是放屁。

鬼马李气急败坏地冲进来，气喘吁吁地说，救护车进不来巷子，我们把他抬出去吧。他身后跟着几个救护人员。

在救护车上，老四川已经气若游丝，但眼睛还睁得大大的，无神地望着上方车顶。他空洞洞的眼神里有一种很奇怪的意思。许楠生读不懂这种意思。

医生问起伤者的情况，许楠生十分为难，有些情况难于启齿，吞吞吐吐的。说他是一个乞丐吧，人家不给治怎么办？医生警惕起来，问谁是家属，医药费由谁来支付等等问题。许楠生闪烁其词。医生便说："我们已经给他止住血了，但现在必须马上输血、治疗，你们还是上别的医院吧！"救护车已到医院门口，医生和许楠生都有些为难。

许楠生央求医生："我马上就去想办法找钱！不过也是明天一早的事，救人要紧！我把身份证压在这儿。"说着，他把兜里的钱全掏了出来，也就七八百元，他把钱全交到医生手里。医生很年轻，他板着脸连忙推托："到急诊那里办手续再交钱吧。"他见许楠生手中已有七八百元，也就稍微放心。

医生怕许楠生误解他的意思，卫生部门正在开展医德教育和拒收红包的纠风。“不是不救死扶伤，有些人把伤病人往医院一丢就跑了。医院再也担不起这些赖账。”他害怕刚才的态度令许楠生不悦，既然他有钱，也就不存在问题。

许楠生在所有需要签名的地方，都签上自己的名字。

医生说要输血，许楠生拉过鬼马李：“那就先验验我们的血合不合，先抽我们的再说。”

医生便让他们去抽血检查。

天将黎明，许楠生一屁股坐在医院急诊室门口。他想好好地休息一会儿，然后再去找老枪借钱。他在心里大骂老四川，非常后悔认识老四川。他想问问老四川，他儿子的名字班级。

等会儿就上正中大学找他儿子，让他来处理老爸的事情。

他刚坐下，医生就来赶他，让他到走廊长凳上去，别在这里碍手碍脚。

鬼马李早就在长凳那里睡着了，还磨牙。这家伙肚子里有蛔虫，要不怎么老磨牙？许楠生推了推他。鬼马李很警惕，一下子跳将起来，揉着睡眼，见是许楠生，不好意思地说：“太困了，刚刚眯一下眼，眯一下而已。”

许楠生愁肠百结，他想听听鬼马李的意见。

“把他儿子找来，都是他儿子给气的。”鬼马李很气愤，“上午我还没出门，他儿子来找他，长得高大威猛的一个帅哥。他跟老四川要钱，说要跟同学去活动，还抱怨说每月六七百元无法活，说着就吵起来，我赶紧往外走。老四川都哭了。那孩子也哭。我走的时候那孩子还没走。他什么时候走的，我也不知道。”

“那找他儿子也没用！他一个学生，没钱，没办法。鬼马李，你我摊上倒霉了，你可别开溜啊，我警告你！有事大家担着，我可是把全部七八百元全贡献出来了。怎么样？有钱吗？”

许楠生希望鬼马李也能派点钱出来。去跟老枪借，他有些胆怯。

鬼马李掏出200元和一些碎票。许楠生有些怀疑地说：“就这么点儿？真的？你的钱都到哪儿去了？你可别骗我，要不，朋友都没得做的。”

鬼马李一脸无辜。

他们回到急诊室。

老四川已苏醒过来，医生说只要及时输血，再观察一段时间，应无生命危险。老四川人完全变成另一个人。许楠生和他说话，问他儿子的联系办法。老四川只是摇摇头，不说话。许楠生心想，也许老四川不让他儿子来，但不告诉他儿子，似乎也说不过去。许楠生一说到他儿子，老四川就摇头。许楠生明白了，他的自杀与他儿子有关。他实在熬不下去了。许楠生想，等老四川出院了，就说服他回四川乡下去。

护士来找许楠生，告诉他今天必须交3000元医药费，否则事情就不好办了。输血要许多钱的！昨夜鬼马李和许楠生检查血型。鬼马李是AB型，只有许楠生和老四川血型相同，都是A型。许楠生一下子输了500cc。

许楠生对护士保证一定会如期把钱交来。他拉上鬼马李：

“走，一起去找老枪，非得从这娘儿们手里抠出钱来不可。”

老四川万念俱灰。凌晨醒来时，他发觉自己躺在病床上。他努力回忆昨天夜里的一切。他在心里骂鬼马李和许楠生多管闲事，要不是他们早到一步，一切不都已经解脱了吗？现在可好，人又回来了！还得要一大笔医药费如何了得。他急起来，胸口呼吸便急促得如同抽风打鼓。他是打定主意要自寻短见的。昨天上午，儿子忽然找到租屋。以前他怎么呼儿子来见面，儿子都很不愿意，现在却自己找上门来，他着实高兴了一阵子。

他把鬼马李介绍给儿子认识，儿子却一点礼貌也没有，只是冷冷地点点头。老四川见状不悦，见儿子连门也懒得进，每次来都是站在门槛边，一半身子在门外，只把脑袋探进来，就那么歪歪斜斜地站着。

老四川一下火了：“你进来自己搬个凳子坐下，再说说话，还得老爹给你搬凳子不成！你是嫌这屋子脏还是什么？”鬼马李从没见老四川发过火。可老四川说得非常在理。哪有儿子这样见老子的。何况他老爹每天风里来雨里去地乞讨，供他读书吃喝，他不知道吗？鬼马李不好说什么。见他儿子似乎对这里的一切很嫌弃，他很识趣地走开了。他对老四川说：“我先走了，你们爷俩好好聊吧！”

老四川看出鬼马李的情绪，心想儿子太不懂事！他冷冷地说：“是不是没钱了？”儿子没有吭气。

老四川呆呆地望着儿子，他坐在地铺上，比他儿子矮上半截，他必须时时仰起脖子才能对着儿子说话。

儿子又长高了许多，有1年没见过儿子了。这三四年间，他也就见过儿子3回。他心中凄楚，先是在心里把自己臭了一番，自觉有些对不起儿子。这样牛高马大的帅小伙儿，若生在别人家里，自是另外一番风景。人比人，气死人。所以他甘愿出来乞讨，一个人过着猪狗不如的生活，也要把儿子给培养成人。好不容易考上大学，再挨上一年半年，儿子就毕业了。那时，无论如何都可以享享儿子的福，这种信念支撑着他每天风雨无阻地去乞讨，把好不容易得来的每一个铜板，集腋成裘，换成百元一张的大钞，供儿子上学。

他看出儿子一肚子的不高兴。他也知道自己谋生的方式令儿子蒙羞，所以，他从不计较儿子对自己的态度。可是近来，他越来越觉到儿子很厌弃他。上一回儿子居然对他说：“爸，你能不能不做这营生？让同学知道了，我怎么有脸做人？”

儿子说得也对。“可我能做什么营生呢？我愿意去做工，可谁要？儿啊，你是不是觉得有这样一个老爹很不光彩？”

儿子不说话，他默认了。

老四川心里很寒冷，他不敢往下想，看来，儿子是靠不住的。看他那德行！他不像一个家徒四壁、老爹当乞丐的人家的儿子，倒像是个老板的儿子。老四川忽然问：“儿子，人家问你老爹做什么的，你怎么回答？”

“难道能说是乞丐吗？”儿子倒是很流利地说出了乞丐这个词。

老四川很想知道不说乞丐说什么！

“我能说什么？就说死了！”儿子毫无表情的话令老四川元气大伤，他突然全身发抖，双腿截肢之处隐隐作痛。他怎么也没有想到儿子会这样说。

他是个血性汉子，当年在战场上，他还只是个新兵。别的城市新兵听见炮声还没见到敌军，就吓得不得了。他反而不顾一切往前冲，抱着枪往弹坑里滚，一心一意想立大功，回乡去光宗耀祖。每次都挨排长的臭骂，说他破坏纪律。后来踩上了地雷。他的勇敢和拼命是团里出了名的。现在他有一种虎落平阳被犬欺的感觉，每天出卖尊严去乞讨，全是为了儿子能成大器。要不，一个人在家里，百把十元的残废军人抚恤金也够自己过日子了。儿子冷冷一说，令他万念俱灰。这样的儿子，即便将来出人头地，他还会认你这个老爹吗？同在一座城市，1元钱的公车票，半个小时就可到租屋来。他1年也就来一回，还是无事不登三宝殿，还是半边身子在屋外，怕让屋里的臭气给熏着？老四川想得窝火，但毕竟是自己的骨肉。他气上一回，也就没事了。

岂知儿子站了一会儿，双手插在裤兜里，又是毫无表情地说：“我这书读不下去了！”

“怎么啦？”老四川诧异，以为儿子受了欺侮。

“每月这几百元怎么过？要不回老家种地去！”他知道老爹最忌的就是这个。他故意激老爹。

老四川努力压抑着愤怒，他担心自己忍不住，会把手里的牛皮垫子扔到儿子身上去。他克制着，声音颤抖地说：“那你看要多少钱才够？你不会不知道老爹每天能乞讨多少吧！儿啊，人要知足！你爹每天吃什么，用什么，怎么活，你知道吗？你知道每月划给你那几百元怎么来的吗？”他的话带出了哭腔。

“你是不是觉得老爹有钱不给你？”他突然明白儿子的真正意思。

儿子不吭声，他看了看手表：“同学在麦当劳等我呢，我要走了。爸，还有钱吗?”

老四川第一次在这租屋里听到儿子叫他爸。

他很凄楚地说：“我跟你去拿吧，就剩500元了。”老四川哆哆嗦嗦地从地铺的破垫子下摸出一张存折。

儿子见状，说：“把它给我，我自己去取就行了。”

他沉吟片刻，在心里深深地叹了一口长气。

“拿去吧!”

“密码是什么?”

“你的生日，还有你妈的忌日，加在一起6个码。”他异常平静。

儿子接过存折，他第一次把自己的脚步迈进这间父亲栖身了将近10年的租屋。

“这里还有一张!”老四川好像下了什么决心，又匍匐着把身子挪到床铺的另一角，在靠墙的地方，他摸了半天，拿出一张存折，“这儿还有2000元。本想等你毕业了，回乡下摆摆酒，请乡亲们喝上一盅，这些年，没少劳烦他们。还有你妈的坟地，也得去收拾收拾。现在，也用不上了。都给你吧，好好把书读了，有个出息，回乡下给你妈磕几个头，我也就满足了。”老四川有些咽哽。

儿子有些迟疑，他太需要用钱了，他并不太能理解父亲的话。他有些胆怯，有些犹豫，但还是接了。

他拿走了两个存折。老四川现在是一无所有，但他反而轻松了。

儿子说了一声：“爸，我走了。”说着逃也似的离开了。

老四川马上跟了出来，他跟到大门口，儿子已快到巷口了。老四川就这样眼瞪瞪看着自己养育了20年的儿子，消失在巷口的人流里。他顿时老泪纵横。他知道此生再难见到儿子了，因为此生到此断了。

老四川再也没有力气，再也没有胆量爬出这个租屋的大门，去沿街乞讨了，儿子把力量和勇气都挖走了。

他双目呆滞，面色青紫，匍匐着爬回院子，又从院子回到租屋。他沿着墙根四面爬了一圈，把屋子整理了一番，又给自己洗了一个澡，换上那天许楠生给他买的几十元一套的西装，然后坐到地铺上。他手里拿着那条领带，犹豫不决是否要把领带系上。

他还是系上了，领结似乎打得不对，他又解开来，重新打过。

好几天没见着许楠生，他还是很想念、很感激这个老弟的。他在心里与他告别。

躺在病床上的老四川虽然已经抢救过来，但却像一个死人，他在心里思虑着应该怎样报答许楠生和鬼马李的大恩大德。可是他又痛心疾首自己竟然又活转来。一切都没有了，连同儿子！已经完全失去期望与信心，他无法接受儿子那冷漠得近乎乖戾的样子。一个20岁的孩子，怎么就成了那样，难道他真的不知道，不能体恤父亲的苦衷吗？

现在好了，死不了还不知怎样收场。全身没有一点力气，他不知道还有什么办法，能够让自己死去。

老枪这两天都没有在广州，她开着那辆“本田霸道”又不知周游到哪里去了。许楠生call潮汕马仔，潮汕马仔回机说3天内别再联系，他一回到广州会找他，让他等着，有好事呢！

刘兴桐从白云山上回来，半路上他打了李可凡的电话，电话通了却没人接听。最近他有一种很异样的感觉，李可凡忽然有些青春勃发了。女儿平时住在寄宿学校，周末才回来。上了高三，经常有各种约会，不是同学活动，就是说去学周末疯狂英语。她留学加拿大的事已有了眉目，高总把该办的手续都给办了，现在就只等办护照，然后等签证。把女儿送走，也就了结一件心事。他是想和李可凡改善关系的，但看来李可凡并不接受。她究竟打算怎样，也从不泄露。这些日子，她常外出，说是去外语学院听课，却常常是深夜未归。他便有些疑惑，今天上午到外语学院参加一个教育厅主办的报告会，他特意到西语系去。他没有进课室，但打听到李可凡确实天天到这里来听课。他还知道她每天听完课就上白云山去，究竟是什么把李可凡给迷住了？

他很容易就找到林中空地，山上无人不知唱歌这回事。他没有找到李可凡，却看到白家胜和他夫人。白夫人正在那里指挥，唱歌的阵势的确让他惊奇，这些人怎么啦？是谁组织的？他不知这些人平时都唱些什么。他对这件事一无所知，但心中有一种本能的抗拒。做领导的人最忌这种无组织的集会，弄不好变成法轮功那样的活动。想到这一点，他便不想在这里久留。开着一辆红旗轿车上山来看人唱歌，总有些不妥，他也说不出有什么不妥。但小时候母亲常常教诲他，人多的地方不去。他记住了这一点。法轮功不就人多吗？看弄出麻烦来。他的脑子里，“文革”遗留下来的东西太多了，都成了经验教训铭刻于心。

他不想让白家胜发现他。既然找不到李可凡，只得作罢。他匆匆上车，指示司机到山顶去兜一圈再下山。

他让司机把车开到天河城，然后让司机先回去：“到时我自己回去行了，你就先回家吧。忙了大半天！”他对司机和秘书总是很关照的。

他刚才往番禺那边打电话，电话没人接。他又打了洪笑的手机，她正从中国大酒店往天河城赶，想在那里的吉之岛买些东西然后回番禺。洪笑听他说要一起去番禺，却说她要等到晚上9点才能回去，下午还有许多事要办，他愿意等就等到9点再打电话联系吧！刘兴桐便有些气恼，从来都是由他来发号施令的，怎么现在反而让洪笑说了算。

洪笑不吃他这一套，在电话里说："9点以后再说吧！"挂机。

他又把电话打过去："我在天河城南门等你，"他看看表，"一小时后吧。"也挂机。

司机走后，看看时间差不多，他便走到南门的一个角落。那儿有许多人，围着看促销什么商品，他又走到另外一个地方，眼睛紧紧地看住南门的出口。

已过了半小时，洪笑没有出现，他打她的手机，不在服务区。他自我安慰，也许是在吉之岛的未来街市吧，那里信号不太好。

一个小时过去，洪笑没有出现。

百无聊赖，街上行人如鲫，但他在那角落站久了，还是有些不自在。没事可做，找洪笑电话又无法接通，他便给薇拨了一个电话。电话倒是很快就接通了。

"喂，哪位？"薇的声音温和多了，音色很美，这是刘兴桐的感觉。

"是我，听不出来吗？"刘兴桐反正有的是时间，他展开了煲电话粥的架势。

"喂，哪位啊？我这忙着呢！"薇还是听不出刘兴桐的声音。

"刘兴桐！"刘兴桐有些恼火，今天怎么啦！这么霉气，什么事都不顺，连薇都听不出自己的声音。

"哎呀！是刘校长啊！该死，该死！"她说着，压低声音，"我正在办事呢，另找时间再打给您，拜拜！"电话啪地挂掉了。

刘兴桐气疯了。

他气恨不过，又把电话打过去，电话关机了。他回忆刚才的情景，薇的电话有背景音乐的声音，不会是在开会。那么神秘，那么着急挂电话干吗？又马上关机！他心中顿生一种妒意。他恨不得此刻找个人报复发泄一下。

洪笑没有出现。她不会出现了，已经过去1个半小时了，电话还是不在服务区。奇怪，在城里，怎么会有忙区呢？

他又给李可凡电话，电话关机。

往家里打电话，哪怕是李可凡接，虽然没有话说，但也能平复心头的抑郁与怒火。

电话响了许久，没有人接听。他彻底地疯狂了。他在电话本上搜索着，想找一个可以喝酒的人，一起去放纵消磨时光，一直到9点，再与洪笑理论。此刻，他比任何时候都渴望见到洪笑。在这座城市里，也许只有她能够真正给他一种安慰。他把电话簿上的名字一个又一个地否定掉，最终找不到一个可以与自己共进晚餐的人。

他突然想起杜林。何不约上杜林？

他不明白自己何以有这个想法。和杜林真的有话说吗？三顾茅庐的计划还没有实施，他必须想得十分周全，才付诸行动。

他还没有想出主意，手机响了，他以为是洪笑或薇或李可凡的，打开一看，是本市一个非常陌生的电话。

“喂！喂！”对方那边声音很嘈杂。

“你是谁？有什么事吗？”刘兴桐觉得这个声音有点熟，但听不出是谁，所以他并不马上表明身份，只是反问对方。

“刘校长，您好。”很谦恭的说话，“我是许达文的儿子许楠生，半年前我给您打过电话，不知还记得吗？是这样的，我想去拜访您，不知什么时候方便？”对方说得很客气，也很紧张。

刘兴桐一听是许家后人，马上紧张起来，他生怕听不清楚对方的话，连忙走到一个比较僻静的地方。

这时，洪笑就从刘兴桐刚才站的地方走过去，还有一位男士帮她提东西。刘兴桐眼睛的余光似乎觉到什么，他一边打电话，一边张望，真的是洪笑，她正和一个男人上了一辆红色的士，没等刘兴桐回过神来，的士一溜烟开走了。

刘兴桐气得跺脚，许楠生显然觉到刘兴桐这边有什么事！在电话里老是“喂！喂！”个不停。

刘兴桐恢复常态，这个电话对他来说，和洪笑刚才一幕同等重要。

“有什么事吗？”刘兴桐又一副官腔。

“也没什么大事，父亲日记里谈到一些事，我想请刘校长帮忙帮忙。”许楠生已不再紧张，说话流畅多了。

“是些什么事？”刘兴桐急欲知道许楠生的真正意图。这才是他对许家后人感兴趣的地方。

“一部书稿的事情吧！”许楠生忽然语气有些变化，一改刚才谦恭的口气，声音粗了许多。

“什么书稿？”刘兴桐明知故问，他想知道对方的底细，究竟有什么底牌。30年了，天知道是不是讹诈勒索呢？

“这以后再说吧。”对方马上又换了另外的口气，有些急迫，也很真实，“我的一个朋友自杀住院，很危急，需要一大笔医药费，我想向刘校长借20000元。马上就要，行吗？”

"借钱?"刘兴桐下意识地反问。

"是借钱，刘校长不会见死不救的吧!"许楠生很坚决。

"我一个老师，怎么会有20000元借给你呢!"

"不会吧?刘校长!"对方不依不饶。

"怎么这样说话?"刘兴桐在没有弄清事情真相之前，是不会有任何许诺的。

"那好吧!我们相信刘校长不会见死不救。借钱的事，我们明天中午再打电话给您，听您回话。20000元不多，以后也许就不是20000元的事。"电话挂了。挂得很坚决，很没有礼貌。

刘兴桐完全没有了神气。他知道自己一贯信奉的，纸是可以包住火的信条，也许就要到此为止了。但这只是一瞬间的想法而已。他还是相信上帝会眷顾自己的。20年的风平浪静和飞黄腾达，说明了什么?陈年旧账又有什么法力?尽管他不知道这个叫许楠生的人，背景与现状如何，但是，从他说话以及借钱的行径猜测，他不会是什么太正经地道的人。这种人只讲钱，这就好办。这些社会渣滓，靠勒索过日子的人，能有什么能耐?

但他还是必须认真对待。他想起高总，让他来搞掂这件事。

证券公司的高总是他算得上铁杆的朋友，虽然彼此都是忙人，见面的机会不多，但在一起玩玩的日子却不少。正式或非正式的场合，高总都是非常殷勤的，也非常够朋友。

事不宜迟，最迟明天中午之前必须拿出一个办法来。但怎么跟高总说清楚这事的来龙去脉呢?总不能囫囵地说有人勒索吧!刘兴桐想不好，把事情对高总和盘托出，显然是不妥的。

刘兴桐终于碰到难题了，20年来，他顺风顺水，从未有过如此棘手的事情来烦他。现在，他的确感到孤单，无计可施，连报警的理由都没有。

他横下一条心，决定明天和这位自称是许达文儿子的人见面。

他确信洪笑已经回到番禺，他似乎预感到什么。他暂时忘却了刚才的种种烦恼，决定立马到番禺去。

李可凡从白云山上下来，她不想再和高塬见面。她对高塬有一种悲观和怜悯的情感。她知道这种怜悯，随着日常生活琐事的侵蚀，很快就会消失的。当你和他有着某种距离时，怜悯会显得很崇高，那是一种居高临下的恩赐。当你和他已经完全没有距离或者合为一体时，它会和岁月一起变得乏味。高塬是一个多愁善感未经过残酷生活洗礼的男人，他身上透着一种浪漫艺术家的虚幻气质。这种人太容易受伤。李可凡觉得自己不应该迎合他，那样，最终受伤的可能是他。她可以肯定，即便是现在，高塬甚至还没有弄清楚李可凡有什么东西吸引他。他像是一个依恋母亲的孩子。李可凡相信高塬是因为孤独和困窘的生活而在寻找一种母性的庇护。

从白云山林中空地到山门也就两三公里，可是她走了很久。她一路胡思乱想，总也理不出头绪，总是处于肯定否定之中。她忽然觉得自己是一个很坏的女人。刚刚认识高塬，又不由自主地亲吻了胡杨。尽管她在心底为自己辩护，那天晚上的吻，只不过是出于对一个倍加欣赏的男人，特殊的表达方式而已。

是苏叶打开了自己通往内心世界的道路，把自己从冬天的寒冷的宫殿里拯救出来。

李可凡认真对自己进行了剖析，而这种剖析更多是属于文学的。而且是英国文学的，充满着一种文学的“因士比里纯”（灵感）。

她走到山门时，心情已经变得很好。做一个坏女人很好。她已经非常自觉地把自己划入坏女人的行列。

她在山门那儿给苏叶打一个电话。

苏叶下午有课，刚刚下课，就接到李可凡的电话。李可凡邀她出来，要她随便找一个她认为不错的去处。苏叶非常惊奇，这个李可凡是不是走火入魔了？她有点儿后悔自己的鲁莽，把李可凡心底的激情给调动起来了，让刘兴桐知道，找自己算账可就麻烦大了。李可凡毕竟是校长夫人，有子女有地位，和自己不一样。但是她很快就把这些顾虑抛到九霄云外。她是一个不去计较后果的女人。都活到30岁了，还有什么后果承担不了，又有什么后果可以承担？待40岁、50岁时再去谈论后果前果吧！

她让李可凡到友谊商店那儿等她，她马上就出门去会她。

李可凡此刻觉得自己完全地解放了。让刘兴桐见鬼去吧！她决心和刘兴桐做一次最后摊牌。她也不打算去和刘兴桐计较什么个人品德，那是他自己的事，最终会有人去和他理论。反正与他夫妻一场，大家彼此没有感情，不喜欢了，就趁早分开吧！其他都可以忽略不计。此生最大的错误，就是离开那位作家，嫁给刘兴桐。作家不主张结婚，那就不结婚呗！那一张纸很重要吗？和刘兴桐是有一张纸，可这张纸能保证什么？保证你只好听刘兴桐摆布！保证你度日如年地守在他身边，而他却可以背着你去找其他的女人，把你置于私家侦探的位置，于是你空耗许多时日和精神去窥视，去寻思去烦恼，这就是那张纸的作用？

刘兴桐死死地抱住她的最终原因，并非是回心转意，为了这个家。不是！他的极端自私的用心李可凡看得很清楚。他害怕一些什么！他害怕一旦离婚，李可凡可能会，一定会把手稿的事抖出来，那自然是另外的一场战争，他不希望发生这场战争。也许这场战争将旷日持久，但是，最终的失败者一定是他自己。关于这一点，李可凡和刘兴桐都看得很清楚。在刘兴桐看来，李可凡只是一个软弱女人，做不出什么惊天动地的事。她是善良怕事，但再善良怕事的人，急了也会咬人的。所以，婚姻这张纸非常有用，女儿这根绳索非常有用，家庭这个牢笼非常有用。刘兴桐愿意维持。简直是盼望维持，坚决维持。散伙只会加速灾难早日到来，虽然迟早都要散伙。

自从刘兴桐知道李可凡对手稿的事有所怀疑之后，他告诫自己尽量不要激怒李可凡，李可凡也非常聪明地悟到这一点，那么就因势利导吧！

幸福是自己去寻找的，无须用许多陈规戒律来告诉自己什么是不幸福，包括对错好坏。白云山和风雅颂就很不错。什么都没有发生，可是有一种新鲜的生活在诱惑，有一种精神享受贯穿心底。自己独守空屋自寻烦恼，而刘兴桐却可以随心所欲到处自由，这是什么逻辑？

李可凡首先在思想上解放自己，行动虽然还欠一些火候，略需时日，可是一切都不是问题了。应尽的义务就是放飞女儿，她也到了放飞的年龄。不管怎样，他依然是她的父亲，她依然是她的母亲。至于这对父母是否依然睡在同一张床上，是否依然耳鬓厮磨，已经不很重要。李可凡想到这一点，她的英语知识和异国文化马上有了用场。那些平日里僵死的疏离的东西，忽然都变成活生生的亲近熨帖的东西在烧灼着自己的心灵。

她并不恨刘兴桐，相反倒有些可怜他。可怜他盛名之下，其实难副，终日为着功名利禄而做着那些营生。如果那手稿不是他的，他窃取着别人的成果，披着画皮生存，那就更可怜！奇怪的是，这个刘兴桐做了亏心事，他深夜并不做梦，他从没被噩梦惊醒过。他压根就没有做过噩梦，这倒是令李可凡惊奇的。可见他的心肠铁血和冷硬到什么程度！他不但变脸而且换心。他连下意识的愧疚之情都消失殆尽。

在秋日的阳光下，李可凡站在友谊商店门外，想到刘兴桐，她感到阴冷。这种阴冷来自骨底。奇怪的是，一个男人，当你爱他时，你并未太过计较这些。可是，当你已经不爱他或已没有爱的理由时，这些东西便像浮世绘似的栩栩如生，历历在目。

苏叶就站在她身边，李可凡一点儿也没有觉察。“我叫了你呢！”苏叶红扑扑的脸青春焕发，30岁的女人像二十五六岁。“沉醉得不能自拔？”苏叶一脸坏意地看着李可凡，“是不是我把你带坏了？老实说！如果是，我马上走！”

“去你的，走吧！”

“去哪里？”苏叶故意问。

“哪里都行。”

"不会吧？我知道你最想去哪里。"

"胡说，我想去哪里？"李可凡认真地问。

"风雅颂。"苏叶肯定地说，"你爱上他啦！"苏叶见李可凡神色非同寻常，这种神态对一个有过情感经历的女人来说并不陌生。苏叶十分熟悉。

李可凡不语。过了一会儿，她很认真地对苏叶说："什么都还谈不上，但是，就像丢了一件东西似的。"

"这就是了嘛。李老师，重要的是，不要丢失自己，我们做女人的，最重要的是自己！自己丢不掉，那就谁都没有办法了。你说是吗？"

"这些，在读大学时就讨论过，没有切身体验，也就水过鸭背。而现在，到了丢不起的时候才觉悟，你说惨不惨，已经丢掉了半个，还剩半个，找不回来了。"李可凡颇有感触。

"李老师，你叫我来，不是要我在大街上听你布道的吧！只说两个问题：第一，想不想他？想，就马上去风雅颂。第二，不想，也去风雅颂，另找新人。"

"废话。去什么风雅颂？不去。"李可凡很坚决地说，"我们找个地方坐坐吧！"

华灯初上，天地间突然换了另一副面目，整座城市沉没在一种无限诱惑的斑斓灿烂之中。那是用金钱和欲望堆积而成的诱惑。李可凡想起80年代初，她刚上大学那会儿，这座城市还很灰色，冷冰冰的。20年过去，它已经变成一座不夜城，一座自由之城、欲望之城。她没有理由对这座城市的变化无动于衷。"我们也与时俱进。"李可凡对苏叶饶有深意地说。

她搂住苏叶的纤肩，一种透人心脾的骨感从手心传递到心灵。她又搂住苏叶的腰，那腰隔着苏叶的衣服，依然让她感到一种纤细与平滑的健美："我真羡慕你，我要减去10岁就好了。"苏叶当然知道她所指，挺自豪地说："我是很爱我自己的，我绝不会让任何人来侵犯我。只有我侵犯人家。"

"那一夜情呢？"

"更是，是我在选择他们，不是他们在选择我，我一旦发现他们有这种企图，就中断。"

"中断？"

"对，中断。"

"什么意思？"

"没什么意思。"苏叶忽然对李可凡耳语，把李可凡逗得仰头大笑。

"你这么残忍？"

"我就是这么残忍。向男权挑战，在他最想要的时候，本小姐不想了。让他像狼一样仰天嚎叫吧！让他去自渎。让他们知道没有女人的滋味，让他们明白尊重女人爱惜女人的重要。”苏叶自鸣得意，眼神庄严得像中学课堂上的政治课老师。

“我做不到。”李可凡还是淑女一般。

“红字的时代过去了。是谁写的《红字》？是男人，是那个叫霍桑的男人。为什么？你说，李老师，为什么一定要女人为男人上绞架，上断头台？”

她们边走边说，不觉已经走出了环市路。两个风姿绰约、优雅靓丽的女权主义者，忽然发觉走到不该到的地方。她们离风雅颂太远了。

她们截了一辆的士。“去风雅颂酒吧。”李可凡对司机说。

“真的去风雅颂？”苏叶问。

“难道你不想去？”李可凡搂住苏叶的腰肢，她觉得苏叶的腰肢对她很诱惑。她已无法回忆起自己少女时代腰肢是否也这样。那个年代，女人们对自己几乎完全没有注意力，连自我审美都基本丧失了。电影和画报上，都是些膀大腰圆的女人。那是一个讲究以老大粗为荣的年代。

苏叶就势按住李可凡搭在她腰肢上的手，轻轻地摩挲着，悄悄地对李可凡说：“是不是很性感？我自己都觉得性感。自己抚摸它，马上就有了感觉。你说为什么？我一见到腰间有赘肉的男人，马上就倒胃口。”“马上就想中断是吗？”她说着，和苏叶抱成一团，哈哈大笑。的士司机从后视镜上望她们，他分不清这两个女人的真实年龄，但他会意一笑：这样的女人越来越多了。男人要麻烦了。司机是一个中年男人。

在风雅颂。

外场花园没有人，内场节目刚刚开始。四个摇滚青年早就准备开张了，在那里轻弹浅唱。酒吧里慢慢又拥挤起来，真正的高峰要到夜里10时以后。

李可凡不想进内场，便在外场花园角落的那张酒台上坐定。这张酒台正是那晚与胡杨坐过的那张。有好几天没来风雅颂了。这里的一切都太合乎人性的各式欲求。老板一定是一个深谙人性哲学的人道主义者。他靠贩卖人道主义赚了大把大把钞票，这是他的聪明之处。

苏叶说去洗手间，她诡秘地对李可凡挤眉弄眼。

李可凡今晚只想在这儿坐坐。这里虽然和白云山是完全不同的两个世界。什么都不同，动机、过程、环境、形式、内容，没有一样是可以类比的。但是，有一样是相同的，那就是宣泄，人性的宣泄。什么事情到李可凡这儿，马上就会进文化范畴，这也是令她讨厌自己的原因之一。无法改变。只有和作家在一起，在那位比她大十几二十岁的作家那里，她才会变成一只没有思想、不会思考的猫。

坐到外场花园这个角落里，潺潺的流水声和从桌子底下流过的五彩斑斓的流水，似有若无的背景音乐，都会把人拖带进一种思念之中。对童年的思念，亲人的思念，恋人的思念，那是被迫出来的思念。

睹物思人，何况来风雅颂的潜意识里就有一种依托，一种寻求。她很想知道今晚胡杨有没有来。但她不想进内场，不想在内场碰见他。应该是他，非常欣喜、意外地发现她坐在曾经坐过的地方。她要的就是这种感觉。当年和那位作家，她就常常玩这种把戏，这种把戏给人的感受太美妙了，难以忘怀。

苏叶去洗手间去了许久。李可凡想，她一定在内场碰到谁了，乐得独自在这里想想心事。她发觉最近的日子自己变得会思考了，也开始爱惜怜悯起自己的身体。身上的每一个部位，那些离老去不远的地方，的确需要自己好好珍惜，否则是没有人替你呵护的。

侍者是个男生，很绅士地问她需要什么，李可凡正在自己的思绪里，来不及回应，侍者便用英语问她。她像老师对学生似的望着这个男生，把他望得不好意思起来。

“Let me have your menu，please（请给我菜单）。”李可凡终于有机会说上英语。她的英式英语令那男生听起来有些吃力，但他还是明白了，把菜单递给她。

“请给我波旁威士忌加冰。”她不想让男生为难，改用中文说。男生一脸飞红，马上给她上了加冰的威士忌。口感很好，应该有人共饮才好。

这时，苏叶来了，她还带着一位女友。那女友见到李可凡，有些羞涩：“李老师，您好。”字正腔圆的普通话。

“北方来的？”李可凡问。

“对，天津的。”她顺手递过来一张名片，把风衣挂在椅子上，风尘仆仆的样子，满脸通红通红的，她坐下来便招呼男侍者，“请来一杯冰水，可以吗？”她咕咚一下把冰水全灌进喉咙里，“渴死我了！”一边用手对着脖子扇风，那动作既豪放又优雅。

“我叫冯雅，读起来像风雅。海关学校的老师。”她自我介绍，很干净利落。刚才还有点羞涩，才一会儿就露出本相。

“我们是好朋友，无话不说，也无情不说。”苏叶搂住冯雅就亲吻起来。

“喂，是不是同性恋啊？”冯雅推开苏叶。

“李老师，不到里面蹦一蹦？真累死人了。”冯雅意犹未尽。

“我好不容易才把她给揪出来，不说来见见我们的大美人李可凡，她还不肯出来！”苏叶一脸的夸张。

“李老师，这里感觉怎么样?”冯雅问。

“不错，很好，静的闹的，各得其所。”李可凡很老实地说。

“还有最重要的呢?”苏叶说，脸上坏坏的。

李可凡不想在冯雅面前说这些，答非所问：“你们喝点什么?”

“酒，当然是酒。来伏特加怎么样？丹麦的，口感雅一点，不太凶猛。今天我请客，刚刚做完一单翻译，赚了几千元。”苏叶快人快语，十分得意。

“好啊好啊，那喝丹麦伏特加吧！李老师，你喝的是什么呀!”冯雅还没从蹦迪的兴奋中挣脱出来，她的双肩还在微微抖动，连着双臂在有节奏地摇摆着。

李可凡觉着自己真的有点老了。10岁，仅仅10年，面前就横亘着几条代沟，不承认是不行的。难怪自己碰到胡杨，那么快就视同知己，而在高塬那儿，就仅仅只有一种冲动与欲望。她突然想起高塬，此刻他也许正在教那些不想学琴的孩子拉琴。也许他心不在焉，痛苦非常。她设想着黄昏时分，高塬发现她早已走掉时的心情。自己做了一件很不地道的事。高塬那孱弱的样子，令她自责。只要她逃避高塬，高塬就无法找到她，她这样，心中便有一丝隐痛。这对高塬似乎有点不太公平。

“李老师常常沉思，像个哲学家。”苏叶说。

“那你像什么?”李可凡隐藏不住自己，她苦笑着问。

“有一个哲人说过，你是想做痛苦的哲学家呢，还是做快乐的猪？我说，当然要做快乐的猪！你们说呢?”

冯雅和李可凡不约而同：“当然是猪啦!”

“好，为当然是猪啦干杯。”苏叶举杯。

“为做快乐的猪，干杯!”李可凡不失温雅地说，她举杯的时候，手微微发颤。她觉得自己真的不该那样对高塬，不辞而别对高塬一定伤害很大。她自私到连一个电话都不留给他。

她很羡慕苏叶和冯雅。她们活得多么真实同时自我。所以她们是快乐的，做一只快乐的猪有什么不好!

苏叶误解了李可凡，以为她来此没有碰上胡杨而有心思。她拿出手机：“电话?”她问李可凡。

“什么电话?”李可凡问。

“Mark 的电话。”

“我哪里知道!”李可凡耍赖。

“快点，快点嘛，告诉我，不把他叫来，李老师今晚不会是快乐的猪。”苏叶做起小女人态。

李可凡终于掏出胡杨的名片。自从那天，她一直把名片放在包里。

苏叶打通了胡杨的手机。手机铃声却在不远处一棵小棕榈树下的桌子上响起。苏叶往那边望去，那手机闪着蓝色显示灯在那儿打转。距离不过 10 步。

第八章

许楠生和鬼马李到处找不到老枪，潮汕马仔的手机也关了。他们不知发生了什么事，许楠生便有些惊惶。潮汕马仔告诉他 3 天内不联系。他预感到老枪一定有事发生。他没有把这预感告诉鬼马李。

去火车站卖假票的营生也随之断了。何况这几天火车站正在“严打”。鬼马李除了卖假票便一筹莫展。昨天下午许楠生让他去医院打探，他鬼头鬼脑，刚到了病房门口，就让护士给逮住了，说再不交钱来，只好把老四川赶出去，要不就报警。还把鬼马李给拽到值班院长那儿去，要他写个保证书。

鬼马李千求万求，写了保证书后方得脱身。

许楠生明白老四川一旦被赶出医院，必死无疑。医生说，老四川失血过多，已引发别的病症。他出了医院，谁来照顾他？

两个人在出租屋里唉声叹气。出租屋里还有老四川留下的血腥气。血嵌在红砖地缝里，渗透凝结，和尘土冻在一起，怎么也冲不掉。反正是熟人的血，他们也就懒得下功夫去清洗了。鬼马李忽然灵机一动：“说不定老四川藏有钱财。小说里不是写过丐帮吗？丐帮其实是很有钱的。”他说着目光便在老四川的地铺角落梭巡。

许楠生对此说毫无兴趣，老四川的底细他清楚，他每分钱都给儿子上学了，不会有什么奇迹的。

鬼马李非要试试，他开始在老四川的地铺上四处翻找。他把那破床垫翻过来，屋子里便尘土飞腾。许楠生也不说他，顾自跑到屋外，他很无聊地翻着手机上的电话号码，储存的电话号码本来就不多，很有限的几个，看到麦地的名字，他略一停顿，跟他借钱应无问题，但实在说不出口，一个中学老师，有多少钱？即便借上几百元，不咸不淡还是解决不了问题。一个电话号码跳了出来，是刘兴桐的手机。

他好几次在这个号码上按了一下拨出键，又连忙停止。他想不好应该怎样说话，对方毕竟是个大人物。

“鬼马李，出来，别瞎忙乎了。”他想请鬼马李商量商量。

鬼马李不甘心，读过几部小说，总是相信有奇迹。他满头尘土，灰头灰脸地跑出来。

许楠生把原委和想法简略地告诉他，他不假思索大加赞赏：“不过，弄不好会不会被说成勒索?”

“我们说是借嘛!”

“借?他凭什么借给你!非亲非故，连照面都没有，他一报警，我们有理说不清。”鬼马李毕竟当过几年民办教师，有点法律常识。

“那他凭什么拿我父亲的手稿!你知那手稿值多少钱吗?”

“值多少钱?”

“我也不知道。你说一本书值多少钱?”许楠生确实没有这方面的知识。麦老师说过，那说不定是传世之作。

“传世之作值多少钱?”鬼马李又把许楠生问愣了。

“麦老师又没看过书稿，他怎么能说是传世之作?我们县文化馆的馆长要出书，还得到处募捐给钱出版社。出了一本薄薄的破书还得自己到处卖，卖到我们学校，校长还派给每个老师，掏钱五折买下。你说，反过来刘兴桐向你要钱呢?”鬼马李说得口沫横飞，一下子把许楠生给问住了。

“你知道我父亲可是名牌大学的讲师，哪是你们那破地方什么屁文化馆长可比的。我父亲写的是文学史。能比吗?”许楠生有点气不顺。

鬼马李见许楠生真生气了，便说：“那就试试吧!反正他拿你父亲的手稿，本来就理亏了，对吧?马上给他打电话，叫他拿钱来，就算把手稿卖给他了。”鬼马李为自己这个主意双跟放光。

他们俩盘算怎样说话，才能把刘兴桐镇住，而且，“开弓没有回头箭”，无论如何，都得弄出钱来，要不，老四川真的死定了。

“老弟，口袋里一分钱都没有了，今晚的饭咋办?”鬼马李苦着脸。

“那赶快打电话吧!就让他先借20000元，以后的再说。先礼后兵。他在明处，我们在暗处，不怕!不要用手机打，他就逮不着我们。走，到士多店打公话。”许楠生只有铤而走险。

于是，便有了天河城南门刘兴桐接到许楠生电话借钱的那一幕。

打完电话，两人都松了一口气。鬼马李问：“他怎么说?”

“你都听到了。明天中午见分晓吧!不过，不会太顺利吧。不给点颜色，要他掏出钱来，难啊!”

好像打完了一个大战役，许楠生想着晚饭的事。这两天忙着老四川的事，现在松懈下来，骨头又开始痒痒的，像蚂蚁在爬，他知道不好！毒瘾又犯了。

他疑惑地问鬼马李：“你说老实话，身上真没钱了？说实话。”许楠生双手扼住鬼马李的脖颈。他确信鬼马李的为人，他不会只有两三百元，也不会把所有的钱掏给老四川治病的。

鬼马李见许楠生突然变脸，脖子又给扼住了，他知道瘾君子毒瘾一犯，会把人往死里整。

“我这里还有300元，咱们分了吧！”鬼马李好汉不吃眼前亏，“要不是我多了一个心眼儿，留了一点钱，现在不是得去讨饭了吗？你还这么凶！扼我？”他十分委屈，好像还是功臣。

许楠生不吃这一套，他之所以看不起鬼马李，就是鬼马李心眼太多太贼，不像个男子汉，老是给自己藏点掖点，像娘儿们。在外面混，在江湖上走，最忌的就是这副德行。

他松开手，但并不高兴。“明天我拿到钱，没你的份，去你妈的！你毕竟还是藏了钱，我怎么信你？老弟，做人都不清爽。”

“好了，有完没完，我都把钱拿出来了。全都在这儿，700元！”鬼马李十分不满。

“不是300元吗，怎么又多出400呢？”许楠生不依不饶。他心想不把事情整明白，以后无法在一起混，一出事，第一个甫志高（《红岩》中的叛徒）就是他。所以，他始终没敢把给老枪带货的事告诉他。

“我会还给你的。”许楠生拿了400元，留下300还回给鬼马李，“走，我请你吃饭，想吃什么？”

鬼马李满脸不高兴，但他不想和许楠生闹翻。他本想明天把这700元寄回贵州给父母的，这下好了，一穷二白了。

“要不要去看看老四川？他不会死吧！”许楠生想起老四川。

“看个屁，那老不死的，尽添乱！”鬼马李还在气头上，无处发泄，便脱口而出，“你不怕医院把你扣在那里？”这话倒是把许楠生给镇住了。

鬼马李还在心痛他那700元，心中老大的不痛快。

那一夜，他俩喝得酩酊大醉，半夜三更才回到出租屋。第二天睡到临近中午，许楠生的手机突然响了，把他吵醒，原来是潮汕马仔。他要许楠生马上去见老枪：“有好事做呢，要发财就快点来，兄弟仔，准时啊！”

鬼马李还在沉沉大睡，许楠生悄悄地爬起来，穿上衣服就走。

他已经求告无门，只有看老枪了。

刘兴桐在天河城南门截了一辆的士，火急火燎地往番禺方向去，刚开始时，司机见他满脸怒气，又是到城外番禺去，有些顾虑，请他另找车。刘兴桐正在气头上，勃然大怒：“你是不是想拒载，我马上投诉你！”

司机是个新手，被他吓住了，只好推托说他刚来广州，路不熟，怕耽误客人时间。

刘兴桐更吹：“不熟道路，干吗上岗！你们公司电话多少？我找你们老总，捣什么鬼。”

司机便不再言语，只是冷冷地问：“番禺哪里？”

“先到番禺再说，你知道我是谁？我一告一个准。我是人大代表！政协委员！”

司机只是报之以轻蔑的一笑，只管开车。刘兴桐一路嘟嘟囔囔，自言自语，他有些失态。司机便认为今天拉了一个精神病患者，只求早点送达，万事大吉。

刘兴桐让司机把车一直开到大楼底下。

他不急于上楼。他抬头往14楼上望去，只见窗户紧闭，窗帘拉得紧紧的，便觉得有些异样。他心情坏极了，心想自己的判断不会错，洪笑一定在楼上和什么人幽会。他努力回忆刚才天河城南门的一幕，苦苦寻找着那帮洪笑提东西的男人的影像，他是谁？干什么的？和洪笑勾搭上有多久了？他必须好好想想，想一个万全之计，待会儿上楼捉奸在床，看你洪笑还有什么话说。你休想再要挟我！

他心情烦闷地在林荫道上走了几个来回，不时地往14楼的窗口张望。有人便去找来保安，以为他是小偷，在寻找目标，伺机下手。

几个保安匆匆赶来，一下便扑到他面前，大有擒拿他的意味。刘兴桐见状忙喊：“你们要干什么？”他有些诧异。

“对不起，先生，你有什么事吗？”一个保安礼貌但是十分怀疑地问，口气里有一种威慑。

刘兴桐火了，大声喝道：“你们想干什么？我在这儿散步呢。我是住户，住14楼！怎么？”

保安没被吓住，但感觉错怪了。其中一个年长的保安说：

“哦，我认识您，您是那天晚上，”他指了指14楼，“往下掉花瓶的那个……”他比画着，又连忙说，“对不起，对不起先生！”说着把保安们领走了。

“岂有此理，岂有此理。”刘兴桐气得七窍生烟，他有一种四面楚歌、危机四伏的感觉，怎么这么背呀！

那几个保安一路往回走，还指指点点。

刘兴桐自认倒霉，乘电梯上了14楼。

他在门口站了一会儿，并不马上开门进去，他通过走火通道上了15楼，四处察看，又往13楼走，看看没有什么异样，才又返回14楼。他活像一个倒霉的刚刚被革职的私家侦探，神情沮丧又心怀鬼胎。

他准备好瓮中捉鳖的心态和架势。无论如何，今天只能大干一场，否则也太没男人气概！

他把耳朵贴在门锁孔上。那门是双层的，锁孔根本就不透光透气。他恨不得那门是一张透明的纸，他可以从中窥视到门里面正在上演的他视为肮脏下流的活剧。

刘兴桐什么也听不到。他把钥匙轻轻地插进去，慢慢地转动着，很轻滑很敏利，但是，门里面的插销插上了。他明白了，他发疯地敲门，用拳头砸！把手弄痛了，又脱下皮鞋，用鞋跟捶打着，把鞋跟打脱了，他并不心痛，回头去楼道里到处寻找可以打门的东西。

门还是没开，隔壁的几家有人开门出来，见是刘兴桐，他们对这神秘的住户也不甚了了，想必是与户主有什么瓜葛，也不多管闲事，只探了一下头又关门了事。有好事者便打电话报告保安。又是那几个保安乘电梯即刻上来。他们见又是刘兴桐，很诧异，见地上两只脱了后跟的皮鞋，刘兴桐本来梳得油亮光滑的头发也乱成一团。看他气急败坏的样子，保安这回不敢造次，只是冷冷地问："先生，有什么需要帮忙的吗？"

"不需要。"刘兴桐头也不抬，一手搭在门上，一手叉着腰，喘着粗气。谁也不理。

年长的保安便招呼大家下楼，临了客气地对刘兴桐说："刘先生，有事情随时电话我们，再见。"他极有礼貌的样子，刘兴桐反认为是奚落，他很不客气地说："走吧，走吧，走吧！"

他忽然想到，他们怎么知道我姓刘？难道他们知道我是谁？是正中大学的校长吗？心中便有一种不祥与不悦。他在此地，向来都是非常秘密的。总是悄悄地来，悄悄地走，而且大多是在夜里。

门开了。洪笑一脸的诧异。她正淋浴，湿湿的头发包着毛巾，穿着浴袍，脸红扑扑的，满身冒着热气。她刚才在浴缸里泡着，隐隐约约听到有人敲门，她一时不好出来开门，也不知道是谁。待到她来开门时，从窥视镜里模模糊糊地看到门外一幕：刘兴桐最后一次用皮鞋砸门的情景，把她给吓了一大跳，以为是哪个疯子跑上来撒野。她一时不敢开门。保安来了说的话，她听得一清二楚。原来是刘兴桐。

刘兴桐怒气冲冲，赤着脚冲进来。他手里提着两只鞋跟脱落但还粘连着鞋体的破皮鞋，像狗似的到处嗅嗅。往每一个房间张望，拉开每一扇衣柜，打开了卫生间，又跑到阳台上，把身子探出去，四处张望。

洪笑开始还不明就里，后来见他这德行，心中有些明白。心想这人怎么如此下作，便冷冷地说："你想找什么！你那点心思我还不知道？"

"你为什么要关门？"刘兴桐自知理亏，但他还是不能释疑，心想也许那男的刚刚离开，要不洪笑这么早就沐浴干什么？为什么要9时以后再联系？

他依然有一种被蒙骗的委屈，即便不是今日，平时呢，我不在的那些漫漫长夜呢？这个年轻的女人难道就那么干净？他在心里说，只是今日侥幸没被我当场捉住罢了。

他的促狭反使他理直气壮起来。

"我为什么不可以关门？"洪笑一点儿也不示弱，她已下决心不在刘兴桐这里做淑女了。

"我是说为什么要插上插销？"刘兴桐无理取闹。

"我为什么不可以插上插销？刘兴桐，你不要太过分，我是你什么人？你说啊？情人？老婆？同居女友？你说啊，你怎么不说！"洪笑义正词严。她本来让蒸汽蒸得红扑扑的脸涨满了血色。

"好了好了！我不跟你吵。"刘兴桐自知理亏，可是又不甘示弱，便来个习惯性的缓兵之计。

"什么好了好了？没那么简单！刘兴桐，我告诉你！我受够了！我不会再让你骗了！你再去骗18岁的女孩吧！我35岁了，我不会再上你的当了。你走！我不想再见到你。我就是要带男人到这里来，但不是你！怎么样？"洪笑的厉害刘兴桐是领教过的。他知道这个从四川来的火性烈女，是一匹不好驾驭的烈马。你只好轻轻地抚摸它，让它丧失警惕。给它点吃的，把它引到马圈里，再把它关起来，套上笼头，绑上缰绳，挂上马鞍，然后再慢慢收拾它。那时，它再蛮野，也只好老老实实任你骑，任你打了。

刘兴桐到浴室，痛痛快快地洗了一个热水澡，穿上浴袍的刘兴桐焕然一新。他像从来没有发生过什么事似的，边照着镜子，梳理着他油光铮亮的头发，边大声地说："笑，到哪里吃晚餐？我请客！有一个好地方，不远，田基美食，你一定喜欢。"

他的厚颜无耻，洪笑早就领教过了，每一回，她都把它理解为一个男人的大度。可现在，她心中只有厌恶！她曾经萌生过念头，想亲自去找李可凡说出全部，和李可凡彻底交流，至于结果，她是并不计较的。但总要有一个结局，总要有一个了断。

洪笑没好气而且坚决地说:“你自己去吃吧!我没胃口。”

刘兴桐涎着脸走过来,一手圈住洪笑的腰肢:“亲爱的,别这样嘛!走,快收拾收拾。就算我不对,行了吧?”

洪笑把他的手甩开:“别来这一套,我不会原谅你的,你走吧!”

看来,洪笑是铁了心了。刘兴桐还是不想把关系搞僵。他抱住了洪笑的双肩,把身子贴上去,他想用霸王硬上弓的办法让洪笑息怒、就范,然后再次俘虏她。

洪笑轻轻地坚决地扳开他的手,从他怀里挣脱出来,然后很平静地说:“刘兴桐,我再也不想见到你!我们完了。”说着,她走进书房,书桌上,是一堆稿件。她赶回来是为了处理这些明天发排的稿子。她估计9点可以处理完,所以才让刘兴桐9时以后联系,岂知刘兴桐这人太小人。

她关上书房门,努力平静自己,把心思集中到稿子上。

刘兴桐推开门,走进来。他现在无计可施,真正落寞的是他。他愁肠百结地站在书房中间,不知说什么好,手足无措的样子。他确实不愿放弃洪笑。和李可凡的婚姻已走到尽头,虽然,在刘兴桐的计划中,那个尽头还在很遥远的地方。

洪笑专心致志地阅读稿子。刘兴桐还想做最后一次努力。

“笑,去吃饭吧!什么都好说,饭总是要吃的吧!”刘兴桐想,只有吃饭这个机会可以舒缓这种紧张情绪了。无论如何得把她弄出去吃饭,吃了饭喝点小酒,就万事OK了。

“你自己去吧?”洪笑的口气舒缓多了,但仍然很坚决。刘兴桐看到了曙光。刚才,他本想一走了之。可是,上次那个一走了之的夜晚,在河边餐馆独斟的苍凉,令他不寒而栗。他实在不愿意再去经历一次。

刘兴桐忽然有了主意,他知道洪笑是吃软不吃硬的,女人是哄出来的,这点谁都知道。而刘兴桐比谁都更知道。他连忙到厨房,煮了咖啡。他把香浓非常的咖啡端到洪笑面前,还非常殷勤地用咖啡匙,在杯里轻轻地搅动了几下,不置一词把咖啡轻轻地推到洪笑面前,就势把手压在她从浴袍里裸露出来的大腿上。

“讨厌。”洪笑终于松弛板结的脸,笑了一下。

“这就对了!”刘兴桐顺势抱住她。

“不要脸!”洪笑经不住刘兴桐的折腾,她小声说,“轻点,要死啦!”

番禺的月亮升了上来,月光透过轻纱似的窗帘,暗淡地散落在没有灯光的客厅地板上。

书房里有什么东西掉落在地上，很清脆的响声。

风雅颂。

胡杨就坐在棕榈树下的酒台边，那只旋转着亮着蓝色显示灯的手机，还在不停地旋转着。

胡杨走了过来："您好，你们好！"他伸出手，和每个人握手。

"你原来就在那里？"苏叶很不满地说，"在那里偷窥美女？这可不好！"

"不是偷窥，是不便打扰，你们说得多好，多快乐啊！我怎么能够不经允许就闯入3位美女的香闺呢？"胡杨绅士派头十足地说。

"这里是香闺吗？"冯雅和他第一次见面，她一点儿也不见生。

"3个女人在一起密谈，自然这儿可以视作香闺，难道这种尊重还要受批评么？"胡杨总是有理。

"李可凡，您好啊！"胡杨饶有深意，而且故作大方略有距离地对一直在一旁静观好戏的李可凡说，"有好几天没来了吧！今晚怎么有空？"

"你不是在做戏吧？先生，别酸溜溜的好不好！想对李小姐说什么！说吧，说吧！"苏叶一针见血，"我们等着听，不介意吧！"

胡杨只是笑笑，并不理会苏叶的调侃，他今天穿着更酷。棕色高领毛衣，套着一件浅棕色马甲，马甲上钉有许多口袋，一条牛仔裤，还戴着一顶美国西部牛仔毡帽，也是浅棕色的。脖子上还随随便便地圈着一条羊毛织成的围巾，是深棕色的。这身装扮令苏叶叹为观止。如果40岁的男人一心想扮酷，你就只好束手就擒。

李可凡很贤淑地拉开一张椅子，那意思不说自明。胡杨便把几瓶啤酒从他桌上搬了过来。

李可凡有些冷，抖索着双肩。胡杨连忙解下围巾，递给李可凡，什么话也没说。李可凡接过来，把头脸脖子围得密实。苏叶和冯雅看得目瞪口呆。简直比恋人还恋人。

苏叶和冯雅相跟着站了起来。苏叶说："我俩到里面去钓鱼，放你们一个小时假。一小时后见。"

"钓鱼？"李可凡很惊奇，"里面还有钓鱼的吗？"

"那你问问Mark吧，你不懂，他懂！"说着，拉起冯雅，风一样往内场飘去。

胡杨把椅子往李可凡这边靠了靠。"找朋友，苏叶的字典叫钓鱼，不难懂。"胡杨解释。

"这里的名堂太多！我真的不懂。要不是苏叶带我来，我还真不知道广州已经开放到这种程度。”李可凡感叹地说。今晚在这儿见到胡杨，令她很欣慰，她本没有打算真能见到他。哪会这么巧。

“你每晚都到这儿消磨?”她说完又很后悔，记得上次她也问了同样的问题，她马上补充道，“你是不是觉得我很蠢，很没品位?”

胡杨笑了笑：“怎么会呢！怎么有这样的想法？你问得好。一个正常的人，我是说有正常生活的人，是不可能天天在酒吧里泡的，也不可以。生活里有比酒吧更重要的去处。”

“可是，你还没有回答我的问题呢？我说的是你，是不是这里能够使你感染，寻找到创作灵感?”

“没有这么高尚，似乎和创作也没有什么关系。”胡杨略顿了一下，“恐怕以后也很难能够常常来这里了。”

“不过，这段时间，剧组在广州做一部片子的后期，补拍一些镜头。过几天就离开了，什么时候再回来这儿，就很难说了。我喜欢泡酒吧，这是都市气氛的一种象征。就一个人，在这儿静静地坐着，有时到里面去，看看年轻人的生活，自己也觉得年轻了。”胡杨说得很真实。

“为什么不跟夫人一起来?”李可凡的问题令她自己都觉得很多余。

“你真的很想知道?”

“你愿意说，我自然愿意听！”李可凡表现出很无所谓的样子，她喝了一口已经变淡的威士忌——酒里的冰块都化成水，把威士忌冲淡，没什么味道了。

“我不想说。”胡杨似有心思，李可凡的话勾起他一些不愉快的记忆。

“那就不说吧，不过，你不说我也猜到几分。”李可凡自以为是地说。反正都是些老套得掉牙的故事，这些故事同时发生在自己身上。

“你无法猜到。你永远猜不出。除非我告诉你，这就是真实。”胡杨的眼睛在暗淡的光线下，显得很明亮。这样明亮的眼睛如果骗起人来，那一定是可以天衣无缝的。李可凡越发觉得这个自负的家伙很有内涵。

“那我不猜，你也不说，反正天底下这类故事都一样。不幸的总是女人，潇洒的总是男人。对吗？我说的不会错。”

“不，你错了。故事可能是一样的，不幸的就不一定总是女人。有时可能恰恰相反。”胡杨挺认真的。

“我们不讨论了，说点儿别的吧！”李可凡挂免战牌。

“你第一次来，今天是第二次?”胡杨问。

“对，你怎么知道?”

“自从那天晚上，我每晚都来，就坐在那儿。”胡杨指着刚才他坐的桌子，

"我们那天晚上坐的地方。"李可凡才发现这个外场花园的每个角落都很相似，都有一个通道通往内场。是她把方向弄错了，其实，胡杨坐的地方才是那天晚上他们坐的地方。

"那你在这儿钓了多少条鱼啦！"李可凡笑盈盈地说。

"我不喜欢钓鱼这个字眼，但是，我来这儿的目的确实也很明确，想真交上一个心仪的朋友。可是，到现在为止，也就认识你一个，那天晚上送走你之后，我又到这儿来，坐到散场。"

"为什么？"

"再回味一下，美好的东西都是短暂的，失乐园就是这个意思，失去的乐园，才是真正的乐园。我原以为再也不会遇到你了。因为……"

"因为什么？"

"因为我明天就要走了。"

"为什么不告诉我一声？"

"无从告诉。你给我联系办法了吗？没有！"

李可凡沉默，她用英语说："I' m sorry。"

她吃惊于自己竟然非常主动地把手伸给他。胡杨愣了一下，用他的一双大手，把她纤细的手捂在中间，李可凡通过他的手觉到他的心脏在加速跳动。

李可凡把脸伏在桌面上，她不敢去面对胡杨那热辣辣的眼神，那种眼神不像是一个40岁男人的眼神，倒像是个18岁男孩的眼神。

过了好久，她抬起头。她的脸红得像涂了胭脂。

"你真漂亮！"胡杨终于说了他一开始就想说的话。

"这并不重要。"李可凡依然很清醒，"你还没有告诉我你夫人的事。"女人的执着真的很可怕。

"我杀了她！"胡杨的话如雷轰顶，吓得李可凡猛地抽出手来，她用很惊恐也很奇怪的目光注视着胡杨。那目光似乎在问：这是真的吗？

"我说的是真话。我不骗你，我不会骗人。"胡杨似乎像是在讲一个别人的故事。

"我不想听！"此刻的李可凡希望苏叶快点来，她想离开这个地方，离开这个人。

胡杨这才明白后果，她被吓着了！她真把我当杀人犯了。

"你听我解释。"胡杨不想留给李可凡一个杀人犯的印象。他终于明白失乐园是要付出惨痛代价的。

"我没有杀人，你知道吗？"胡杨低沉但是坚决地说，"请你听我解释。如果我真杀了人，一个杀人犯还能坐在你面前吗？”

李可凡冷静下来，她望着胡杨的脸，这张脸鲜明、粗犷而且富有生气，没有任何淫邪和狡猾，可这个人对着一个女人说，他杀妻。简直不可思议！

“这真是一个故事，这个故事说起来很长。我看你怕成那样，真把我当杀人犯了，我再次声明，我这是一种自责的说法，我对她的死是有责任的。你听我说！”胡杨唯恐李可凡不明白，他着急起来，有些语无伦次。

“我们是戏剧学院的同学……”苏叶和冯雅又风一般地卷过来，胡杨只好把话打住。

“怎么样？够时间交流吧，要不要我们再回避。”苏叶刀子般的嘴巴从来都是句句见血的。

“有没有多钓到鱼？”李可凡善意地问苏叶，她知道苏叶到风雅颂来的目的是很明确的。

“好鱼都在深水哩，今晚的水太浅。”苏叶不加掩饰地说，“都是些音乐学院和舞蹈学院的小毛孩儿，不好玩。要像Mark这样的绅士还差不多。”她向胡杨送去媚眼，还故意对李可凡说，“李老师，我看上Mark，你不在意吧？”

李可凡不置可否：“去你的，苏叶，你收敛一下行不行？我可没你疯啊！”

“冯雅，今晚是不是太扫兴，你说！”

“也不会啦！刚才那男孩迷你迷得不行，就你把人家甩了。缺德！”

“我让他叫我姑妈，他死活不叫，”苏叶说，“真没劲，怎么现在这些男孩都嗲得不得了，好像还在喝奶！也学人家到风雅颂找一夜情。李老师，要不你到里面体验一下？我说的没错。”

“要不我们去跳跳舞，怎么样？”胡杨向李可凡发出邀请，她有些心动，借此机会，和胡杨再谈谈。明天他就要离开这座城市，再见面也许就已经时过境迁，物是人非了。想到这一点，李可凡有些隐痛。

刚才让胡杨吓了一跳，也怪自己太不经事了。她倒是乐意听听胡杨讲他的故事，这个人活得很真实，也很真诚。

她同时也很害怕，自己正在一点一点地滑进一个陷阱，这个陷阱非常明白地摆在面前，而自己又偏偏明知山有虎，偏向虎山行。

李可凡，你是怎么啦！

你不但无处可逃，而且死路一条。你抬着装着你自己的棺材，一步步地走向你为你自己挖掘好的坟地。

李可凡在心里这样对自己说。

第九章

许楠生急急忙忙赶到老枪住的地方，潮汕马仔早已候在巷口，他示意许楠生跟着他走，他走快许楠生也走快，他走慢许楠生便装作散步，这是潮汕马仔早就交代好的。

这里是环市路附近的一个城中村。原先的农民现在是城市居民，七八十年代盖的楼房没有规划，真正地鳞次栉比，楼与楼之间的间隔就仅仅是一条缝，楼顶的天台连着天台，从这座楼可以不费劲地通往任何一座楼，像迷宫似的。有一部电影里杀手楼顶追杀的长镜头，就是在这一带拍摄的。那镜头足足有十多分钟，杀手在几十座楼之间轻松逃窜，飞檐走壁，如履平地。

老枪就住在这个迷宫般的住宅区。许楠生跟着潮汕马仔穿过几条小巷，在楼房中间左右穿行，分不清东南西北。

在一座有着巨大院门的楼房前，潮汕马仔按了门铃，马上有人来开门。院子里种着几棵茂盛的阔叶榕，榕树下是一个很大的鱼池，十多条半米长的大鱼，五颜六色地翻腾着，几只狼狗套着不锈钢链条，在鱼池四周窜来窜去，鬼哭狼嚎的，一只只都有小水牛那么大。它们的狂吠，先就把进院的人吓个半死。楼下是摩托车库，里面有三五辆类似赛车的摩托。潮汕马仔对开门的汉子，用潮汕话说着什么。许楠生只听懂了那句潮国骂："蒲母仔!"他们亲热地打骂，那汉子用很友好的眼神表示对许楠生这个生客的欢迎。

潮汕人的含蓄和热烈，许楠生早有体会。朋友与仇人，爱恨的深度是同等的。他们这个族群，在许楠生的体会里，似乎是先谈朋友，再谈公理公义的。他们的团结，也似乎精诚得有点儿不讲道理。只要是自己人，先不管青红皂白，帮上忙再说，以后再慢慢来说理。潮汕马仔有一次还拿出一本百年前就已经出版，百年间长印不衰，几乎潮汕人手一册的《潮汕字典》，给许楠生看，让许楠生惊奇不已！这可是闻所未闻的事。许楠生只知中国有《新华字典》，那是全国通行的，潮汕人竟有他们自己的字典，而且已有百年以上的历史。由是许楠生佩服得五体投地，对普通话说得一团糟的潮汕马仔也刮目相看。潮汕马仔曾对许楠生说："你普通话说得是好，但你们有《东北字典》吗？没有，对吧！那就浪屎戏了。"

许楠生问浪屎戏是什么东西。

潮汕马仔说："连精液都不知道！那东西在潮汕人眼里，是最没用最下贱最肮脏的东西，你就是摆弄那东西的人。"

他们的逻辑令许楠生哭笑不得。以现代科学言，那东西不是最宝贵最好的东西吗？他不明白这些潮汕人的思维。许楠生很乐意与潮汕人打交道，绝不会吃亏，又很怕他们。他们的规则很奇怪，也很费解。一言不合，就往死里打，把命搭上且不顾后果。

他喜欢的是老枪。那女人厉害，但讲道理，温文尔雅，整个的斯文贼，是许楠生的偶像。

他们上了二楼。老枪不在，有几个潮汕人在客厅里喝工夫茶。

那工夫茶又烫又苦又涩，可潮汕人说是天下最好的饮料，他们无时不在喝。连上厕所提着裤子也先喝上一杯。他们热情地请许楠生喝工夫茶，许楠生不敢不喝。

这屋子有些阴森。大白天就黑黝黝的，天井里透进来一些光亮，也是模模糊糊的。客厅的窗就顶着别人家的山墙。

许楠生悄悄问潮汕马仔："不是老枪有事吗？"潮汕马仔一脸得意："有钱赚就行啊！兄弟仔，别问那么多。言多必失！"潮汕人都懂一点半文不白的文言文，潮汕马仔常常有一些比较深奥的文言文说话，这也是令许楠生感到新奇的。

那几个喝工夫茶的潮汕人中，有一个干瘦戴着花镜的老头，他坐的椅子旁边还靠着一根乌黑锃亮的拐杖。这人脸色蜡黄，一口黑牙，满是烟垢茶垢。他对许楠生说："跟大浪鸟走一趟深圳，夜里去，明天回来，这个数。"他举着3个指头，"先给这个数！"他伸出1个指头。许楠生明白。"跟着大浪鸟就行。他让你做什么，就做什么，好了，去食吧！"老头很有威严，说一不二，容不得商量。大1岁，当父辈，这也是潮汕人的规矩。与他们打交道，许楠生是很恪守他们的规矩的。他的诚实和识做很得老枪赏识。

许楠生不明白"去食吧"是什么意思，潮汕马仔便带他去楼下厨房吃饭。

许楠生吃饭时趁潮汕马仔走开，忙问做饭的老头："大浪鸟是什么意思？"

"连大浪鸟都不懂，和潮汕人做什么生意？就是很大的鸡巴。嘿！连这都不明白，又长又大又粗的鸟呗！"老头很得意。他也是个典型的潮汕主义者。许楠生印象里，碰到的潮汕人个个都是大潮汕主义的极端分子，他们那里样样天下第一，连盐和酱油都是他们那里最正宗。

"怎么叫他大浪鸟呢?"

"尊敬他呗，那东西厉害呗!"老头笑了起来，潮汕马仔听到了，正用眼瞪着他。许楠生也笑得喷饭。

"谁叫你鸡巴那么小!"大浪鸟自豪地奚落做饭老头。

"可以叫你大浪鸟吗?"许楠生认真地问。

"随你便，你以为这名字不好听啊!"大浪鸟自豪无比。许楠生至今都不知潮汕马仔姓甚名谁。

吃过饭，大浪鸟带着他去芳村。他们找了一家茶馆喝工夫茶。大浪鸟这才告诉许楠生:"今天晚上有货车从云南来，我们在这里等消息。到时上他们的车，一起去深圳，明早有人来接货，接完货我们乘火车或打的士回来就行了。"

"上了车什么都别问，跟着我就行。这你都明白。无须我多说。"

许楠生有点儿紧张:"是不是那种货?"大浪鸟见他声音发颤，有些紧张，便鄙夷地说:"浪屎戏!"不再理他。"喝茶，喝茶。"他只好陪着他喝那又苦又涩的工夫茶，喝得舌头发麻。

大浪鸟把手机放在茶几上。他告诉许楠生，他的手机已换上了储值卡。号码是临时的，用完就扔掉。他又掏出一张储值卡，换上了许楠生的手机。"用完就扔掉!"他交代许楠生。

许楠生知道这单生意一定是掉脑袋的生意，心中七上八下的。虽然给老枪送过好几回货，但这种像特务行动一样的大单生意，他从来就没敢想去做。不过，箭在弦上，不得不发。他在心底祈求一路平安。看大浪鸟那若无其事的样子，他便也安心了许多。他知道这些潮汕人做事，是很少失手的，除非有人告密。他们全靠关系网做事，江湖规则很严密。大浪鸟追随老枪已做了好几年了，平安无事。

他们在茶馆里消磨了半天，一直等到半夜，茶馆要关门了，大浪鸟的手机都还是静悄悄的，一个电话也没有。许楠生心里巴不得没有电话来，行动取消就好了。他有一种刀架在脖子上的感觉。

大浪鸟若无其事，并不着急。他偶尔到收银台那里拨电话，大约是跟老枪联系。打完电话回来什么也不说。

茶馆要关门了，撵他们走，撵了好几回，大浪鸟都不予理会，最后，茶馆小姐几乎是求他们，大浪鸟才收起手机:"走，洗脚去!"大浪鸟气派十足。他恶狠狠地对服务小姐说:"过几天让人把这茶馆铲平了!"那小姐也不理会。大约说这话的人多了。她已习以为常。大浪鸟便带着许楠生大摇大摆地走了。

大浪鸟和许楠生正想走进附近一间沐足店，大浪鸟的手机响了。只见大浪鸟用潮州话说了几句，就关机招呼许楠生，顺手截了一辆的士。“去哪里?”许楠生问。

“别问，跟我走。”大浪鸟神情紧张。

的士在芳村大道转了几个弯，进入一个停车场。他让司机在停车场里转了一圈，再回到门口。他们下车，大浪鸟也不说话，拉着他就往旮旯里蹲：“在这里等。”

旮旯里蚊子很多，大浪鸟一边拍着蚊子，一边“蒲母仔，蒲母仔”地骂着，好像在怪谁。许楠生一点儿也听不懂。

他们在旮旯里蹲了有1个小时。大浪鸟的手机又响了。他接听电话时脸色都变了。

“赶快走，换到别的地方接头。”大浪鸟拉起许楠生就走。这回，大浪鸟带着他去坐地铁，他们跑了好一段路，才到地铁站。

从地铁出来，大浪鸟又截了的士：“往黄埔。”到了黄埔的一个货场，他们找到了一辆拉楠木的货车。

货车上没人，大浪鸟在货车周围反反复复地走了几趟，他对许楠生说：“没错，就是这辆车。挂军牌的。在这儿等吧。”他俩便蹲在货车阴影下。

陆陆续续有好几个人从他们身边走过，有一个人停下来跟他们借火，借完火又走了。

过了好久，大浪鸟的手机响了。大浪鸟一看：“是老枪的!”

“兄弟仔，你们离开货场，到天桥下，有人在那里等你们，10分钟赶到。”老枪把电话关了。

他们赶到天桥下的时候，那里并没有人，他们便在桥下站着等。

又过了半个小时，大浪鸟的电话又响了。

“你们赶快打的到新塘广深高速路口，在那里等一辆红色奔驰跑车。车门开着，坐上后排就行。”又是老枪的指令。

这时已近凌晨，折腾了大半夜。许楠生已昏昏欲睡。大浪鸟还算知情解意，他递给许楠生一支万宝路。许楠生如获至宝，连连道谢。大浪鸟冷冷地说：“我可只有这一支了，慢点儿吸，要不明天没命回来。”

在的士上，许楠生吞云吐雾。他吸了一半，把烟熄了，吸剩的一半小心翼翼地藏在口袋里。这可是明天一天的救命稻草。

在新塘广深高速公路入口处，果然有一辆红色奔驰跑车。后排的门开着，大浪鸟和许楠生二话没说，钻进车里，车马上就启动了。开车的人戴着副大墨镜，黑色的鸭舌帽遮了半个脸，好像是一年轻女人。开车的人没有说话，他们也就不多嘴。一路无话。

到深圳时，天已蒙蒙亮，他们发现红色奔驰跑车把他们带到一处度假村。

跑车在服务台门口鸣喇叭。马上有一个男人从里面跑出来，递给司机两串钥匙牌。司机连脸都没转过来，扔过来一把钥匙："二楼！先睡，留意听电话。"说着，自己开了车门走了。果然是女的。许楠生看着穿牛仔裤的女人的背影，看得都呆了。"想不到竟是个靓女。"

大浪鸟敲了他的脑袋："你少废话好不好！我什么都没看见。"

一整夜就像特务接头一样，不断地变换地点，把许楠生搞得心惊肉跳。每回转地点，许楠生都以为是出了问题。殊不知这正是规矩，双方都在考察对方，都信不过对方。

他们住进了二楼的双人间。大浪鸟一进门便倒头大睡。许楠生虽然困极，但他不敢睡。刚才大浪鸟把手机交给他，让他保管着："有电话马上叫醒我！"他知道事关重大，看来，这单生意大了。刚才那女的是什么角色？那跑车，那做派，一副大姐大的模样，看样子来头不会比老枪小到哪儿去。

他见大浪鸟睡得正香，自己肚子饿得很，便悄悄地下楼，想到大街上弄点早餐吃。刚走到大门口，手机突然响了。他不敢接，掉头便往二楼跑。他已走出千多米，这千多米够他跑的。铃声响个不停。他刚刚跑上二楼的走廊，铃声断了。他害怕极了。

他的手机响了。他连忙接听，是老枪的声音："怎么，大浪鸟在哪里，让他听电话。"那声音严厉而且凶狠，令许楠生不寒而栗。

许楠生连话都不敢讲，一路小跑，撞开房门就把大浪鸟推醒。大浪鸟骂骂咧咧。许楠生连忙把电话压在他的耳朵上。

大浪鸟屁都不敢放，一个劲地"好，好，好……"他听着电话，目露凶光地瞪着许楠生。好不容易电话讲完，他顺手从床头柜上操起一个烟灰缸就往许楠生身上砸过来。许楠生一闪，烟灰缸打在膝盖上，他扑通一下就跪在地上。

"蒲母仔！害死人啊你。"他骂着，冲过来就是一脚，把许楠生踢翻在地。

许楠生自知理亏，连忙站起来说："怎么样！去哪儿！别闹了，快走吧！

大浪鸟说："你害死我了，叫你等电话，你干什么啦！"说着，拎起床上的衣服，就往门口走。许楠生赶紧跟上。

那辆红色奔驰已经不见了。一辆本田霸道停在刚才的地方。司机是个男的，也戴着墨镜，看见他们，一挥手，他们便上了本田霸道。

许楠生心中发毛，这阵势令他感到很悬。他不知道下一步将会怎样。

他心中十分困惑，黄埔那辆挂军牌的车又是怎么回事？他分明感到那借火的人，似乎和大浪鸟有什么交流。他想，大浪鸟并没有把真相告诉我。他对我瞒着什么。

本田霸道把他们带到布吉的一处工业区内，车开进地下停车场，在地下停车场转了一圈又回到地面上，继续往前开。开车的男人一直不吭声，他们也不主动说话。本田霸道在布吉的马路上兜着圈子。进了几回地下停车场，又钻出地面，又进入工业区，最后开到一处山边，这里离布吉已经很远了。

汽车停在一个养狗场。几排低矮的平房，敞开式的狗舍里养着上千只肥硕的肉狗，动物身上散发出来的腥臭味弥漫在旷野的空气里。这时，许楠生看见一辆卡车从公路上开过来，径直开进养狗场后面的院子里去。

戴墨镜的男人和大浪鸟耳语，大浪鸟便叫许楠生就地等待。他和那男人把本田霸道开进院子里去。

许楠生席地而坐，整夜未合眼，实在太困了，他便靠着一棵小树打起盹来。不一会儿，他听见卡车经过的隆隆声。那辆卡车从院子里开走了。他看车牌，正是在黄埔货场上那一辆。车上的楠木卸在院子里了。他不敢再睡，睁大双眼，向院子那边张望。

过了好久，只见大浪鸟提着一个手提包，独自走了出来。公路上便来了一辆四轮的小柳州人货车。货车径直开进院子里，不一会儿，一阵狗吠声从院子里传出来。

大浪鸟把手提包扔给许楠生："提着！从现在起，你我是来深圳买狗的，给潮记餐馆买肉狗，记住了。"

潮记餐馆就是老枪在环市路开的潮州餐馆。

许楠生很想问这包里装的什么东西，心中有个底，好些。但想想，还是少说为佳吧。

大浪鸟看出许楠生的心思，不怀好意地说："你不是饿了吗？里面有东西吃啊！"

许楠生拉开链子，用手一掏，全是狗粮。

他自认倒霉，也不跟大浪鸟计较。

四轮小货车开出来，车厢里装着七八条狗，虽然关在笼子里，但依然气势汹汹。大浪鸟跟驾驶员坐在一起。他见许楠生愣在那里，便说："上车啊！自己找个位子，快走。"

许楠生有些为难，但也只好和狗们挤在一起。他把手提包放在铁笼子上，一屁股坐在手提包上。车开得很快，受了颠簸的狗们便一路狂吠。许楠生心惊胆战，缩成一团，他天生怕狗，从未和狗如此近距离地相处。他只感到每只狗都用仇恨的目光注视着他。

经过一个士多店，大浪鸟买了几个面包和几瓶可口可乐，扔给许楠生一些。许楠生苦着脸，他在狗车里已经颠了个把小时。

“上了高速就 OK 了。”大浪鸟并不体恤他的困窘，“你以为麦子是那么好割的（麦子意即人民币）。”

这次肯定是带货，但货在哪里呢？

在高速公路路口，有警察查车。

许楠生虽然不知道货在哪里，但一见警察，心中突然紧张起来，远远地便见警察挥手让车靠边检查。一个警察走过来，对许楠生说：“请下来！”许楠生心想这下完了。他紧张得面无人色。那警察走向驾驶室。司机是本地人，车也是本地车。司机涎着脸和警察打哈哈，递给警察一支烟。警察一摆手，烟掉在地上，司机又抽出一根递上，讨好地说：“拉狗去广州呢！”

“人货混载，罚款。”警察说。

许楠生心中石头落地。大浪鸟便走过来，对许楠生也对警察说：“我去搭车，你跟着车吧。记住给狗喂点吃的。”他对警察谄笑着。

司机和警察很熟，他们说着本地话。许楠生一点儿也听不懂。警察把罚款单交回给司机，司机接过罚单，把两张 100 元夹在罚单里，卷成一卷，塞在警察口袋里，然后对警察说着什么，警察便挥挥手，放行。

司机催许楠生上车，大浪鸟便去路边堵车。

人货车上了高速路，走出十多公里，许楠生发现一辆红色的士，一直跟在人货车后面，不紧不慢的。许楠生把心提到喉咙口。

他心中没底，但猜想大浪鸟一定把货藏在车上，也许就在这些肉狗身上。若给盯上了，这辈子恐怕就只好在牢里过了，弄不好命就搭上了。有一阵子，他曾想跳车逃跑，径直回东北去算了。但一想到老枪那斯文贼的样子，她不会放过我的。哪怕跑到天涯海角，跑到美国去，照样要给我乖乖地回来。她曾经对别的马仔这样说过。这些话，其实也是说给许楠生听的。他心存侥幸，但那红色的士不紧不慢地跟着人货车，令他胆战心惊。司机却无事一般，一路哼着粤曲，志得意满的样子，似乎他驾驶的不是拉着臭烘烘的肉狗的四轮小货车，而是一辆红色奔驰跑车。司机不和他说话，他也就一声不吭。

在经过最后一个收费站时，又有警察查车，许楠生便伏在车架上假装睡觉，他觉得经过收费站时车停了许久，久得令他心头发怵。车终于开动，又停了，他听见警察和司机说话。不一会儿，车又动了，开出了 1 公里多，许楠生才坐直了。所有危险都过去了！那辆红色的士也不见了。

货车开到潮州餐馆时，许楠生的衣服全让冷汗给湿透了。

那些臭烘烘的肉狗被卸在后院时，司机还一个劲地对大厨说，这些狗是他拉过的最肥壮的狗。大厨请他吃饭了再走，他便毫不客气地坐到餐桌边上去，还不忘招呼许楠生："老弟，一起来怎么样？"

这时，大浪鸟从楼上走下来，原来他坐在后面的红色的士里，一路紧跟着，直到收费站。见人货车平安无事，他才先回到餐馆。他交代大厨："这些狗晚上再处理，你就别管了。"

许楠生悄悄地对大浪鸟说："好悬，刚才一路上有辆的士跟踪，在收费站那儿才给甩掉了。"

大浪鸟也不明说，只是轻蔑地瞟了他一眼，顺手递给他一个信封，举起3个指头："老枪给的，拿去，晚上请客啊！"

"当然。"许楠生心有余悸。又过了一个鬼门关！心想，为这3000元丢一条命，那才叫不值呢！看看时间还早，他想先去看看老四川。再给刘兴桐打电话，本该昨天中午打的。他想若刘兴桐不借，只好请老枪出面，和老枪三七分，那就不是2万元，而是20万元，父亲的手稿应该值这个数吧。危险刚刚过去，许楠生又活转来，觉得这个世界很美好。口袋里有钱，晚上好好享受，明天无论如何，也得去和刘兴桐理论一番。

杜林这几日足不出户，靠着几听啤酒和几块馒头，几个午餐肉罐头，就把日子给打发了。

他细细地研读了手头所有的刘兴桐的文章和著作。十多年来的所有疑点都非常充分地证明着一个事实，那就是刘兴桐的文章都是抄袭达文的。那本《中国近代文学史稿》应该是一个叫达文的人的著作。但问题是刘兴桐去哪里获得这本没有出版过的著作的原件呢？这本书肯定是第一次出版，这是毫无疑问的。

他查遍了"文革"前唯一的作家辞典，没有叫达文的人，达文应有一个姓，或者本就是一个笔名，简直是一个无头公案。"文革"前的《学术月刊》杂志社已不存在，档案经过"文革"浩劫，似也难以查询。

那位叫达文的人，应该是一个学者。如果他还健在，20年了，他不应该对自己研究领域中发生的事一无所知。刘兴桐的《中国近代文学史稿》的出版，在学术界是一件大事。作为同行学者，也理应有所反应。

这个人如果不在人世，那么他的师友、亲朋，难道没有人会注意到他生前的成果，正在被人利用或剽窃吗？两篇文章居然一字不漏。说明刘兴桐在发表这篇文章时，是并不知道同样的文字，在1962年的《学术月刊》曾经发表过的。

如此看来，刘兴桐和这位叫达文的人有某种联系，他既认识达文，而又不完全清楚达文的全部。那么，只有一个可能，那就是这位达文先生已经不在人世，刘兴桐才敢于如此大胆，肆无忌惮地盗取。他是在什么时候取得这些资料占为己有的呢？说起来真有点天方夜谭，如果不是这么多证据摆在面前，任是何人都难以相信。

杜林找出刘兴桐的《中国近代文学史稿》，翻到第四章，正是这篇《论梁启超和晚清小说理论》。达文文章的文气和全书是非常统一的。刘兴桐的这部分，真正的著者应该是达文先生。

只有找出达文先生，或和他有关的人，才能最终解开这个谜。

没有理由认定，这位达文先生如此干净地销声匿迹。他生前的同事呢，总不至于他所做的课题旁人一无所知，他也没有向任何人谈起？难道他也和我一样，在出书之前，没有先发表一些主要论文的习惯？不对，既然他于1962年发表这一篇，可能会在别的刊物上也有文章发表。他可能是一位大学教师——这种可能性极大——除了大学任教或在研究所工作，一般人不太会涉足如此专门化的断代史研究。

杜林翻出了“文革”前几所大学汇编的论文索引，近代文学的文章不多，索引也自然很少，达文这个名字几乎没有条目收入。要通过现成资料找到达文的线索恐怕很难。

这个问题既然是学生区惠琴提出来，他想总该给区惠琴个说法。至于揭穿刘兴桐，杜林倒是没有太大的积极性，他不大愿意让自己纠缠进这些是非里去，也没有精力去应付最终一定会演化为官司的麻烦事。他相信总有一天，刘兴桐会露馅，面对惩罚，但发难的绝不是杜林。

电话响了，是校办主任易木，杜林感到有些意外。校办对牡林来说，是一个相当遥远而又陌生的部门，他从不去打扰他们，他们也从不会注意到杜林这个人。对方问他是不是杜林，他回答是，然后就再不言语，等待对方发问。

“杜教授，您好。”

他打断了对方的话：“是杜副教授，不是教授，请别高抬我！”

对方大约听出他的不悦，连忙称是，非常恭敬地说：“杜副教授，刘校长想去拜访您，请问此刻有空吗？”

“岂敢劳校长大驾，有事电话里说，不方便的话我可到办公室去，他乐意上寒舍一叙，我恭敬不如从命。”

“那好，我向刘校长汇报，那就请您准备一下吧，刘校长是说好他去拜访您的。”

“请便。我也无须准备什么。”

“那就这样。”

无事不登三宝殿，杜林心想，做做戏罢了。那就看看戏吧！

他看着满桌子有关刘兴桐的资料，包括他那本《中国近代文学史稿》，赫然摆在那里。50万字啊！这可是一个人一生的惨淡经营和全部智慧的结晶，是无数个日日夜夜的皓首穷经。刘兴桐，刘兴桐先生啊！达文先生在天有灵，难道你能有一分一秒的心安？

他顿生一种念头，就让这些资料摆在茶几上，看看你刘兴桐有何表现！也让你惊心动魄一回。

他想想，还是把这些东西收进书架里去。现在，还不是去讨论这些的时候。

杜林回想这20年间，他几乎没有和刘兴桐有过如此隆重的会晤。两个老同学，要通过办公室主任的隆重安排，以这样的方式，各自怀着微妙的心情，开始一番虚情假意的周旋。杜林思忖了一会儿，他差点就想拿起电话，找个托词，委婉地向办公室主任说改日再说。他正在犹豫之间，有人敲门。

他照例抖了抖长衫，双手把长发往脑后一掖，又摸顺了一把胡子，然后走去开门。自从穿长衫，蓄长发长须之后，很自然地便有了这些动作，也便活得像电影里看到的那些五四时代的先生们一样。至少是在形式生活里，心理也自然起了一些变化，这是他的一悟。他对学生们谈起这种微妙的心得，让他们也去悟一悟其中奥妙。

此刻，他更平添了一种坦然与自得，以迎接20年来的人生第一次，说起来可悲也很不幸的第一次。人啊人，你，你们为什么是这样？这其中的微妙与深奥之处，非他们两人之外所能理喻。

他打开门，不是刘兴桐，而是区惠琴。杜林便显得有些意外。心想，小区你来得真不是时候。他连忙请小区进屋里坐。

已经是初冬了，这几天寒流南下，天气骤冷，区惠琴的脸冻得红通通的，两只手不停地在嘴边搓着吹气。

“哎呀！杜先生你屋子里比外面更冷。”

杜林便苦笑着：“这都是没有师母保驾的结果，看来，真的应该听你的奉劝，随便到哪里去迎娶一个。”

“此话怎讲？难道屋子冷和师母有什么关系？”区惠琴想老师又在找什么乐子，穷开心，自轻自贱着什么。

杜林一本正经：“你看看这屋子，面北向西，东南的好风水全给山墙封死，是冬天北风吹，夏天烈日照啊！这就是杜先生20年间的写照。”

区惠琴这才细细地打量起屋子的走向布局，这是一座老式的楼龄很长的楼房，一梯四门，杜林的房子正好在西北角上，两面是山墙，另两面各是西北向。杜林因为单身，按副教授的级别和工龄，他就只能是这二房一厅，连位置走向都别无选择。“这辈子就这样住下去了。”杜林仰天大笑。他虽然是个落拓不羁的人物，但想到这些生活琐事时，有时也未能免俗。

“晚景凄凉啊！小区，你可得吸取乃师的教训，早早成家，立业其次，有家乃大啊！”杜林半真半假，半是自嘲半是调侃。

区惠琴却当真了，她马上便有些凄然。她很少注意导师这方面的情状，总觉得杜林是天底下最好的导师，他总是把心中体会和学问积累无私地呈现给学生，甚至是偶有学术发现，也非常通达地及时灌输给学生，从无藏掖。倒是他们这些做学生的，很少去关心老师的生活及私人情感。

老师说晚景凄凉，这可不全是玩笑。已经五十开外了，再这样拖下去三五年，不就奔六十要退休了吗？她一时找不出也说不出什么安慰的话，此刻说那些话毫无用处，反而有虚情假意之嫌。杜林也发觉自己有些不妥，一时情急，竟然当着学生说起这些悲凉消极令人不快的话题。他马上开解了自己的情绪，对区惠琴说：“是喝水呢还是喝茶，抑或是酒？”

“我自己来吧老师，你别忙乎！”区惠琴依然沉浸在自己的思域中。她有一种反省，跟着杜林两年半了，还有半年就毕业。回忆这两年的日子，她深感这是她生命中发生翻天覆地变化的时间。学问就不去说它，通过杜林启迪的才是最重要的。她刚考进来时，非常功利，无非就是想改变一个乡村中学语文教师的现状，把考研当作一块敲门砖。她并不讳言这一点，这是她和麦地共同进退的一种方式。考进来之后，她本以为万事大吉，开始时是三天两头往东莞跑，没多少时间在学校，也读不进去多少东西。杜林把她叫来，就在学校的马路边，严词训示，几乎要她退学。她记得那一次，她真正地体会到一个老师的严苛，一个男人的凶恶，同时又是一个父亲的苦心，事后又惊喜于一个诤友的挚爱。她是个将近30岁的女人，不是小学生，她懂得杜林老师的所有训示，都与他个人功利无关。她在马路上无地自容，不断有同学和老师从身旁经过，以诧异的目光看着她和杜林。她泪流满面，羞愧难当。她自知理亏，但她又在心里咒骂这个不谙人情的小老头，这个落拓不羁、自以为是的怪老师。她当时真下决心退学了。原因是她无法忍受这位不近情理、毫不通融的老师的奚落和批评。杜林发泄完后，连一句劝慰的话也没说，扭头拂袖而去，把她一个人扔在空落落的马路边。

她哭诉给麦地听，麦地拍案叫绝，说：“你区惠琴三生有幸了。现在还有多少老师是如此耿直，如此耽于学问！你退学可以，你等着后悔终生吧！我明年就去考杜教授的研究生。你回乡下教书吧！”

区惠琴还是不能接受，她担心自己不能令杜林满意。当初她考上研究生，也是十分勉强的。那一年，杜林拒收了几个已经入围，但面试不合格的学生，而面试也主要是看杜林的意见。区惠琴是面试中勉强通过的，杜林也没有投她一票。她知道自己最终能被杜林接纳，在杜林这里，已经是一种妥协了。

做杜林的学生太苦了，简直被杜林训练成一只书虫。三四天读完一本书，五六天一个小课题。当代文学还要从晚清读起，每读必要求笔记，他亲自批阅她的笔记。凡与外语课冲突的时间，他一概不予通融：“你自己再找时间补课吧！我招的是中国文学研究生，不是招外语研究生。笑话得很！三年硕士，竟要花两年时间去读外语。你自己看着办吧！到时可是要看论文的，要让别的评委通得过的论文。”他简直毫无道理，固执得令人难以接受，于是区惠琴只能没日没夜地去补习英语。最苦的两年半终于过去了，年纪轻轻便读出几根白发，区惠琴回顾自己这两年多的时间，才明白杜林的一片苦心。

今天是周末，她准备晚上回东莞，走前到导师这儿，她想听听老师对刘兴桐抄袭一事的见解，那天来不及深谈。前几天见到许楠生，她很想帮帮许楠生，这既是麦地交给她的任务，也是发自内心的一种义愤。她想把许楠生的情况告诉杜林。

她给杜林泡了一杯茶，茶具好久没用了，很脏，她洗了半天，才勉强泡出一盅茶来，端给杜林，杜林却说：“我不喝茶的，有这个呢！你自己喝吧！”他手里已握着一听珠江纯生啤酒。

区惠琴便说：“杜老师，你还是少喝些酒吧！”

“啤酒是养生怡情的，是我的液体面包呢！我全靠它来补充营养，小区，你的陈旧观念也要改一改了，11度酒精，也算酒吗?”他总是有理。

区惠琴自己喝茶，她正想坐下来，和杜林好好谈谈。这时，有人敲门。门本来就没关上，虚掩着的，区惠琴一步向前，把门拉开。

她很意外，怎么会是刘兴桐？她连忙谦恭地说：“刘校长，您好！”

刘兴桐也有些意外，打着哈哈：“哦，还在上辅导课，小区啊！别让杜老师太辛苦哦！”

刘兴桐拿腔拿调的说话，令人很不舒服。刘兴桐也在中文系带近代文学研究生，她也听刘兴桐的“晚清小说理论”课。他的课是照本宣科，但他名气太大，又有巨著，同学们还是很敬畏他的。

杜林客气地让座。他看看区惠琴。区惠琴很识趣说：“刘校长，杜老师，我先走了，不打扰你们。”

刘兴桐忙说：“也好也好。”

区惠琴在带上门的瞬间，目光饶有深意地和杜林交流了一下。

“哎呀，老同学，房子也不装修一下，太落伍了吧！你看你看，也太不关心自己了。怎么样？还没打算成家？”刘兴桐自来熟又带有几分居高临下的关怀，令杜林很反感，他在心里告诫自己别太感情用事，对方毕竟是一校之长，亲自登门拜访，也算是礼贤下士了。自己不可太执拗。

“过得去就行，落拓之人，但求三餐温饱，不求五花马、千金裘，得过且过。20 多年了，校长还不知鄙人德行吗？”

“是太官僚主义了。我检讨，检讨。”刘兴桐听出杜林的弦外之音，并不计较，只是敷衍其词，心想杜林你的问题、你的落魄正因为自视甚高，自鸣得意。凡事只要低低头，给人一条路，自己何至于这样？“怎么样！近来又有何大作问世啊，我可得先睹为快。老兄发表在报上的檄文，我可是一字不漏地拜读啊！找不到比我更忠诚的读者了吧！”刘兴桐最善于打哈哈了。

杜林明白刘兴桐至今没说一句真话，一直在打哈哈，也就任他说去。装作给他张罗茶水，口里应付着。

“屈尊校长大人了，我这里实在太乱了。”杜林答非所问，他有些不好意思起来。昨夜熬夜，清晨才入睡，已过了下午 3 点才起床，屋子里有一股霉气。他急忙去打开窗户，向北的窗子便吹进来一股冷风。

“都是些无病呻吟的东西，讨人嫌的文字，刘校长还留意这些？”

“那当然，本校有名的才子嘛！鄙人怎敢怠慢？何况开卷有益，谁不知杜林先生的文章是春秋笔法，大义凛然，谁能不读？我就写不来如此文章。哎，也想放达放达，但冗职在身，难也！”刘兴桐倒是说了几句实话。

杜林是不鸣则罢，不平则鸣。

“岂敢，哪里敢跟校长的学问文章相提并论。校长一本《中国近代文学史稿》，抵得上全校教师几十年的科研成果啊！”杜林话中有话，刘兴桐却一点儿也没有听出来。他当真了。

“杜林兄不是恭维吧？”刘兴桐想试探一下虚实，“当真如此认为？能得杜林兄如此评价，在下满足矣，杜林兄不会是拿老弟开涮吧！”刘兴桐渐入佳境，慢慢消脱去刚才进门时的那种假门假势。他一改往日叫法，与杜林称兄道弟了。

“说到哪里去了？兴桐兄！”杜林也就不客气，开口闭口校长的令他难受，也就改称兴桐兄了。

“兴桐兄何须我辈恭维，我是实事求是，一本文学史，不是人人都能做得来的。中文系这么多年，人才辈出也只不过在省内叫来叫去，在全国范围内打得响，叫得硬的，还是兄台的著作啊！这是有目共睹，无须我辈饶舌的，这点，兴桐兄不承认也是不行的。”杜林说的都是实在话，刘兴桐听着舒服，不知不觉便和杜林近乎起来。

“能得杜林兄如此评价，令老弟汗颜啊！”刘兴桐再次强调，表示对杜林的亲热与敬重。

“我这不是吹捧，那不是我杜林所为。我杜林做不来的事，别人做得来，我无理由不佩服。我杜林最大的优点，就是不妒能嫉贤。大不了嘛，躲进小楼成一统，夹着尾巴做人，如此而已。吹捧刘校长，也不是我这种人之所长，刘校长也无须我辈吹捧。一钱不值，对否？”杜林正气凛然，也说得在理，刘兴桐心里便暖暖的。20 年前，如果能听到这些话，不至于和杜林的关系搞得这么僵，也许老同学合力弄出一番天地来也是可能的。

“佩服，佩服，杜林兄乃真君子也，真是相知恨晚呀。对了，杜林兄，这么多年，关照不周，兄弟请多多包涵。我是人在官场，不得不避亲就疏。在正中大学，谁人不知你我是同班同学同时留校的 82 届翘楚啊！我虽比兄捷足先登，但不能说明任何问题，只是时也命也运也。把你推到那个位置上，也就只好滥竽充数、同流合污了。与兄耽于学问，不问俗流相比，鄙人真是惭愧得很啊！有什么不妥不当之处，也请兄多多指正。”

刘兴桐谈得真诚。这些天他忽然有了四面楚歌、危机重重的感觉，心绪也就变得有些苍凉起来，在杜林面前，说起话来，自然也就多了一些感慨。

虽然如此，他们还是难以坦诚相向。所以不管是刘兴桐，还是杜林，对话里还是有着一种士大夫的客气礼让和隔阂隐伏其中，平日里说话不是这样，这点，彼此都觉到了。

是啊！一旦滥竽充数，自然就不得不同流合污。杜林心想，你刘兴桐不是来这里敷衍叙旧的吧！还是有什么风声，来打探虚实？杜林确实看不出他什么恶意。刘兴桐一改往日作风，做出一副推心置腹的模样。杜林反而有些摸不着底细了。这个人太聪明，也太大胆了，聪明得令人瞠目，大胆得令人不可思议。更不可思议的是，一所大学竟然可以让这等俗常之辈把持得水泄不通。杜林不想和他再周旋下去，说些假惺惺的话。

刚才所说的全是真话，但那些真话是说给一位真正写出 50 万字巨著的刘兴桐或者李兴桐的。而不是面前这位刘兴桐。杜林想到这一点，就非常痛快，可惜刘兴桐还蒙在鼓里，自得其乐地做着虚无的白日梦。不知他此刻心情如何？听着对那些本不属于自己的、巧取豪夺得来的东西的褒扬，居然还扬扬得意，自以为是，想想真是滑天下之大稽。

杜林顺手递给刘兴桐啤酒："听闻兄台酒量不错，毕业20年，我们当真还无缘在一起痛饮。恰同学少年，风华正茂，白驹过隙，如今已垂垂老矣。来，干了它，劣酒权当美酒！"

杜林说着，举起啤酒罐，一饮而尽。刘兴桐见状，也做英豪状，同样一饮而尽。

杜林抹抹嘴唇，酒气往上涌，他痛快地说："兴桐兄无事不登三宝殿，有事吩咐就放开说吧！"

"想必老兄已有所闻，党委会的消息也是保不了密的，已经传得沸沸扬扬了。老弟以为如何？"

杜林不语，他决意非得刘兴桐亲口说出，他是绝不会轻易把自己送到肉砧上挨宰的。

刘兴桐见他不语，便说："我提议杜林兄出山，到学报去任职，你看怎样？同时有几个人选，我想先听听您的意见。"

"去学报任职？不会是当编辑吧？"杜林明知故问，他把话说得很重。

"自然不会，你知道学报副主编老黎上月已办退休，位子空缺。让出一个位子不容易，好多人等着往上挤。你我好歹也是二十多年的同学同事了，我自然首先想到你，不知意下如何？"

"既然如此，粥少僧多，匀不开，让老黎返聘再挨上几年再说，岂不是化解了许多矛盾？"杜林有意激他，既然此位置如此重要，炙手可热，绝不是我杜林的非分之想。

"一个学报副主编，当真那么多人抢着要？不可理喻。以我的眼光，不做主编，我是不会去做的。在这种体制下，一个没有发稿权的副主编，能干什么事？"杜林直截了当，他倒想看看刘兴桐究竟是什么态度。

"那倒是，我在党委会议上也多次提出卸去主编职务，可是几次会议，大家都一致表示，我还是得兼着，这样对学报建设有好处。说白了，就是办什么事总容易关照着。我也就不好老是推却，在党内党外，毕竟还是要注意一下表率嘛！"刘兴桐说得冠冕堂皇，似有无限隐曲。党委会议上是否大家一致表示，杜林也无从得知。但刘兴桐死死抱住主编位置这点欲望，连同他的言外之意，杜林是非常明白的。即便他真想让杜林出任副主编，只不过一是迫于党委会议上大家推荐，二是将杜林置于手下，也不无快感。杜林自然不会想得那么多，但刘兴桐的用心昭然若揭。

刘兴桐想，冯文炳说得不错，杜林不单要做主编，他还会提出解散编委会，这早有所闻。这个杜林，他想干什么？学报大权一旦在他手里，我这个校长恐怕也不在他眼里。但他还是想笼络一下杜林，至少是让杜林自己坚决说出拒绝的话，那也就万事大吉。再礼节性地二顾茅庐、三顾茅庐，然后不了了之。OK！那就成了你杜林不识抬举，那就怪不得别人了，党委会上，也就有了交代。不是我刘兴桐不爱才，不举贤。而是你杜林伸手要官，挑肥拣瘦，和党委谈条件，与组织讨价还价。这种人何谈重用？

“杜林兄，我看你还是可以再考虑一下。同志们对杜林兄是肯定、爱护的。但也必须看到，杜林兄也不是毫无缺点，比如，”他略做沉吟，“作风做派就不去说它，在课堂上有些言论，是否也注意和党委保持一致，支持配合党委的工作，不要老是挑学校毛病嘛！”刘兴桐终于投出了最后的杀手锏。

杜林在这些问题上是绝对不示弱的，他知道一些党棍和政客最善用的手段，就是要弄这些似是而非、大而无当、空泛但是杀伤力极强的政治手腕，置人于不痛不痒之间，诽人于可圈可点之际，达到置人于无可无不可的境地。这么多年来，他之所以不以为伍，正是他看穿这种阴谋的缘故。所以，他不想辩解。

杜林说：“校长所说极是，但所举的事例与我无干，我也不去细细辩驳。但有一点，从来是只听说要和党中央保持一致，没有听说要和学校党委保持一致的。”

刘兴桐暗暗叫苦，原来这书呆子并非政治白痴。他自知说错话，便掉转话头：“只是说说而已，我对同志们的评论，自然是要做些分析的。有则改之，无则加勉嘛，对同志们的意见，也不必过于计较。在会上，要不是我力荐，坚持，党委会也就不会让我上门来请杜林出山了。”

“既然同志们对我有那么多误解、看法，即使是校长对我厚爱有加，我想还是别给兴桐兄惹麻烦，另请高明吧！何况，老实说，一介副主编，也不是我杜某所谋。”杜林很坚决，也很委婉。而这正是刘兴桐想要的。其实，杜林正在一步步地按照刘兴桐的计划和谋略往前迈进。这个书生气十足的杜林啊！刘兴桐在心底里感叹杜林的迂腐。

杜林自然也看出这一点，只不过他确实不想去谋个什么副主编，在刘兴桐的鼻息下干事，能做出什么成绩来？杜林只能在心中叹气，在正中大学，还能做什么事呢？整个的武大郎开店。

刘兴桐很满意此行成果，所有的目的都达到了，可谓一箭三雕。尽了老同学的情分，向党委一班人有个交代，让杜林自行拒绝。他志得意满但还是表现出无比遗憾的神色：“杜林兄，凡事以后再议吧，当学报主编确实也是个吃力不讨好的事，我是深受其苦。”他推心置腹地说着，突然提高了音量。

"什么时候请你喝喝酒，我那里还有几瓶海南岛来的土酒，醇香无比，最适合怀旧了。遥想当年红卫二号轮上，你我可真是峥嵘岁月稠啊！"他亲热同时冲动地在杜林肩上轻捶了一拳。然后抱拳作揖，"告辞了，告辞了。"

杜林也不回答，他看着刘兴桐壮硕的身体，在门口隐身而去。他似有若无地说了一声："走好！"顺势向门外跨出一步，耳聪目明的刘兴桐不忘回应一声："留步！"

一切复又寂静。

美女伊然通过电视台找到了苏叶，那天中午看到记者采访苏叶的报道，她对苏叶忽然就有了一种好感，她觉得苏叶太有个性，太像自己了。她是做人寿保险的，在培训的时候，老师就教导她们，和客户做朋友，先朋友后客户，这是营销的原则也是营销的诀窍。所以，她常常从报纸电视传媒中去发现那些充满生活激情和前卫观念的成功人士，先做朋友，并不发展业务。建立了友谊，业务也就手到擒来。

她给苏叶打电话，苏叶正在白云山。她对苏叶的恭维，令苏叶十分受用。她说从电视上见到苏叶，似乎就已经爱上她，她的玩笑令苏叶感到很新奇也很刺激。

"那你快来吧，白云山上唱歌真是太刺激，太陶醉太兴奋太棒了。"她像在电视上那样自然那样豪放那样不拘小节。

"我马上就去，我会认出你的。当然，站在你面前那位最出位的美女就是我。"伊然比苏叶更为豪放。

下午5时，正是唱歌的人最多的时候，阳光照耀着林中空地。几百名歌者正在唱《乌苏里船歌》。今天是星期六，几乎所有的骨干都汇集在一起，往常少见的伴舞也来了四五个，年龄都在40岁以上。他们腰间扎着大红彩带，其中有两位老者，也和那3位中年妇女一样舞着大红彩带，有滋有味地跳着。气氛十分热烈。

最引人注目的还是拉琴的高塬，他身边还有4个孩子，跟着他一起拉琴。

高塬脸色苍白，胡子拉碴，头发老长老长。这半个月来，他越发不修边幅，好像是在和生命赛跑。

他苍白失血的脸上不时会有轻微的痉挛，额头上布满黄豆大的汗珠。那4个孩子的目光都在他身上，那种稚气的期盼的眼神里闪动着一种对高塬的依赖。高塬半睁半闭的眼睛，在仰起头拉琴时，穿越了合唱的人群，射向那高远的寂寥的天空。当他俯身低头拉起一个悠长的颤音时，他的眼睛向每个孩子的脸上，投去了赞许、鼓励和提示的眼光，那略带凄清的眼光里有一种难以抑制的痛苦，这痛苦的眼神是孩子们所无法领略的。

《黄河大合唱》的前奏曲显得沉重但是明亮，那浑厚浊重的黄河水在高塬拉出的节奏中慢慢地变成一片低沉的吼声，那是风，那是马蹄踏过黄土高原、中原大地时的嘈嘈切切的震撼。高塬几乎拼尽全力，引导着从未见过黄河，也从未领受过艰辛的孩子，去重涉那辽阔的浊重的河水。

有一个拉琴的孩子，让如此沉重的颤动压迫得哭了，他在拉起一个持续的高音时，琴弦断了，他“哇”地哭出声来。

苏叶见到伊然时，是在一片金黄色的枫叶下面，伊然的热烈，令本来也很热烈的苏叶一见如故，她们交换完名片然后站在一起。在《黄河大合唱》的第二轮轮唱中，她们不时相视而笑，共同地拉长着一个节奏，寻找着一个共同的音准。

当夕阳染红了林中空地上空的每一片树叶，合唱的人群渐稀的时候，苏叶和伊然已经亲密到开始商量到哪儿晚餐，以及到哪儿去消磨一个难忘的周末了。伊然明亮毫无隐藏的脸上，有一对明媚得让苏叶妒忌的眼睛，那黑白分明的双眸和从中流出的淡雅，令苏叶陶醉到可以不去了解和过问她的历史、来路和当下的情状。令一个自以为是的美女叹为观止的美女是绝无仅有的，苏叶就是这样欣赏伊然的：“你的名字和你的气韵同样令人陶醉。”苏叶太容易陶醉了。

她就是这样的女人。

伊然仍然处于合唱带给她的激情之中。她对苏叶说：“你应该早点儿告诉我这里唱歌的消息。”

苏叶说：“你应该早些看到采访我的电视然后早些认识我。”

“李可凡怎么还没有到？”苏叶焦急地看看表，中午苏叶给李可凡打电话，李可凡让她在白云山等她，下午临时有课，听完课就上白云山来会合。说曹操曹操就到。李可凡从旅游车上下来，往林中空地这边走来。

合唱的人群几乎已经走尽。林中空地只有高塬和4个孩子的琴声。李可凡远远地和苏叶她们打过招呼，然后走到高塬面前。琴声戛然而止。4个孩子欢呼着四处奔走，紧跟慢跟地跟着高塬拉了两个下午的琴，现在解放了。

“别乱跑，孩子们！我们马上就下山。”高塬连忙招呼着四处奔突的孩子。

“现在马上就走？”李可凡面对高塬，脸上有一种很无奈又很怜惜的神情。

“是的，带孩子们回家！很久没见着你了，你好吗？”高塬的声音里有一种更其无奈非常凄然的意味，这令李可凡非常伤感。

李可凡眼泪夺眶而出：“高塬，你不要这样好吗？”她声音低沉凄厉而且带着哭腔，“请你别再折磨自己。我确实很难过，不是因为我自己，是因为你。你很令人心痛，令人很不安，你知道吗?”

夕阳柔弱的红色光线，照射在林中空地上空经霜变红的树叶上，闪动着点点的亮色，像树林中的泪滴。最后的光线很快就要消失了。

“是我太懦弱了，我不是一个男子汉，我为我的懦弱难过。我不应该打扰你的生活，不应该有非分之想，很对不起你，真的。”高塬几乎泣不成声。怎么会是这样?李可凡没有想到，她那天独自下山，不辞而别以及一连几天的人间蒸发，会给高塬留下如此的创伤。他们之间在这之前甚至没有说过一句互相爱慕的话。但是，李可凡能够理解高塬，她虽然不知道他的全部身世，但这半个多月来，她在白云山，在公共汽车上，在独处时，她会想起他并想象他的生活、他的童年少年和青年时代的种种经历，这种想象是毫无根据也不需要根据的。你只要想象他拉琴的姿势他的眼神就可以了。他是一个可以让人无端遐思的人。

李可凡站在高塬面前的时候，她会突然想起胡杨。她痛恨自己在这两个男子之间的角色，尽管她自认问心无愧，这两个男人都值得人去喜欢去爱，她实在没有勇气去对其中的一个说：我是爱你的或我是不爱你的。她只能说，我不能也无权去爱任何人。可是，这又有悖于自己的真实情感。她陷入一种空前的灾难中，她只能把自己想象成一个坏女人。

苏叶和伊然见李可凡和拉琴的男人在那里缠缠绵绵。她不知这男人是李可凡的什么人，只是拉着伊然向他们走去。

“给我电话号码。我会去看你的。”李可凡见苏叶她们走来，急急地对高塬说。

“我没有电话，我跟你联系好吗?”高塬有点抱歉地说，“我租住的房子没有电话，也没有去买手机，我想我大概用不着了。但在我走前，希望能见到你。”说着，他伸出手同时说，“对不起，我要送孩子回家，太迟了他们父母会担心。”

李可凡握住了他的手，他的手心里有一种声音，那声音的节律在无声地告诉着什么。是什么呢?李可凡顿时泪流满面。许久，他松开手：“我走了，但愿你能想起我。”李可凡掏出钢笔，在高塬的手心里写下了自己的电话号码。高塬的嘴角有一丝很凄然的笑意。

苏叶和伊然一直站在不远处。她们默不作声。当高塬走远时，苏叶居然也有些伤感地说：“一出现实的《魂断蓝桥》。”

“我们去蕉叶吃泰国菜吧!”伊然自我介绍然后邀请李可凡一起去，“我还有一位好朋友，你们正中大学的研究生区惠琴，我让她先到蕉叶订位等我们。李老师，有什么朋友，一起叫去吧!认识你们真高兴，我和苏叶是恋人了。”

二三十岁的女人真幸福。要青春有青春，要什么有什么。李可凡全副身心都弥漫了感叹。

伊然第一次见李可凡。她笑意盎然地注视着李可凡：“李老师，我真羡慕你！”

伊然的话令李可凡莫名其妙，她笑着说：“你羡慕我40岁，一个老太婆是吗？”

“哪里，我40岁时有你样子的一半就好了。”她很小女人地拉了拉李可凡的衣领，那里有一条水渍引起的皱褶，她小心地抹平它。她这个极端个性化又很温存的动作，令苏叶很妒忌，她搂住伊然的肩膀：“李老师，如果我是个男人，我一定娶伊然为妻，你看她多女人。”

“我觉到了。”李可凡说。

“那我就嫁给你。”伊然在苏叶的脸颊上轻吻了一下。苏叶就势拥抱了她。

“同性恋可不是好玩的。”李可凡警告说。

“已经是了。”伊然说，对苏叶展开了一片明艳的笑靥。

第十章

入夜，潮州餐馆后院，从深圳山中养狗场运来的十多只肉狗，一只只被活生生勒死，塞在活狗肛门里的海洛因，一块块地被取出来，每只狗足足藏了六七块高尔夫球棒粗细、五六厘米长的海洛因。海洛因包在黄色的油纸里。

那些肉狗拉到广州时，已经奄奄一息。大浪鸟一个人不费吹灰之力，用了半个小时，就把全部的货物取出。大功告成。

老枪此刻正在番禺的别墅里寻欢作乐，从深圳过来的“洋鸭”，正陪着她在游泳池里嬉水。这个自称Beck（贝克）的30多岁男人，是一个非裔英国人，他在深圳夜总会唱歌，偶尔也兼做鸭的生意，是富婆们的最爱。这位贝克是老枪的朋友大姐大前几天介绍过来的。懂点中国功夫，歌唱得好，特别是功夫了得，用大姐大的话说是东方不败。老枪和他一见钟情，这几天便沉溺在爱欲里。

老枪在深夜接到大浪鸟大功告成的电话。她竟然当着贝克用潮汕话交代大浪鸟，明早让许楠生和他分别以送外卖的方式，把货物分送给几个老客户。务必在早晨8点以前把货物送达。

贝克光着身子，在她身上蹭来蹭去，极尽挑逗之能事。他涎着脸，用结结巴巴的中国话问老枪：“你说的是鸟语吗？”他在深圳结识了许多潮汕人，多少听得懂一点潮汕话。这是老枪始料未及的。

她大惊失色，忽然变了脸：“你说什么？你再说一遍？你会听潮汕话？”

聪明的贝克大约觉得闯了祸，他本是意在调情，欲引发老枪的情欲，却说漏了嘴。他来亚洲有三四年了，先是在泰国、菲律宾，后来随印尼的一个3人乐队到深圳，在深圳待了两年多。正因为贝克会说一点中文，大姐大介绍来时，老枪便觉得有点意思，要不鸡同鸭讲，全无情趣可言，岂知这黑家伙居然还听得懂潮州话，虽然刚才话意含蓄，谅贝克也不明就里，但疑心重重的老枪，还是极不放心。这是她最大的一次失误。

“我不明白，我不懂，不懂。”贝克极力否认。老枪已兴趣全无。她爬出游泳池，披上浴衣，顾自往房间里去，把不知所措的贝克一个人扔在那里。

贝克正想上岸，两个保镖一人一只手把他拎出水面。他立即被关进一间暗无天日的储物室。储物室隔壁是厨房，一个小小的窗户装着一扇排气扇，排气扇外面是指头粗的铁条。贝克不明就里，他不知发生了什么事。那位永远不知满足、性欲旺盛的40岁女人老枪，为什么忽然间就变了脸，把他关进牢里？任他怎样解释，面无表情的保镖始终沉默不语。储物室里有一张床，他被扔到床上之后，铁皮门便轰然关闭，没有人再理他。他不停地叫着："Why，Allgone！Why！"

老枪心想，对贝克这个外国人也无可奈何，先关上十天半月，然后付给他一笔钱后走人，至少在货没有出手之前，不能让他和外界有所联系，她知道贝克也是大姐大的宠物，更不能让他和大姐大联系。说不定贝克是大姐大派来的卧底。大姐大的生意也是很神秘，谁都不问谁，电影《跛豪》里头的黑吃黑，令老枪铭记于心。

她刚刚处理完贝克，大浪鸟又来电话，说是无论怎样，都联系不上许楠生。他自从离开潮州餐馆以后，手机就关机了。"本来约好一起去消夜快活的。"大浪鸟诚惶诚恐地说。

"马上把货带走。"老枪当机立断，"到老K处等我。我马上就回去。"

老枪恼怒的程度可想而知，她正在情欲的顶点却让大浪鸟的电话给搅了，像撕去心头一块肉似的忍痛把"洋鸭"贝克给关进"黑牢"。在关键时刻，知情人许楠生失踪，这些不祥的征兆，都使她预感到危险正在迫近。她是一个多疑同时宁可吃亏但绝不冒险的角色，这种保守的大丈夫精神使她不干则罢，干则屡战屡胜，她是江湖上出了名的常胜将军。她的江湖地位也是由她的稳扎稳打从不失手的传奇传说奠定的。所以江湖上以能与她做生意为荣。

她赶回广州时，已是凌晨两点，她对大浪鸟说："在两个小时内你打听不到许楠生这短命仔的去向，你自己找地方去死吧！"

大浪鸟无言以对，只是唯唯诺诺，一个劲地大骂许楠生。他决定到许楠生的租屋去找他。

许楠生从潮州餐馆出来之后，就呼鬼马李，让他到医院等他。在去医院的路上，他先到一个住在小北的道友那儿买了两包海洛因，在深圳这两天靠大浪鸟给他的那半支万宝路，勉勉强强地撑持到广州，早已坚持不住了。他花5毛钱躲进公厕里，把一包海洛因吸进鼻子里去，然后神气十足地走了出来。

他赶到医院时，鬼马李已候在医院门口，他不敢到病房去，看到许楠生，似见到救星。

"这两天你到哪里去了？老四川说不定给停药了。"鬼马李气急败坏地说。

他觉得许楠生背着他肯定是到哪里发不义之财去了，心中有些愤然。

“老四川怎样了?”

“我也不知道，没有钱给医院，免谈。”

他们相跟着走进医院，找到医生。医生见到他们，就揪住他们说：“快去把钱交了，明天可以出院了。”说着让护士陪着结账。

许楠生说：“让我先去看看老四川吧，账等会儿再结死不了人的嘛!”

医生不说话，他们就进了老四川的病房。老四川脸色依然蜡黄，几天下来，他明显地苍老了，胡子也白了许多。他见了许楠生像见了救星，满脸的愧疚之色：“老弟，拖累诸位了。”说着，眼泪就出来了。

许楠生见他的样子，心中有些难过，自从那次夜闯夜总会之后，许楠生对老四川竟萌生了一种类似父亲的感觉。他觉得自己有责任帮助老四川，虽然老四川比自己也就大十多岁。

护士来找许楠生：“7800 元，快点去结账吧!”老四川也听见了，他看着许楠生：“怎么办?”

“我会搞掂的。”许楠生让鬼马李陪老四川，“等会儿我们办手续就出院吧!”

在收费处，许楠生在跟收银的小姐商量：“我这里只有 2500 元，其余的明天来缴行不行?”

“问院长去，我不管这些事!”收银小姐冷冷地说，把账单扔给许楠生。

许楠生正想发火，收银小姐把窗口合上：“下班了!”说着走人。

许楠生好不容易找到了院长，他正跟几个医生说话。许楠生等了很久，院长终于回过头来：“什么事?”许楠生说了原委。院长说：“什么单位? 让单位来!”“没有单位。”许楠生很尴尬。“没有单位? 不行!”院长很坚决，“这里不是慈善机构。”他说完不再理许楠生。许楠生明白，只有一个字：钱！钱能解决问题。多说无用，这里只认钱和权，自己什么都没有。许楠生又生一计，他拉住院长：“病人是参加过自卫反击保卫战的老兵，他负过伤，能不能……”没等他说完，院长不耐烦地打断他的话：“胡说什么！什么自卫反击?”他扬长而去。

许楠生转回来，恶向胆边生，他心生一计，把鬼马李叫过来，对着他耳语。鬼马李面有难色。许楠生便呵斥他：“你他妈的！我早看出你这家伙见死不救，不仁不义！真后悔当初认识你!”

鬼马李不作声。他心中无比冤屈。这个老四川，真不是东西!

这时正是下班时分，医院里人来人往，病房里也穿梭着送饭的家属和护士。许楠生背着老四川，出了门口，值班的护士喝道：“你们要干什么!”许楠生很谦恭地问："小姐，他要上厕所，往哪边走？"护士往走廊深处一指，头也不回坐到原处去。鬼马李已在，厕所那边迎候，走廊深处有一个上了锁的木门，鬼马李已经把那木门的锁拧开，只等许楠生把老四川背出来，就开门溜之大吉。

他们3人，在夜幕的掩护下溜出大门，到了大门外，老四州才明白怎么回事。

老四川身体很虚弱，他老问许楠生："这是逃跑？"

"我明天会找钱来缴费的，你别管了。院长连自卫反击战都不知道！无处说理。"

鬼马李说："管他呢，出了医院大门就太平无事。他们又不知我们是谁，住在哪里？"

许楠生说："就你聪明，救护车不是开到家门口了吗？"

"那我们搬家，反正那里什么也没有了。"鬼马李真的很聪明。许楠生有些犹豫，他转而对老四川说："你为国家流过血，也让医院为你出出血！我们换个地方吧。"

老四川说："为人不做亏心事，更何况我这命是他们帮着捡回来的。你们帮我先把钱还了，我会还给你们的。老家还有几间瓦屋，我把屋契给你们，什么时候去卖了它。"

老四川死过一回，好像很明白，他一点儿也不含糊。走到这一步，也只能这样了。

他们又回到租屋，房东阿婆坐在院门口。她听人说了，一个下午都在这儿等着。她见了老四川，老泪从皱纹里四处横流。"阿佬啊！"她总是叫他阿佬。她摇摇头，把几兜吃的东西递给鬼马李："给他补补血吧！"说完就走了。

那天中午，还不到12时，刘兴桐就在等着许家后人的电话。他曾想过几个方案，一是到时让学校保安通知派出所，把许楠生抓住，以勒索罪送进看守所再说；二是和他友好地彻谈一次，摸清底细再说，或者有什么解决了断的办法；三是根本就无须出面，请高总或洪老板搞掂他，看样子，他无非就是穷疯了，要几个钱。但如果一下子打不死，一而再再而三没完没了那就麻烦大了。这三个方案他一个个反复揣摸，想得脑袋生痛。没有人商量，他又不想让李可凡知道这件事。最好的办法是让许楠生人间蒸发，只有这个办法是最彻底也最干净同时也最危险。想到20年间苦心经营的一切，就会毁在许楠生手里，他有些于心不甘。老天不会在此刻对我下手吧。

和杜林一场战斗，本已让他从疲惫中尝出了胜利的甘甜。他为自己的一刀三刃，刃刃见血得意。他也明知自己对杜林的成见和心理是无端的，但有许多事其实都是无端的。现在又冒出个许楠生，这是一个比杜林麻烦上千百倍的角色。

从中午直至午夜，许楠生的电话没有来。

这一夜李可凡没有回家。他按捺不住，于凌晨4点拨通了李可凡的手机，李可凡还在风雅颂。她有几分醉意地对刘兴桐说："我在朋友这儿，有事吗？"冷冷的话语令刘兴桐恼怒，但他没有办法。早在5年前，他们已经在同一张床上分居。女儿回家时他俩睡到同一张床上，各盖各的被子。每周女儿不在家的5天，刘兴桐睡到另一个房间去。如果刘兴桐不承认这种现实，李可凡的态度明确：马上离婚。刘兴桐每一滴血都在愤怒，都在沸腾叫嚣。但最关键的东西在李可凡手中，李可凡不说出放在哪里。即使把李可凡杀了，那东西只要在人间，就会有第二个李可凡出现。他简直要疯了。

刘兴桐无可奈何地放下电话。他后悔这个有失尊严的电话。

许楠生是在第二天上午8时抵达正中大学的。他对门卫说是校长刘兴桐的亲戚，要见校长。门卫的殷勤是许楠生此生最风光的礼遇。许楠生要先打个电话，门卫说："校长在办公室，我刚刚还看见他，就那个窗口。"他指着近在咫尺的办公楼6楼靠边的大窗口，"我带你去就行。"

许楠生坚持要先打电话约见，门卫便把电话送到他手里。

电话接通，电话里传来刘兴桐那种很显示身份，又漫不经心同时平淡得毫无感情的"喂"。许楠生单刀直入，很坚决地说："我是许楠生。"

"哦，是小许。"口气显得有些亲切。想必刘兴桐经过艰苦卓绝的思索，还是选定了第二个方案：友好地彻谈。

"小许啊！这样吧，我很忙。中午12时，我请你吃饭，在天河，好好谈谈。好吗？"他的声音里有一种权威，一种亲和，一种轻松的心情。

"在天河哪里？"

"皇后大厦，最高的那座，就在地铁口，一层酒楼，就这样。可一定来啊！"电话挂断。

许楠生有点儿纳闷，刘兴桐怎么变了一个人，会不会有什么圈套？"不会是诱捕吧！"他自言自语。

"没理由，证据在你手里，他不敢把事情闹大的。"鬼马李已经知道事情的全部经过，许楠生也不想瞒他。今天他让鬼马李假冒公安局的朋友，唬一唬刘兴桐。第一步提借钱，第二步是老枪出面，谈好然后把手稿买断，这就是许楠生的全部战略。他也想为父亲讨回公道，但那样值不了什么钱。公道对于死去的父亲有用吗？人们早就忘记他了。最实际的就是钱！带着钱回东北老家去过日子，买地盖房。他已想好一个价格：50 万。听麦地说，父亲这部书让刘兴桐何止赚了 50 万。就算 100 万吧！一人一半也很公平。这是许楠生的逻辑，他没有什么太崇高也太不切实际的想法。刘兴桐不答应，就让黑社会对付他，他不想通过什么法律手续，那样太复杂。他也知道自己斗不过刘兴桐。在广州，举目无亲，连一个记者都不认识，找报社的门都得花上半天。

刘兴桐很准时就到了。他在门口一眼就认出许楠生。跟记忆中的许达文一模一样。年龄、个头、长相。只有一样不同，面前这个人显得猥琐。他二话没说，把许楠生带上二楼的一个包厢。到了包厢门口，刘兴桐才发现许楠生还带着一个人。

“他是？……”刘兴桐客气地问。

“公安局的一个朋友。”刘兴桐心中一沉，对鬼马李客气地笑笑，伸出手，握手。刘兴桐一时有些蒙了。他实在不愿意有第三人参与这件事，何况是公安局的。他摸不清许楠生的来头，这年头，什么鸟都有，还是小心为好。他非常客气殷勤地把鬼马李让进屋里，然后把许楠生叫到一边，对他耳语：“我们两人单独解决好些，何必再让外人……”许楠生马上说：“那就让公安局的朋友在外场喝茶吧！”刘兴桐非常赞同：“要不就到隔壁去沐足，等会儿我埋单。”

许楠生不想让鬼马李太享受，便指着一张桌子：“就请他到那边吧。”

鬼马李就座。

他们进入包厢。小姐斟完茶出去，刘兴桐把门关上。“你说吧！”他不想怀旧，也不想问许楠生什么。他知道一切都很多余。面前这个人，脸上写满了对钱的欲望。

许楠生一时不知从何说起，他心中翻腾得厉害。父亲、母亲、祖父母，残破的乡村祖屋，颠沛流离的少年与青年，以及那被高速公路一劈为二的坟地，都与面前这位保养得很好，又很有身份的人有关。他有些颤抖，有些坐不住，原来准备好的那些话乱成一锅粥。

刘兴桐见他不说话，便笑吟吟地问：“家里人都好吗？”这句话让许楠生心中充满激愤，他马上变得口齿伶俐了。

“我父亲的手稿呢？”

“什么手稿？”刘兴桐故作惊奇。

“我有证据！”

“我怎么说呢！我们对你父母都很关照，连后事都是我家办的，这你都知道！”刘兴桐答非所问，他想必须在情感上笼络一下。

“我有证据！”许楠生见刘兴桐岔开话题，便又重说了一遍。

刘兴桐见他如此直白，急切，便也不兜圈子：“什么证据？”

“日记，我父亲的日记。”

“不能说明问题。”刘兴桐有些放心。

“父亲在日记里写得很清楚。”

“他写了我刘兴桐拿了他的东西吗？”刘兴桐觉得可笑。他父亲若未卜先知，那又何至于让手稿落到我手中？

“能不能把日记给我看？”刘兴桐努力把事情说得很轻松。

“到公安局、法院那里可以。”许楠生面色冷漠地说。他不想和他兜圈子，他想尽早结束谈话，他的目的是钱。

“为什么要跟我借两万元。”

“不是借，是要！”许楠生坚决地说。

“为什么？”

“欠我们家的，我父母的！”许楠生显得很蛮横。刘兴桐自然明白许楠生说的意思。

“什么时候？”

“1969 年 12 月 31 日。”

“为什么是这个时间？”

“我父母去世的日子。”

“我谁都不欠。”刘兴桐坚决地说。他不想那么轻易就让这个痞子得逞。

“那就法庭上见，让你身败名裂。”许楠生按照麦地的说法说。

“你想错了。没人拿你父亲的东西。”刘兴桐觉得这个许楠生并非想象中那么孬种，很难收拾呢。“我可以借给你两万元。但是借，不是欠，要写借据的。”刘兴桐带有威胁的口气说。

“借也罢，给也罢，都是欠。”许楠生不容置疑地说。

“那就没话说了。”刘兴桐一副无所谓的样子。

“那我到正中大学贴大字报。”许楠生灵机一动。

这一招果然有效。

“那是犯法！”

“我愿意犯一次法，让你们学校知道你也犯法。”许楠生简直成了律师。

“我再说一次，日记不能说明任何问题，我家照顾你的父母，我们没有拿他们任何东西。两万元借给你，从此我们两清，你不认识我，我也不认识你，怎么样？”刘兴桐很干脆。他把白纸和笔放在许楠生面前。一部分目的达到了，许楠生坚信刘兴桐是怕他的，刘兴桐怕露馅。写借条怕什么？两万元太诱人，这是他要替老枪冒许多次生命危险才能赚来的。事不宜迟，他怕刘兴桐反悔。他潦潦草草地写了收据。刘兴桐也不计较。许楠生故意不回答刘兴桐的问题。

许楠生把两万元放进贴身口袋，他站起来，对刘兴桐说：“我们有一个价码，要两清的话，很好办，你准备一笔钱吧，其实，书对你比对我们有用。”说完，他很快地走出门去，“下一次是别人来找你，不是我。”

刘兴桐傻眼了。这是他万万没有想到的结果。他气恨得咬牙切齿。他不明白许楠生所指的别人是什么意思。公安局、法院、黑社会？他失魂落魄，眼前一片昏黑。

我刘兴桐不是可以任人宰割的，今天栽在这个小流氓手中，明天呢？他觉得有一根根毒须正在向自己触来。只有一个办法，那就是消灭它。对付小流氓容易，许楠生不是说两清有一个价码吗？钱，有钱能使鬼推磨。可是，还有一个更大危险，那就是李可凡，她可是任何东西都难以收买的。他很清楚李可凡迟迟没有动静，皆因他们之间有女儿与婚姻，而这能保证一辈子吗？这是一条随时都可能绷断的绳子。他不敢太具体生动地去描绘可以设想得到的情景。

每当想到绳子绷断，现有的一切，事业辉煌和个人尊严也随之土崩瓦解，身败名裂时，他近乎绝望同时癫狂了。

他神志不清地走出皇后大厦。后面是领班和服务小姐气喘吁吁地追赶。他没有结账。两份账单，鬼马李那张居然还点了龙虾刺身，820 元，包厢这单没有点菜，茶位和包厢费共计 180 元。小姐还提着几听可乐，说是未消费完抵给的饮品。

刘兴桐简直是倒霉透了。许多人围过来，看一个“走单”吃白食的客人给当场逮住了。

刘兴桐拼命解释，没有人相信他，他抓出一把钞票，塞给服务小姐，只想快点脱身。他终于逃也似的跑到马路上。地铁列车刚到，地铁口拥塞着人流，他赶紧藏进人流里。

许楠生直到这时，才发觉手机没电，怪不得从昨天到现在整整 20 个小时了，潮汕马仔大浪鸟也没跟自己联系！他连忙跑到公用电话亭，给大浪鸟拨了一个电话。大浪鸟气急败坏，劈头一阵臭骂。他昨晚在瑶台一带的几条小巷里转悠了大半夜，直到天亮都找不到许楠生的租屋。他从未到过租屋，只是凭印象听许楠生说过住在瑶台某巷。巷口有个士多店，几乎瑶台的小巷，每个巷口都有士多店，他一条一条地寻找。夜深了也没人可问，也问不清楚，险些让警察当成夜行小偷逮走。他不敢去见老枪，凡是能想得起许楠生会去的地方，他都找遍了。

大浪鸟整整发泄了十多分钟，恨不得剥许楠生的皮。许楠生怎么解释他都听不进去，大浪鸟让他赶快去找老枪，自己把事情说清楚。

许楠生倒很淡定，一方面口袋有钱，得先去医院把老四川的医药费交了，免得医院报警，在这种时候，因小失大太不值得。一方面自认不是老枪马仔，而是合作伙伴，凭什么随叫随到？又没有接到通知，都是你大浪鸟的问题，与我何干？

人一有点钱就是大爷。许楠生威胁大浪鸟："我随时可以不干，也不想干，我和老枪另有合作。你去告诉老枪，我随后就到。"

大浪鸟惊奇许楠生居然口气如此之大，不过在江湖上，这也是常理，谁占了上风，谁就是老大。但他还是对许楠生吼叫："你等着收尸吧，蒲母仔！"

4 个女人，围着一张玻璃餐桌。桌子正中是个木雕，是个身形蛇行的裸女，裸女身上挂着泰国鲜花编织而成的花环。这是一次小资们的聚会。30 岁的伊然、苏叶、区惠琴和 40 岁的李可凡，她们招摇、张狂同时也不失含蓄和优雅。龙虾、黑啤和咖喱炒蟹，既野蛮又高贵。

李可凡和她们在一起，心中便充满野性的激情。她刚刚进入 40 岁，在 30 岁时她就觉得老了，到了 40 岁倒反而变得年轻了，尤其是上了白云山唱歌之后。不是唱歌改变了她的生活，而是唱歌的过程，使她把年龄和生活都置换了。

区惠琴没有见过李可凡，不知道她就是刘兴桐的妻子，苏叶她们也没有介绍。她便和苏叶大谈正中大学的事。

先是把学校骂了一通，从食堂开始，菜又贵又没味道，十多个菜一个口味。然后是教学管理，有些老师简直就是在敷衍，21 世纪还在讲台上念 20 世纪 80 年代的讲稿。再就是豆腐渣工程，教学楼几个铝合金窗户，一推拉竟从 15 楼掉下去，窗框连固定铆钉都省了，掉下去十多天根本就没人管，支离破碎在那里风吹日晒。幸好没有砸到人。再就是几个校长，几乎没一个是住在学校里的，一下班就开着车一溜烟回城里，连中午都不在学校待。她和苏叶，都是事事看不顺眼的刺头。

"最好笑的是写作课有个老师的课根本没人听，只好每节课都点名，光点名就花去半个小时，教务处还非得要求老师点名不可。老师低着头看花名册，有一个同学冒名顶替了十多次，站起来又坐下回答'到'，老师都没发觉。老师抬起头开始讲课，嗬，一个班 50 名同学，个个都到了怎么也就二三十个人呢？问同学，同学们说人都在这儿呢！你说滑稽不滑稽。"

李可凡听得有些坐不住，她想等会儿说不定就会说到刘兴桐头上，可想而知这位区小姐口里的刘兴桐，不会是什么好鸟。她虽然在心里自认和刘兴桐没什么关系，但在人前，毕竟是恩爱夫妻相唱相随。她便借口去洗手间，走开一会儿。

刚才苏叶谈得兴起，忘了李可凡的身份。她从来都没有把李可凡当校长夫人。李可凡一走，她马上意识到说得太多了。李可凡肯定不高兴。她对区惠琴说“你知道李可凡是谁吗？”

“是谁？不是外语系的老师吗？”

“刘大夫人，刘兴桐校长的夫人。”苏叶说。

“啊！”区惠琴头都大了，“你怎么不早说？不过，也没说刘校长什么吧！”

“你说得太多了。你看，她不是回避了吗？让你说个够。”苏叶明知李可凡不会介意，故意吓唬区惠琴。

“幸好我还有一件事情没说，若说出来，麻烦可就大了。”

“什么事？”伊然和苏叶兴趣盎然，急急地问。

“不能说，绝对不能说。别说了，李可凡回来了。”区惠琴见李可凡从洗手间出来。

“你们学校那位穿长衫的五四青年怎么样？”伊然说。

大家奇怪伊然不是正中大学的，怎么知道杜林教授呢？

伊然说：“你们学校有几个中文系的同学在我们那里实习，他们整天说他的逸闻，有天还把报纸上他的答记者问大声朗读，挺有意思的。什么时候去看看。听他们说，中文系有两大怪人，一个叫金毛，一个叫长衫。”

金毛是骆见秋，想不到他名气也这么大。区惠琴觉得挺有趣。幸好自己的导师是杜林先生。他怪但是有名气。要不，研究生白读了。

李可凡不想听她们讲大学里的事，她觉得大学里的事够烦的了，还老是议论它。“泰国菜多好，别老说话，喝酒吧！”

大家意会，于是四个盛着黑啤冒着黄白色泡沫的菠萝杯就举到了一起。

餐厅里手机信号太弱，苏叶到外面大厅里去听手机，伊然也跟着出来。她想跟苏叶说，今晚去参加一个派对。她俩便倚在大厅过道的栏杆上。从一楼上来的电动扶梯上，站着一男一女。伊然见那女的是大学的师姐洪笑，她读大本，洪笑读研究生。许久没见洪笑了，她显得有些憔悴，但依然风光无限，她穿着一件米黄色的风衣，把手插在一位男士的臂弯里。伊然正想找洪笑，让她在出版部门帮忙介绍一些客户。伊然大叫一声：“洪笑。”

洪笑和那男的一起回过头来，她马上把手从那男的臂弯里抽出来。

苏叶见伊然叫人，歪过脑袋一瞥，这一瞥把她吓了一大跳，洪笑身旁的男人，不正是校长刘兴桐吗？

苏叶用手机捅了一下伊然，示意自己先走。她回到餐厅，对着李可凡耳语。

李可凡并不怎么意外，但她还是跟着苏叶一起走出餐厅。刘兴桐和洪笑很亲密地站在一起，伊然隔着几米远和洪笑说话。

当站在栏杆边的李可凡出现在刘兴桐视野里时，刘兴桐一下子僵在那里。洪笑看了看栏杆边的李可凡，又看了看僵在一旁的刘兴桐。她疑惧的眼光里有一种要逃跑的回避。

刘兴桐和李可凡相隔咫尺，双方的目光对视着，僵持着。刘兴桐似乎想开口说点什么，李可凡转身，一手搭着苏叶的肩膊，往餐厅走去。伊然匆忙地向洪笑摆摆手，逃也似的回到餐厅。

伊然悄悄问苏叶："怎么回事？那男的是谁啊？"

苏叶并不回答，只是静静地看着李可凡。大家心中都非常明白。这是每一个女人心中无须细说的伤痛。刚才那一幕，李可凡并不觉得奇怪，她只是出于本能，去证实一个发生已久但从未目睹的事实，去看一眼那个闯进来的女人，究竟是以怎样的美丽，去迷住一个男人的心。很平常呀，也很平庸的一个女人。李可凡从此可以安静了。她目睹的这一个事实，令她有极大的满足。她终于可以下最后的决心了。

区惠琴也莫名其妙。她知道一定发生了什么事。她问，但无人回答她。李可凡笑笑，笑得很勉强。她不愿意在这些女孩面前流露什么，或去评说谁。只想喝酒。在痛苦的时候，最好的办法就是假装不痛苦，是电影《德州之王》里的黑人智者说的。

最痛苦的是在人前把自己置于被抛弃的地位。如果反过来，那情况就好多了。李可凡现在正是如此，她要让这些女孩知道，她早就已不在乎这个男人和哪个女孩在一起，在乎的是自己和谁在一起。

第十一章

许楠生初战告捷，他轻看了刘兴桐。“一个大学校长，也没有什么嘛！”他对鬼马李炫耀说，“也就几十分钟时间，他就乖乖把钱给掏出来。”

“两万元吗?”鬼马李关心的是这个。

“1万元！”许楠生留有余地，“1万元也不错，老四川的医药费够了，你的钱也还你。”说着，他分了2000元给鬼马李，“多给的，算是劳务费。”鬼马李将信将疑，但也很满足。他也就拿出了千把元，现在翻了一番，不错，比卖假火车票好多了！还结结实实地吃了一餐龙虾刺身，宰了人家800多元，真值。吃龙虾的事，他没有跟许楠生说。

许楠生上医院缴了老四川的医药费，医生又给开了一些药，又花去1000多元，花得许楠生心痛如刀割。从医院出来，他又急急忙忙去见老枪。他搭乘一辆摩的，在城中村那迷宫一般的陋巷中七拐八拐，好不容易才找到那幢有一个天井，养着几只狼狗的住宅。

大浪鸟早已候在那里，许楠生一进门，大浪鸟当头一拳，连带一声“蒲母仔”。许楠生一个趔趄，摔倒在院子里，地上青苔很滑，他爬了几次没爬起来，差点儿就喂了狼狗。他从地上爬起来，还是大浪鸟拉了他一把。

二楼客厅里还是上次那几个男人，还是在那儿悠悠地泡工夫茶。那干瘦的老男人目光炯炯，见许楠生进来：“喝茶，兄弟仔。”

许楠生不敢不喝，喝与不喝，怎样喝法，都有讲究，弄不好就又有所得罪。许楠生既喜欢潮汕人，又怕和这些潮汕佬打交道。

“我要见老枪！”许楠生对那老男人说。

“老枪要收拾你！说，这两天到哪里去了。”老男人凶神恶煞，声音不大，但底气很足，而且面目狰狞。他手里握着那根拐杖。

“办自己的事，也没人通知我要做什么事啊！”许楠生辩解。

“干我们这一行，别耍滑头，否则反面不相识，亲家不成成仇家！”老男人说起话来令人发怵。许楠生本来理直气壮，在他的威慑下倒有几分胆怯。

另一个一直在负责泡工夫茶的男人，用潮汕话对老男人说：“勿自己惊自己，看来没什么问题，让他去见老枪好了。”

老男人抛给大浪鸟一个眼色：“上去吧！”

大浪鸟带着许楠生上了3楼。老枪几分慵倦地坐在太师椅上，抽着烟。几天不见，她越发俏丽，神采飞扬，又到哪里采阳补阴了。许楠生想起大浪鸟对老枪性事的描状。

“哭父啊兄弟仔！要干事就好好干，坏了阿姐的大事，你小命都没了。”老枪口气更恶，但说出来的声音却非常温软。真是一把女人刀。许楠生一见到老枪，脑子里马上就会浮出弹片削去半只乳房的传说来，设想着那碗口粗的大伤疤。

“过去的事不说，等会儿大浪鸟会给你交代！晚上去清远跑一趟，一个人去。就这样，大浪鸟，陪他到楼下吃饭吧。”说着，扔给他一包万宝路。

“我还有事说。”许楠生看着大浪鸟。

“大浪鸟不是外人，有话就说。”老枪一派凛然的样子。

许楠生便把事情原委叙说了一遍。老枪却说：“这种生意我们不做，也没什么油水。不过，看在兄弟仔的分上，帮你一回吧！父母死得早，你这也是为父雪仇。钱嘛，一半一半。说好了，我让人做，你听指点照着办就行。公了私了都有门路。我再想想。”

老枪很有风度，跷着二郎腿，很时尚地抽着摩尔烟，她从不抽万宝路。

“什么时候，我高兴了，请你去番禺别墅开开眼界。怎么样？兄弟仔。想不想？”

许楠生弄不明白老枪的话，愣愣地望着大浪鸟。

大浪鸟耳语：“小子你交桃花运了。”

老枪厉声喝问：“大浪鸟你什么把戏？”

大浪鸟推着许楠生：“快走快走，吃饭去。”

又是去吃饭。那些潮州菜，不是太咸，就是太淡，生的熟的，千奇百怪，许楠生实在无缘领受，他对大浪鸟说：“我请你去吃大排档吧！”

“鬼东北菜，难吃死！”大浪鸟说，“还是我们的咸菜咸鱼腌蟹好吃。你自己去吧！改天再请我吃燕窝鱼翅。清远这一单，够你请客的。”

“大浪鸟，你跟老枪说，我做完这一单，把我父亲手稿的事理清爽了，我就回东北去。不想在广州待下去了。”许楠生求大浪鸟。

大浪鸟神情淫荡地说：“老枪看上你，到番禺别墅时，有大把机会，你自己说吧！”

“去你的，掏古井啊！我可不干。”许楠生同样不正经。

“老枪出手很阔的，兄弟仔，机会难得啊，发了财别忘了兄弟就行！”大浪鸟大约有这方面的经验。

“老实交代，大浪鸟，你是不是和老枪做过？”许楠生不怀好意地问，“她是不是这里有个大疤？”他在胸前比画着。

“你管这干吗？你没听电视上说，闭着眼睛就当是波姬小丝。”大浪鸟笑得痛快。

许楠生老想着那大疤，想着想着就恶心。

杜林穿着长衫，从教学楼里走出来。他上完上午最后一节课，眼镜、衣衫、双手都沾满粉笔灰。他一手抱着一大堆书本和讲义，一手拄着一根文明棍，今日的做派更其出格。长发飘飘，长须飞扬，一副五四新青年的派头。

文学社的几位同学跑过来围住他，几乎每次课后，他都会让几位不同年级，但跟踪听课的同学截停在校道上，回答他们的种种提问。这些同学的问题都很尖锐。有时也令他感到勉为其难。

今天的问题无关乎学问。

《大学生论坛》的主编天亮是四年级的学生，他很困惑地问：“杜老师，我想问一个比较私人的问题。你对学校的感情如何？”

“为什么问这个问题？”杜林觉得奇怪，这是个问题吗？

天亮有些语塞，似有难言之隐。

“没关系，有话直说，只不过我觉得这不是一个问题，几乎是不存在的问题。”杜林有意把它简单化。

“我就实说吧。杜老师，我觉得这个问题很重要。本期《大学生论坛》本来编发了一篇评论你专著的文章，你的专著最近影响很大，好几家报纸介绍，转载，我们特意组织了一篇稿子，哪知送到思想工作处终审，处长一看到是评你的文章，连看都不看，就拿红笔打了一个大×，说，这个人对学校没有感情。就这样。同学们对此很费解，这完全是因人废文，比“文化大革命”还粗暴还危险。这是为什么？”

“有这等事？”杜林闻所未闻，他向来非常低调，从不主动向学校有关媒体提供任何学术行踪和消息。他在正中大学，是一个最低调的人物。对学校没有感情？这是什么意思？因此就不登有关这个人的文章，这位大处长的感情标准是什么？

“说这话的人如果真是处长，那么他是在践踏党的文艺政策，不配做党的意识形态干部，此其一。其二，这是一个不懂感情为何物，蝇营狗苟的鹰犬。因为我想，这绝不是他个人的创见，只不过受人指使罢了。其三，他连文章都不读就枪毙了，这证明这人既不实事求是，又无视民主，滥用职权。你说得很对，比文化大革命的打手还粗暴还危险还没有文化！”杜林觉得很可笑，他向来不在学生与同事中谈论关于学校的任何事情，可现在不得不说。

“杜老师，同学们都很气愤，想不到正中大学对一位深受学生欢迎敬重的老师是这种态度。同学们也都很失望。”

“你们不必失望，这种人并没有什么立场可言，也并不可怕。明天换另一个主人，交代他说，你们要重视杜林，好了，你们送上一篇无耻吹捧杜林的文章，他不是照样可以连文章都不看，就编发在头版头条，再用黑体大字加以强调，连说文章写得太好了，太好了。这就是鹰犬的行径。所以，你们不必气愤，也不必失望。吹捧也罢，打压也罢，视而不见也罢，杜林就是杜林，还是那个杜林。我无须对这个学校负责，也无须对学校的任何人负责，我只对我的每一节课负责，对上我的课的每一位学生负责。我的感情全部体现在这里。除此之外，遑论感情！笑话，他们知道什么叫感情？对一个在这个学校服务了 20 多年，而从未对这个学校提出哪怕一点点私人要求的人，谁有资格来和他谈感情？”杜林有些激动。

天亮说：“此人过去是你的学生。”

“我没有这样的学生，一定是弄错了。不过，这不是某一个人的问题。”

“我们还是很费解，”一位女同学忧虑地说，“杜老师你还是没有把真相告诉我们，怎么会这样？你说鹰犬，那么主子是谁呢？”她天真执拗得可爱。

“我们还是不讨论这个问题吧！”杜林不想让这些还很洁净的灵魂，染上那么多污浊卑鄙的痕迹。

“主子当然是有的。但是，它更是飘飞、无形、潜藏于空气，隐伏于衰草中的那么一些气味，这些气味黏附在一种流动里，由不健康的人所吸引，残杀着一个人的神经。不是每一个人都能抗拒的。好了，我们还是谈论我们大家非常挚爱的文学吧！”杜林是很不愿意和学生们讨论这些问题的。

“老师，你知道你对我们最大的影响，你的魅力是什么吗？”天亮说。他觉得必须把这一点表明出来，否则很难受。

“我知道。”他拉了拉自己的长衫，捋了捋长须，掖了掖长发，“这些不好的影响，自然也是一种魅力。”他哈哈大笑。

“老师，不是的。这是我们所有同学的共识，那就是你的学问和知识分子的良知。”天亮的眼眶有些发红，“真的，杜老师，这半年里听你的课，我们每个人的变化都很大。这是由衷的。”

"你们在长大，这是生命的必然，不是我的原因。不过，我知道这些，还是很欣慰。记住了，能够打倒自己的，一定是自己。任是何人，都不可能打倒你。可以把你打败，但不可以把你打倒。知道是谁说的吗？海明威。那位身上嵌进了200多块弹片，都不能置他于死地的人，却自己吞枪而死。"

另一位女同学，也是《大学生论坛》的编委林听说："老师，我知道为什么会有人谈到你对学校的感情问题。比如说，你上次答记者问，报纸上那么一大版，你自始至终没有提到正中大学，我查遍了你在报刊还有电视上的一些资料、发言，你也都没有言及正中大学。这是为什么？"

杜林大笑，他笑得很有些率真。他笑意盎然地说："我是一个中国人，在中国的土地上，我还须每时每地地对人们表白，说我现在是在中国和诸位说话，在中国发表意见吗？是代表中国云云吗？岂不让人笑掉大牙！何况我是答记者问，记者的问题不涉及正中大学，我有什么理由可以答非所问，非常刻意地去提醒对方，说一些关乎正中大学的事情呢？这简直就是最庸俗的小商贩意识。我不是在营销我自己和我所在的学校，我无权代表学校发言，没有人赋予我这种权利。我是作为一个独立的知识分子，面对这个世界。你们也是一样，大可不必过于刻意自己。"杜林停顿了一下，"这些都是不值得一说的问题。感情不是说出来的，一个人的历史和他的成就，同时说明他的感情。"

林听说："老师，我明白了。我明白了一些我们还没有经历，但即将要经历的事情。这些事情会告诉我们，什么叫微妙和隐曲。"

"说得好，最大的事其实是最小的事，而最小的事有时会影响最大的事。就是这个道理。有些人并不明白这个道理，所以心胸狭隘，处事小气，不知有容乃大。"杜林借题发挥，说了一些令人费解的话。杜林看看已经过了中午12时，他连忙提醒同学们，"要耽误午饭了。"食堂现在正排着长队。

同学们却说："没有关系的，反正现在要排队。"

天亮说："杜老师，后来那篇文章发表在本省一家大报上，这是最大的讽刺。"

"其实啊，这些事都不值一提。对个人而言，也无伤大雅，但它又的确关乎一种倾向，一种人文。"

副校长丁新仪仿佛是从地底下钻出来，他突然出现在杜林和学生们面前。

"杜教授。"

"是杜副教授。丁副校长，你们什么时候恩准给我正教授啦！"杜林当着学生，并不收敛他的潇洒和放达。

"别开玩笑了，杜教授，我有事找你。"丁新仪很认真。

“丁副校长，是不是这个副字很讨人嫌，所以大家都拼命想去掉它。”杜林一脸的嘲笑。

同学们见到丁新仪，连忙撤退。

“走，到正中楼去。”正中楼是学校承包出去的菜馆，四川菜，很不错的。天天客如潮涌。

“什么理由？是我请你，还是丁副校长礼贤下士，赐在下圣餐？”

“我是认真的。杜老师，喝两盅如何？”

“人一认真，上帝就发笑！”杜林继续调侃。

“好了好了，我是真有事请教！”丁新仪受不了杜林的老不正经。

“好吧！那恭敬不如从命了。不过是您老人家要请，否则，便成了我行贿领导。在下是以此为耻的。”

菜已摆好，连酒都斟上了。丁新仪把服务小姐轰了出去，把门关紧。于是两人坐定。

“先饮上一杯，感情深，一口闷。”丁新仪真情得令人怀疑。

“那感情浅，舔一舔啦！”杜林舔了一舔。

丁新仪也不想与他闹下去，开门见山地说：“杜老师，你坦白地说，刘兴桐的学问如何？”

“为什么这样问？有目共睹。”杜林不动声色。自从北大教授王铭铭的《消失的异邦》涉嫌剽窃之后，网上有大量关于各地抄袭事件的帖子。杜林很少上网，难道刘兴桐也有此类消息？

“当真有目共睹。说老实话，你杜林看不出来，从来没有觉察？”

“我能看出什么，我又能觉察出什么？我两耳不闻窗外事。丁副校长，你来正中大学有10年了吧，你见过我杜林和谁有过交往？我是孑然一身，无官自轻，无友至清。”杜林明白自己与丁新仪素无交往，在他们眼中也非什么人物，现在只不过想把人当枪使，这点警惕他杜林还是有的。他想吊吊丁新仪，看他有什么花样。

“喝酒！”丁新仪捋了一把袖子，一饮而尽，“我是痛快人，不喜欢扭扭捏捏，藏藏掖掖，想必杜林先生更是，你看着办吧！”他指了指杜林的酒杯。

“鄙人大事做不来，拼酒，恐怕丁副校长不是对手。好，我很想知道，您老人家意欲何为？”杜林也不客气。

“网上有消息，称刘兴桐的一些文章是抄袭的。如果属实，这很影响正中大学的形象。你知道，我们学校正在申报博士点。申报材料现已送达《通讯》评委那里。你没见刘兴桐带着一个小组，正在各地穿梭打点吗？”丁新仪欲言又止。

“那倒是，他的专业近代文学史是这次申博的重点，也是重头戏。”杜林沉吟良久。但是，丁新仪你真的出于公心吗，还是想趁火打劫？杜林对这些有点学问，又不做学问，却热衷于在官场上混的人，有一种本能的警惕与厌恶。

“既然网上有消息，那是控制不住的。刘兴桐自己应该站出来，澄清事实。很简单嘛，不攻自破。谣言止于智者，也是一个办法！”杜林说得轻松，“至于博士点，那就迟上几年嘛。现在博点、硕点已经泛滥成灾。阿猫阿狗都是博导、硕导。所以，不导也罢，还少了一身臊气。”

“听说刘兴桐还要到省里去，组织部已找他谈话了。他正如日中天，可惜啊！”丁新仪故作知己。

“这么说，丁副校长是认定刘兴桐抄袭？”

“别校长校长的了，叫我老丁，丁新仪！”丁新仪一反常态，他烦躁至极。这位工科出身的德育副教授此次也被列入博导申报梯队，他正在力争今年上正教授，以他双肩挑的优势，恐怕也不会有问题。那么博士点明年批下来，后年招生，他刚好到位当博导。学问上不去，先谋个官当当，再打回来，迂回轻取，真是中国特色。

“老丁，刘兴桐的学问，你们学术委员会应该自有评说吧！何须我辈说三道四？”

“行了行了行了，杜先生，你是否真诚一点，别老阴阳怪气。你肚子里装的是什么，脑瓜里想的啥，我不知道？笑话！干吗谁都假惺惺的。”

丁新仪酒喝多了，吐点真言。他说得不错。

“就认定他抄袭吧，你说该怎么办？”杜林也不想和他扯淡。

“揭发，坚决揭发！”丁新仪拍案而起，“不过，不是在现在，而是……”他欲言又止，看来，他还没醉到那个份上。

“喝！”杜林与之干了一杯。

“老丁是说，在博点批下来之后，再揭发？到时他的博点自然保不住，而其他专业的博点却不受影响，对吗？”杜林简洁的表述，让丁新仪引为知己。

“杜兄真是料事如神，此话由你说出，真乃大将之风。你怎么就不是东北人呢！你应该是东北人，东北人才有这种豪气。”丁新仪时醉时醒，火候适中。

“东北人难道如此诡秘吗？”杜林问。

“诡秘？不对，这叫疾恶如仇，又相机行事。”

丁新仪一点儿没醉，这家伙挺会演戏，他说：“杜兄，学术上的事该由你们来说，不吐不快啊！你听我说，老兄有所不知，刘兴桐对你向来很有看法，连学报主编都得是个副的，还是晃晃而已，做做秀。”丁新仪用手在空中摆来摆去，做飘飞状。

杜林不想谈这个。

“连副的也当不成。已经说了，说是找你谈，你坚辞不干。已有新的任命啦！是副的。”丁新仪用筷子不断地敲着桌面，一字一顿，相当义愤，“把大家的口都给堵啦，都是你老兄的不是。”丁新仪十分推心置腹。

杜林笑笑，他实在厌烦这些把戏。他以生命真诚生活，懒得去掺和官场的事。他看出丁新仪既在发泄，也在挑动什么，他不感兴趣。

“老兄，你知道，将要上马的1.2亿图书馆工程，名义上是我在管，实际上都是他说了算，我打冲锋，他运筹帷幄，坐收渔利，出了事我兜着。我知道他们的把戏。我调查过，那几个招标的工程队，其实都是一个公司的，围标，你懂吗？老兄，你嫩了点吧！我是读工的，我懂。你是文科，不懂机关，书呆子。”丁新仪真的醉了。这些鬼事，杜林真的一点儿也没兴趣。

丁新仪这家伙太危险，几口酒下去就人不人鬼不鬼。杜林想，自己喝醉了，是不是也这样？自己无权无势，试一试也碍不了事。

“老兄，既然是朋友，酒逢知己千杯少，话不投机半句多嘛。我告诉你一个秘密，刘兴桐上次出差提前回广州，但是没回学校，没回家，还谎说是第二天中午的航班。你说是为什么？有鬼，养小蜜！哈哈！”丁新仪醉话连篇。真不能再往下喝了。

“你说，该不该到组织部参他一本？方方面面材料，都齐，包括打压你杜大作家，杜大学者，哈哈！”他亲热地拍着杜林的肩头，又端起酒杯，“咦。没啦？”他大喊起来，“小姐，再来一瓶。”

服务小姐守在外面，门推不开，刚才给丁新仪锁上了。杜林过去把门打开，对小姐说：“不喝了。”

“喝，谁说不喝？喝死拉倒。”丁新仪扑通一声倒了下去。杜林瞄了酒瓶，整整两瓶五粮液。

看来，刘兴桐是走到头了。可也难说，刘兴桐经营了这么多年，猫有猫路，鼠有鼠路。杜林想。刘兴桐的事，包括那本《中国近代文学史稿》的剽窃，都让别人去管吧。他不想去掺和。他也想劝劝区惠琴，她是个学生，别多管闲事。真是江湖险恶！看丁新仪在刘兴桐面前的嘴脸。算了，刘兴桐，回海南岛万泉河种地吧！也许还能多活几年。这些当官的，累在其中啊！

金毛骆见秋在门口闪了一下，进来。“厨房师傅说长衫佬在这里，我就知道是你。不行啊，你那长衫，要搞地下工作都难。”他见丁新仪瘫在地下，连忙降低说话声音。

“来，帮一把。”他们把丁新仪挪到沙发上。

“我进博士班了。”金毛兴奋地说，“你别看不起我啊！我不能跟你比，全校就一个杜林。你是独立寒秋，阅尽秋色。我是谋生有道。上有80岁老母，下有绕膝儿女，左有良人，右有结发，妻妾成群，不得不行啊！”金毛一脸邪气。

“都是些什么人？”杜林饶有兴趣。

“什么鸟都有，林子这回可大了。阿爷，都是带‘长’的，带‘家’的。下星期，到企业山里的度假村研讨呢！以后可有得轮了。来读博的企业家们争着表示呢！哎！我跟你说，”金毛十分神秘，“想不想捞点外快？做枪手，作业、论文都行，保证能发表，还可署第二作者，大把的钱。”

“好啊！”杜林并不以为怪，他对金毛笑说，“英雄终于找到用武之地了。”

“别笑话我啊！我可是坦白交代了，谋生谋官而已。我是班里最受欢迎的角色。”

“为什么？”

“英语好呗，我旁边的座位含金量可大了。”

“明白明白。”杜林说，“看来，何以解忧，真的唯有杜康了。”

“你老人家的课是星期几？我去听听。”金毛说过几回了，可一回也没去成。

“免了免了，免得徒生烦恼。影响你谋生谋官。”

“你又笑话我了。杜老师，你也实际一些。就说当学报主编吧，你总得有个当仁不让的姿态，一味地推却，正中人家下怀。回头还流传你不服从组织安排，瞧不起正中大学这个庙。看，里外不是人了吧！咦，没酒啦，我倒想喝一杯呢！”金毛大大咧咧，全无遮拦，“你看我们，似乎很现代，染金发，穿耳环，可最实际最世故的就我们了。整个的伪现代派，装给别人看，唬唬别人的。你说，从农村来，城里非亲非故，无权无势，不整点特别的，另类一些，连饭都没得谋。反正这是我们这一拨的经验。所以，不实际不行。杜老师你是独身主义者，我不行，父母还要我传宗接代呢！我打算啊，去国外弄一群混血儿回来，改变一下祖上传下来的人种。孩子还得在国外出生，有个外国籍。将来啊，就把咱家那旮旯乡搬到国外去，叫上什么得克萨斯村或者什么斯基村。你看，这计划如何。彻底改变命运，把中国棘手的三农问题，嫁祸给外国人，多棒！”

“主意不错，祝你成功。尤其是混血儿那一段。多喝点鸡尾酒套餐吧，提前治疗艾滋。”杜林笑，金毛也笑。

“我们俩真是臭味相投。”金毛说。

刘兴桐自从和许楠生交手之后，一直非常郁闷。损失两万元不算什么，恐怕问题不会到此为止。许楠生和那位自称公安局的朋友，都不是善类。此事在钱上面会没完没了，终是一个后患。他思索了几个夜晚。幸好那几天女儿不在家，李可凡深夜回来，关上卧室的门他也进不去。钥匙在李可凡手里，女儿不在家的日子，他休想进得去。这种日子什么时候到头，已由不得刘兴桐去想了。在场面上风风光光的刘兴桐，在家中的窘态恐怕是天才的作家也无法描绘的。他天生不是一个温良恭俭让的人，但他天生又是一个非常珍惜现状的人。把柄在李可凡手里，所以他不能对李可凡怎样。李可凡看穿了这一点，也就充分地用尽了这一点。

困兽犹斗，这就是刘兴桐。

他极想请高总参谋，让洪文虎出力，干净彻底解决隐患，哪怕是……只要能安全保住现存的一切。任何代价都无所谓。反正，做与不做，后果可能都是一样的，那也就别无选择了，包括把李可凡给收拾了。但怎么跟他们说呢？要有共同的利益关系才行。

他默许了高总他们，联手围标学校的图书馆工程，此事非常机密。但逃不过丁新仪的目光。他是工科出身，又是负责人，他不说破，就不会有事。他从来还没有涉及这方面的问题。他暗示过高总，对丁新仪敬之远之礼之。想必一切已经在进行之中。在这个时候，让高总出面相助，好不好呢？

想起许楠生在皇后大厦那一幕，刘兴桐就咬牙切齿。要不是看在他父母分上（他心中对许达文夫妇尚存一丝愧疚与感激），他如何能轻易拿出两万元，以礼相待。可面对的是一个流氓，你怎么办？有时，流氓真的能激发起一个本来温文尔雅手无缚鸡之力的斯文人，变成一个杀人犯，一个嗜血者。此刻的刘兴桐，心中燃烧的，正是因流氓而激发起来的怒火。

想想可以，实施起来可就难了，简直是太难了。但自己的前途太诱人，头上的种种桂冠也很宝贵同时沉重，这些东西顷刻会因之化为乌有，这是谁也不甘心的。

当你已经走到别无选择的悬崖，你只能横下一条心，那样，也许会有生路。

离图书馆投标和开标还有一个月的时间，标书刚刚发下去，1.2亿元的工程项目，加上内装修和设备将超过2亿元。这样的工程炙手可热。在得与不得之间的这一个月中，是利用高总和洪总等人的最好时机。他们不会抗拒巨大利益的诱惑。人在这个时候，是很容易孤注一掷、利令智昏的。

他让邹亮给高总电话：“就说是博士班的事。”

李可凡这几天没见着刘兴桐。她深夜回来时刘兴桐的房间关着，黑灯瞎火的，她进卧室，第二天起来时已经是8点15分，刘兴桐早已上班，他通常都是在7时45分出门，8时到达办公室。在女儿不在家住的日子，他们之间恪守互不干扰的契约。

这几天刘兴桐似乎也避免和她见面。那位叫洪笑的女孩，刘兴桐怎么看上的呢？李可凡有时还是会想到这上头。

她在这天早晨，接到医院的电话。对方说是医院的护士："一个叫高塬的病人，请你有空到医院来看他。"护士说了一所很陌生的医院的名字，大约是一所民办医院。

医院很不好找，是在一个新区里，果然是民办的小医院。住院部却很好找，是一幢废旧的厂房改造而成的。一溜十多张病床，像大通铺似的。她一进门就看见高塬，半躺在床上。

刚才李可凡问过护士，护士说高塬的情况很不好，还没有确诊，已经住过四五家医院了。

高塬笑得很勉强，他一定承受着很大的痛苦和精神压力。他才30岁，一切都正在开始。

李可凡很自然地握住他的手，那手很冰凉，很绵软，手指很长，几乎没有一丝活力，让李可凡握在手里，似乎是一只死物，与那天在白云山上，李可凡从中听到一种声音的那双手完全不同。这只手正在走向死亡的途中。李可凡感受到这一点同时很害怕。

高塬的所有状况都显示着他是一个病入膏肓的人。

"怎么会这样?"李可凡伤心地问。

"我也不知道，好长时间了。总是乏，总是到处难受，我一直以为是在北漂时，在北京漂流那几年，住在沙窝的土棚里落下的病。风湿吧！说不好，反正，没关系吧！"高塬是一个很温和的男人，他的温和里有一种很让女人怜悯的东西，有一种由温和包裹着的倔强在里面。这是李可凡十分欣赏的，也是她很害怕的。她怕这种被感觉的东西只是感觉而已，不能持久。

"能拉琴就好，别的我不在乎，也不留恋。"他的伤感和言不由衷是无法解释也无法形诸笔墨的。李可凡以往生活中的男人，都是过分强大的。作家不单年长而且阅历丰富，身体强壮同时浪漫又严峻，自高自大，自以为大气凛然。刘兴桐不大气但被名利培养得骄横不可一世，大包大揽简直要扼杀李可凡的独立思考，他容不得别人有任何不同见解，总是一副永远正确的领导者面目。而这个高塬，他是贫瘠的黄土高原上的一只坚强的山羊，一只纯粹得过分的山羊。李可凡知道空洞的安慰是没有用的。帮助他是最好的安慰。

"能下地走走吗?"她想起护士说过，高塬应该多走走，散散步，晒晒太阳，增强体质。他的体质太差了。

“应该可以吧，吃了药，这两天好多了，但依然是乏。过去的生活把生命掏空了。”高塬苦笑着，“在最贫困最绝望的日子里，却过着最浪漫也最荒唐的生活。”

李可凡扶着高塬下床。

“不用，我自己来。”他保持着一份自尊。

“怎么说?”李可凡听见高塬说到荒唐、浪漫的生活。

“很不好意思，现在说起来都很惭愧。那时，每天都沉迷在一种情感里。年轻、强壮、激情澎湃但是绝望。你知北漂的日子有多么动荡不安！于是很放纵自我，一群年轻人，就那样毫无节制地活着。”他说得很含蓄，李可凡懂了。是的，她虽然没经历过类似的生活，但她能感受得到，精神苦闷对于年轻人意味着什么，很多伟人也都曾有过类似的经历。只有年轻的男欢女爱是暂时不必支付成本的。但那是掏空生命的事业。

她搀扶着他，或者说互相支撑着，在一条很狭窄的林荫道上行走，十几米长的道路，他们来来回回地走着。

“为什么不到大医院去?”

“不必了。我想明天出院。”

“出院?”

“对。既然暂时还没确诊，等确诊再说吧！我还想去白云山拉琴，那几个孩子也该最后交代一下!”

“也好，等会儿我帮你办出院手续。”

“你为什么对我这么好?”

“朋友嘛！别这么说。”李可凡心很酸。

“有你这样的朋友，真的很幸福。”高塬的心情好一些了。脸色明亮一些，没有原先那么晦暗，“真不好意思，让你跑老远来看我。其实，我们之间什么都还不了解。我不知道你住在哪里，干什么的，还有其他的情况，等等。”

“那些很重要吗？就像我并不特别地想要知道你这些一样。”

“那也是，不过，人总是要在互相了解中加深友谊的，可惜，我好像来日无多了。”

“不应该这么想。”

“不要安慰我，我清楚自己，所以我更想去拉琴。你会去听吗？也许那将是我最后的琴声了。”

他的眼睛始终没有离开过李可凡。他们走得很慢。

“可惜没有认真地爱过，从没有，可现在已经太迟，没有机会了。”

也许是他曾经的荒唐和放纵，使他现在变得很克制。

有点风，他不禁打了寒战，李可凡把风衣披在他身上：“回去吧。”

高塬回到病床上。他有点昏昏欲睡的样子。

“明天我来接你，你住在哪儿？”

“不必了，明天我自己回去吧！也许我们还能在白云山上见，只要我活着，我会在山上见到你吗？”

“当然，我在山上等你。”

李可凡到收费处，替高塬把医疗费交了，总共是7865元。没有现金，只好刷卡。这是李可凡两个月的工资。

高塬怕是活不长了。她问医生，医生不置可否。究竟什么病，医生也莫测高深。李可凡心绪很坏。这里离白云山不远，她决定还是到山上去。她本想再和高塬聊天，但是，她确实没有勇气再去面对高塬。她有些自责，是不是自己过往的行为，曾经撩拨起高塬某些不切实际的想法。

这一个多月来的生活，真是充满秋天的感觉。她从医院出来，没有乘车，一个人沿着尘土飞扬的土路，慢慢地走着。

李可凡在白云山的山门口碰到白家胜教授和他的夫人。白家胜穿着一套蓝白相间的运动服，着一双非常时髦的运动鞋。白夫人穿一套大红的运动服。他们手拉着手，像一对恋人。白教授见到李可凡，他张大双眼：“李老师，你没事吧？”

李可凡吃了一惊，她惊愕白教授为什么这样说。

“你不会是病了吧？”

白夫人嗔怪丈夫：“李老师怎么啦！”她拉住李可凡的手，“歇一歇，喝口水就好了。走得太急了吧！脸色是有点苍白。”

李可凡明白自己刚才一定很吓人。她一直沉浸在对高塬的想象中。

她和高塬之间，一定不是因为爱情，而是别的什么。她很少碰到这样令人怜悯的男人。她不得不时时控制自己要紧紧地拥抱他的欲望，不是因为情欲，而是因为怜惜。怜惜得心都要碎了。从来没有过这种情感。它是超越了男女之情、恋人之爱的。她说不好。反正她想包裹他。因为他坦白，因为他率真，因为他孱弱，因为他要死了，因为他最后的愿望，是去白云山上拉琴。她难以设想，一个垂死的人，怎么还这么纯粹，还这么纯情和执着于他钟爱的艺术。

虽然高塬不是她钟爱的那种男人。但是，他动员起她心底里淤积已久的，对某种男人的渴望与憧憬。这种男人以一种将死的面容，非常无助同时又非常无畏地展现在她面前。

一个英国病人和一场英国悲剧，它的主角和它的作者，有一个共同的名字，莎士比亚或者高塬。

“你没事吧！”白夫人抚摸着李可凡痴痴的呆滞的脸。这张脸消瘦但是充满着一种洁净的凄然的病态。李可凡如梦初醒。她竟然失控地抓住白夫人的手，压在脸颊上，眼泪扑扑簌簌地滴落下来。她心中装满了太多的委屈和理想，太多的心思充塞她日常生活的每一个空隙。

白家胜看出李可凡不是一个快乐的校长夫人，他曾对白夫人说：“李可凡不是因为喜欢唱歌而到白云山来，也不是因为喜欢白云山。她到这里来既不唱歌，也不合群，更不钟情山水，她只是来山上独自坐坐。她在逃避什么。”至于逃避什么，白家胜不知不说。他的年迈和丰富的经历告诉他，李可凡正处于一个非常落寞同时孤寂的时刻。接下来的不是喜剧就是悲剧，总之是一出悲喜交集的戏文。你就等着看吧！白教授自负地对白夫人说。

他有一种先知的睿智。

第十二章

老四川出院之后，一直在发烧。他瞒着许楠生和鬼马李，把医院开出来的药藏在床垫下面。他不想服药，以求早死，活着太痛苦了。他无法再去乞讨，每天昏昏沉沉地靠在地铺上，眼睁睁地望着乌黑的布满蜘蛛网的天花板。许楠生去了清远，3 天了还没有回来。鬼马李每天要午夜以后才回来。他回来时通常喝得酩酊大醉，有时还吐得满地都是。老四川靠着房东阿婆那天送来的食物，勉勉强强地度过了几日。

他想着儿子，希望儿子会突然出现在租屋门口，哪怕是在门边站上一会儿也好。但是，他非常明白，这是不可能的。他挨不到儿子把那几千块钱花完之后再来找他的时候了。他只想等许楠生回来，与他再见一面然后就永远地走了，不再回来。他必须撑到许楠生回来的那天，把后事交代给他，否则死不瞑目。

他欠许楠生的情，这情分必须用老家的祖屋来偿还。许楠生一天不回来，他就一天不能走上归去的路，这是最令老四川痛苦难挨的事。

他精神恍惚。鬼马李这两天踪影都见不到。屋子里再也寻找不到可以糊口的东西，没有人知道这屋里还住着一个垂死的病人。由于拆迁，周围的住户已陆陆续续搬走了。这儿变成一个真正的死屋。

许楠生早已从清远回来，他在去向老枪交结生意的时候，让老枪留在番禺的别墅里。他 call 了几次鬼马李，鬼马李都没有回机，也就没有了老四川的消息。

老枪的别墅三面环山，山上流下来的溪水，绕着别墅形成小小的水泊，然后流入山外的河涌。别墅就像建在依山傍水的半岛上。山上长满了几十年间人工种植的松树，郁郁苍苍，平日里山风呼啸，颇有龙吟虎啸之感。方圆百十亩地，几年前让老枪买下。背后是罕无人迹的大山，前面是蜿蜒流淌的溪水，无须围墙，天然的独立王国。老枪在小溪拐弯的地方修了一座十余米长的小桥，桥的一端建了一个简简单单颇有几分原始意味的山门，像土著人的寨门似的。据说这里的地形与布局，全是源于老枪的一次发梦，她照着梦中的指示，寻找到这一处地方，然后按照梦中的情景，依样画葫芦如法炮制。两位刚刚毕业不久的美术学院的研究生，使老枪梦想成真。在如数付给工资以外，老枪随随便便地给了每人10万元的小费。两位受宠若惊的研究生，深感老枪的慷慨，心有灵犀地在山门上，用玻璃钢塑了一根惟妙惟肖的老枪。那老枪仿照19世纪美国西部牛仔常用的来复枪，枪身斑驳，饱经战火，非常精神，形同图腾。两位艺术家做完此事之后，悄然离去。老枪欣喜非常，令大浪鸟再带上10万元犒劳两位，但那两人早已离开此地，手机也停机了，再难寻觅，老枪便视为奇人。

老枪其实是把每一个男人，都培养成、视同一支老枪。她在每一支老枪中，寻找对恐怖的战争岁月的忘却与麻醉。

尽管如此，她还是常常梦见血流成河、尸横遍野的情景。残破的肢体，渍满血腥的长枪短枪，灌木丛中，布满弹洞的军衣，以及自己血肉模糊的前胸，常常萦绕于脑际。有时在夜里，有时在白天，她都会晃晃悠悠地看到这一些。她弄不清楚是梦呢，还是又亲临了一次战地。反正每回都把她惊出一身冷汗，凉飕飕的冷汗，像血在身体的每个部位悄悄地漫溢着。她清楚地记得，当她本能地捂着炸伤的前胸，从弹坑中爬出来时，只见自己的大半乳房，从胸前被弹片活生生的撕裂，乳房已经变得焦黑，在胸前晃来晃去，每一次细微的晃动，都给她带来撕心裂肺的颤痛。当她毅然地拔出刺刀，把大半只乳房和一丝粘连的皮肉割去，听见乳房落地时那轻微的“噗”的一声时，她知道一个天真未泯的18岁女兵，一个战地卫生员就已经死了。田野静寂无声，月朗星稀的夜里，草丛中有异国的蟋蟀在叫，她在布满弹坑和灌木的战场上匍匐了大半夜，最后竟昏死在敌人的堡垒前。她在战俘营中度过了难忘的大半年，受尽凌辱之后回到祖国。她变成另外一个人。作为战俘，她没有任何光荣可言，在经历了长期的甄别之后，她面目全非地回到故乡。半年之后，她出外漂泊，那一年，她刚满20岁。20年过去，她成了江湖上一杆老枪。她有了一个与女儿身完全相反的江湖称号——老枪。这是一部“文革”中热播的罗马尼亚电影《老枪》中主人公的名字。她甚至不知道人们为何会给她起这样的绰号，但她非常满意这个绰号。

男人的老枪是她唯一温暖心扉的东西，是一杆能使她安静的经年累月的鸦片烟枪。她在这种迷醉中忘却了过去、现在和未来，是她换取清醒明智的一个法宝。

那天，她忽然看上了许楠生，许楠生使她想起一个久违的人。那人和她一样是一个新兵，在新兵连。这个新兵在炊事班，有一天分菜的时候，他一直低着的头突然在她面前抬起，他把勺中的肥肉倒回菜里，翻转着勺子拣出几块瘦肉然后盛在她已等了好久的碗里。他腼腆的明亮的眼神令她难忘，她记住了这张脸。在两个小时后发生的战斗中，他牺牲了。当他的尸体被抬回来时，她主动负责清洗这具尸体。她第一次经历的死亡，是突然同时短暂的。事隔20多年，她那天突然从许楠生眼中看到那位小兵的神情。虽然是转瞬即逝，但勾起了她心中一种莫名的渴望。尽管一切都不同了，再不是那时的情愫，她还是想重温一下少女情怀。

作为条件，她答应帮助许楠生，从刘兴桐手中，夺回他父亲的权利，同时将这种权利卖掉，变成钱，然后一半一半分掉。

她没有告诉许楠生这个小兵的故事，她只是把一杯放了春药的威士忌递给许楠生，然后与他干杯。在许楠生不能自已时，她把许楠生拖到床上。在一片黑暗中，她一点一点地啜吸着许楠生，头脑里却浮现着那个新兵的面孔，他那腼腆忧郁天真无邪的笑靥。他那么小，才18岁，可他已经会对一个同龄的心仪的女兵，使用他的权利，把肥肉换成瘦肉，却装得若无其事。

她和许楠生，从黄昏到天明。两个并不年轻的肉体绞合扭曲在一起。翻滚、撕咬、冲击，直至一次又一次地崩溃，在再度雄起中的崩溃。她再一次经历了一个完美的少女躯体，在战场上，战火中一次残破的历程。

那只烧焦的乳房的影像，那挥刀割肉的疼痛，使老枪变得疯狂而且乖戾。此刻，她在疯狂的自我践踏和蹂躏中，获得一种解放。她变成一杆真正的老枪。

她强迫许楠生在和她做爱的同时，不断地用舌头去舔舐她烧焦的前胸。那早已失去知觉的疤痕，于是便如无数蚂蚁在爬，失去的感觉复苏了。

许楠生两条本来笔直的长腿，在凌晨站起来的时候，变成了罗圈。

他无神黯淡充满绝望的眼睛，看到老枪，像一堆洁白但是逐渐在发黄的棉絮，同样暗淡无光地蜷缩在那张刚刚承载了翻天覆地的战斗之床的角落里。

这一夜，山里下了一场大雨，别墅旁边的小溪涨水，淹没了那座桥和山门上的老枪，这是上百年间从来没有过的事。当保镖来报告这个消息时，老枪似有所悟，她对来人说，知道了。然后她非常柔情非常体恤，像一个真正的从未出过远门的潮汕母亲一样对许楠生说："回东北去，好好侍奉你的祖父母，好好和妻儿一起过。你要办的事，我会给你办好，你别再去找刘兴桐了，让我来搞掂他。就这样！你走吧。等我的消息，然后就回东北乡下去，再也别出来了。"说着，扔给他一盒万宝路，"这是戒毒的新药，吃了它，做回一个真男人吧！"她说这话的时候，已经不再是昨夜床上的老枪，那个噬血的疯子，而是一个贤淑的潮汕女人。

许楠生感到惊奇与不解。这个百变女人变得也太快了！简直不可思议。他捂着疼痛的下身，愣愣地望着她，他一点一点地回忆昨天，从黄昏到天亮的每一个细节，恍若隔世。

刘兴桐是不会输给许楠生的。

他们之间的较量，其实早在20年前就已经决定了。在1969年12月那个黑暗烧尽了光明的午夜，一切前定的罪孽，随着两个如影随形的青年男女的自尽，就在远隔千山万水的刘兴桐和许楠生之间种下了。

刘兴桐给远在海南岛的堂弟，那个许楠生见过的红脸汉子刘伯儒打电话，让他到广州来。

刘伯儒喜出望外，他多次要求堂哥给他在广州谋个工作，刘兴桐从未答应。如今福从天降，他第二天就不声不响地坐船到广州来了。

刘伯儒年方四十，在乡下做过治保员。后来到县城去做保安，让人解雇后又回乡下，是一个终身未娶的酒色之徒。

刘兴桐让他在学校外面租了一间屋住下，让他慢慢等着，说工作很快就会办妥。

刘伯儒说他只会做保安，其他什么都做不来。刘兴桐说，那就做保镖吧，做老板的保镖，刘伯儒很高兴。他一高兴，便只会“嘿嘿”地傻笑。广州对他很吸引，到处都是人，到处都是灯红酒绿，这让在县城闯荡过几年的刘伯儒很受用。他拿着刘兴桐给他的几百元，闲来无事就到处走走。大排档的吃食也很便宜，一碟田螺3元钱，再买两瓶啤酒加起来也就10元左右，可以在那里消磨上半夜。街上到处都是漂亮女人和头发长得像女人的男人。一切都让他觉得新奇。在他的印象里，广州就像香港和美国一样。刘伯儒毕竟是见过世面的，没过几日，刘伯儒在租屋的地头上已经混得很熟。

刘伯儒住的租屋离正中大学不远不近，坐公共汽车也就七八个站，是一个叫围涌的地方，那地方大多住着从海南来广州开出租车的司机。海南人特别多。这是刘兴桐的安排。他交代刘伯儒，千万不要去学校找他，有事他会找刘伯儒。刘伯儒也乐得清闲。没事去大学里干什么？

有几百元装在口袋里，然后终日在“海南村”里游荡，说海南话畅通无阻，和人们插科打诨、调笑，啜啜田螺，喝喝啤酒，日子胜过万泉河边那个穷乡村，却又毫无异乡异客的感觉，这日子真好。这个乡村泼皮在广州过着天堂般的生活，他甚至不去多想刘兴桐为什么突然就大发慈悲，眷顾起本家兄弟，无端端把他叫来广州当老板保镖。有几两酒喝，清苦但是逍遥，偶尔还可以花十多二十元去“海南村”里最简陋的洗脚屋，让那年轻女孩捏捏脚，享受一个轻软的抚摸和有力的指压。刘伯儒是乐不思蜀了，他内心充满着对刘兴桐的感激。但有一条，他多次向刘兴桐提出，应该让他去看望嫂子和侄女，本家叔叔来广州，不去看望家嫂，说不过去，那叫什么叔叔？会让乡下父老笑话。到时回乡下也不好向刘家大伯交代。

刘兴桐只是敷衍："以后再说，人家忙呢，顾不上招呼你。"他从骨子里厌恶这个从小就在乡村小镇游荡，从不做正事的本家兄弟，四十好几了还光棍一条。他也明知请神容易送神难，但事已至此，也只能有所为、有所不为了。

刘兴桐正想给高总电话，似心有灵犀，高总的电话就打到他手机上。他一看是高总的电话号码，并不忙接听，让他响了十多秒，才慢腾腾地打开。"哦，是高总啊！怎么，又是无事不登门，登门有大事了！"

"哪里哪里！"高总听出刘兴桐的弦外之音，他是在嗔怪我高总太过功利吧，只是到了有事相求之际才联络，这刘兴桐又多虑了。他连忙打哈哈："恰恰相反，刘校长是名流，我一介草莽，岂敢无事骚扰呢？对了，今日恰恰无事，洪总想请刘校长光临，就在上次那山中度假村，你看如何？"

"恐怕没有时间，要开会呢。"

高总听出刘兴桐欲擒故纵，有意摆谱，便成全他："哎呀！大校长，今日是周末，还开会？让不让人活呀！"他像老友一般，推心置腹地调侃，"坚决抵制，此风不可长。"

"哦，又到了周末，那倒是该把会挪挪。既然洪总盛情，只能恭敬不如从命。"刘兴桐想起这几天正是图书馆工程送标的日子。上次他暗示高总要对丁新仪施之以礼，这礼字意味深长，高总他们大概已经意会。不知进行得怎样，不把丁新仪的嘴堵住，事情也难顺利展开。特别是"围标"，弄不好露馅就砸了。"高总，我本人无所谓，但其他领导，特别是丁副校长，他是主管项目具体操作的。你们也别光看着我呀！"他言犹未尽。

高总说："请刘校长放心！洪总是什么人？在珠三角，他大小也算个场面上的人物，他识做的。这些就无须你我操心了。只要你这一关放行，其他的人事，湿湿碎啦！回头大奔接你。"

"那，我去逛逛天河城，到时在天河接就行了。"

丁新仪也接到电话，那是洪总麾下的小姐阿靓打来的。阿靓是洪总的密友，没有任何名义上的职务，却是洪总实际上的公关策划。她因工作需要，随时变换身份，对甲可说是洪总秘书，对乙又可说是助理，对丙可说是办公室主任。总之，有时是替老板办事，有时又是代表大哥说事。今日阿靓的身份是洪总的助理。

"丁校长，您好啊！好久不见了，您可好？"阿靓开口便是亲切异常，把丁新仪弄得莫名其妙。

“您是哪位?”丁新仪有些受宠若惊，从音色上，听得出是一位风情万种的白领。丁新仪尤其喜欢这种女孩。

“我是洪总助理阿靓，忘了？上次在您办公室，我们还合过影啊!”

“对对，想起来了。阿靓小姐，有何贵干啊?”丁新仪的口气里有了几分随便和调笑。但他还是有点警惕。一说到洪总，无非就是投标的事。这事太大，但上面有党委，有刘兴桐，自己只做好自己该做的事，反正最后拍板的是刘兴桐。想到这里，他也就没什么顾虑。吃点、喝点、玩点、拿点，人之常情，关键时刻是绝不松口的，也松不了口。不负责任的敷衍，虚与委蛇，开小小的似是而非的空头支票，这些小杂耍，丁新仪太懂了，做起来天衣无缝，不在话下。

“洪总最近工作特别累，特别忙，想趁周末休息休息，请几位玩得来的朋友，聚一聚。你知道啦！洪总是最欣赏您的。要不，那天为什么合影照相啊！加深友情，扩大企业知名度嘛。和文化名人一起，多有品位啊！也不远，就在自己的度假村。”她不容丁新仪说话，快马加鞭，“就这样啊，可不许带夫人啊!”阿靓的最后通牒，带有一种挑逗和暗示。她知道她这话纯属多余，但其暗示所产生的魅力，足以让丁新仪想入非非。其实，情色是当今经济、政治交易中最轻便，也最廉价的成本，但威力无比。有时候，几千元请来的“鸡”或“鸭”，抵得上成千上万的贿赂。

刘兴桐和丁新仪却被蒙在鼓里。按洪总的安排，应该说是高总的谋略，他们这两位图书馆工程的关键人物，将会在某个适当的时候，在度假村中的某个场合看到对方，却又互不知情。这种效果，是高总全盘部署中的一着妙棋。这着妙棋也许有神功，也许无奇效，但洪总的理解是，信其有，不要信其无，机会就在其中，失败了买个教训也好，没什么大不了的。账，不要往这上面算。

每到周末，杜林的竹布长衫，连同他那银灰色的长须长发，就会成为正中大学周末的风景。他会在这个时候，在校园里各处走走，一是健身，二是到各种广告栏看看，浏览各种名堂的布告，或是寻友、或是家教、或是培训、或是咨询、或是郊游、或是出国等等的邀请。周末是校园里最热闹也最温情的时光。

杜林在校道上走走停停，学生们对他已见怪不怪。他倒是常常激起人们对五四的追思。有时让人想起李大钊，或是蔡元培，或是鲁迅或是渣滓洞的革命烈士许云峰。当然，对于今日学子来说，这些联想都是从电影里得来的，看看杜林，也就等于看到电影中的某个镜头。

杜林又常常会无意中和金毛骆见秋走到一起，他们于是就成了相隔百年的两个时代，两个时代同时走在正中大学的校道上。这一道风景，不谓不美，也不谓不太富有一种对现实的精神调侃。

此刻，正在校道上行走的杜林，先是见到区惠琴，他和区惠琴说了几句话，区惠琴咨询他对刘兴桐剽窃的见解，同时告诉他："我的男朋友认识许达文先生的后人，那人叫许楠生。"她把许楠生的情况简略地说了一番，"杜老师，《中国近代文学史稿》一定是全部剽窃，只是还没有确凿证据，许楠生有他父亲留下的日记，那些日记是刘家人在许家夫妇自杀之后，连同遗物一起，交由组织送回许家的。当时刘兴桐还是一个农村青年。他留下手稿，或者手稿是许达文先生交给他代为保管，他当时也许并没有想到要据为己有，或清楚它的价值，所以对许达文的日记就没有什么保留。日记里写到手稿的事，也说到把手稿交给刘兴桐保管。但这不足为据啊！"区惠琴像个律师或法官，条分缕析，头头是道。

杜林是个容易冲动的家伙，多年来的预感，终于露出端倪，但离真相大白还有距离。他有一种咬牙切齿的隐痛与愤怒。对于一个文人而言，最丑陋最有损斯文的，莫过当文抄公或窃文大盗。把自己的全部辉煌，建立于亡友或亡师的尸骨之上，在这种肮脏功业的庇护下，名声、才华、财富、权位，都沾满了卑鄙和不肖。

"杜先生，你说怎么办？"

"我是否能见见许家后人，许达文先生的儿子？"

"可以让麦地约见。"

"还有那些日记，不过，"杜林略有所思，"那些手稿呢，若手稿已经被毁，那么，此事也还难彻底查清。抄袭若干文字，和盗窃一本大书，还是有区别的。尽管现在看来，刘兴桐盗窃整本书的可能性很大。一个28岁前一直在农村的大学生，不可能在两三年里就写出一本学理如此深厚的中国近代文学史来。没有十余年的皓首穷经，谈何容易？"杜林的眼里有一种忧虑，"那么，那些手稿呢？它在谁人之手？在刘兴桐处？他会保留这份罪证吗？毁了就可惜了。那可是文学史文物。"杜林摇摇头，他的思索已跑离主题，他在惋惜的，已不是刘兴桐，而是许达文先生有所创见的文稿的历史价值。

区惠琴说："杜先生，前几天我见到刘夫人李可凡，她常常去白云山唱歌。我是在'蕉叶'泰国餐厅和她一起吃的晚饭，还有苏叶和伊然。"

"你跟她是朋友？"

"不是，我认识她，可不熟，是苏叶老师和伊然邀我去的。你知道那天我们看到什么吗？"

"看到什么？"杜林不是一个大惊小怪的人，但他知道事有关联。

“伊然的同学洪笑，一个36岁的漂亮女人，和刘兴桐在一起，形同情侣。李可凡也亲眼看到了。”

“略有所闻。李可凡和刘兴桐也形同水火？”杜林早有觉察。李可凡是他一个朋友的妹妹，在杜林还是风华正茂之时，那朋友曾想把李可凡介绍给杜林。杜林一见李可凡，马上就打了退堂鼓，如此靓丽的女孩子，自己如何能面对？他自惭形秽，彻底溃退。后来李可凡竟然做了刘兴桐的夫人。有一天那朋友见到杜林，又说起此事，杜林便吁叹：“早知如此，当初真该把尊妹金车花马迎娶洞房啊！”

朋友不解其意，然说这是令妹自作主张，并非为兄的意思。杜林便开玩笑说：“令妹若嫁给我呢，是进了蛤蟆滩（柳青《创业史》）！嫁给刘兴桐呢，是入了渣滓洞（《红岩》中美技术合作所囚禁中共人士的监狱）。命运何其不幸！不是贫穷就是黑暗。命苦啊！”说得那朋友冷汗直冒，也只能哈哈大笑。后来，那朋友会偶尔在杜林这里说起妹妹的心绪，朋友说得含蓄，但已是令人伤怀。

李可凡不知哥哥和杜林曾有关于她的婚嫁一说，所以她对杜林并无太深刻的印象。

“怪不得。李可凡很冷静，她几乎没有什么感觉，是不是他们早就没有感情了？”区惠琴说。

“有这可能！”

“杜老师，我还要回东莞。星期一我和麦地一起回来，到时再约许楠生，到你这里来，行吗？”

“当然。把日记带来，大家一起分析分析。”

区惠琴是个热情如火、疾恶如仇的女孩，杜林很喜欢她的性格。南方女孩，却有着北方人的脾性，喝起酒来，也是拼命三郎。这种人做起学问来，自然也是穷追猛打，势如破竹。她是这几年杜林最满意的学生。

杜林踱到一处广告栏前。他只是散散心，没什么目的。斑驳的广告栏上，贴满了各种五花八门的小广告，包括推销电动自慰器的都有。大学已不是圣殿，纯粹已乘风归去。他的目光停留在一处题为“新篇章书社简介”的广告上。广告内容令人惊疑。

主要业务范围一栏写着：

一、论文发表中介

●如果你已撰写了很好的论文，但没有时间一家一家刊物去投稿，一天天忍受等待退稿的痛苦；

●如果你已经撰写了有一定水平的学术论文，希望在国家级、省部级、地厅级刊物上公开发表；

●如果你的论文已经在刊物上发表，但为了扩大社会影响，希望在《××文摘》、《××复印资料》等权威杂志上转载。

二、职称论文、毕业论文

●如果你为申报职称需要撰写论文，但苦于没有时间和精力；

●如果你为顺利毕业需要撰写论文，但苦于没有时间和精力；

我们将提供专业而周到的咨询服务，以助你达成心愿。

这则广告说是一个书社的简介，可这个书社却是一个贩卖学术成果的店铺，有电话，有 e-mail，有联系人，有中英文、日文对照，印刷精美。学术造假也有专业机构，而且堂而皇之广而告之，也无须遮人耳目。这是什么世道？杜林随便叫住一个保安，让他读读这则广告。

保安是新来的，不知杜林是谁，以为是闯入校园的疯子。穿得如此怪异像古装电影上似的。保安不但不理会杜林，还要驱逐他。杜林这才发现自己找错对象，应该去找那位对学校深有感情的思想教育工作处长。怎么允许这样的广告，在广告栏上不断地覆盖？他发觉同样的广告，在广告栏上四处可见。工作处长反而视而不见，真是滑稽。

于是，他便和颜悦色地对保安说："同志，那你就把我送到校长那里去吧，校长认识我这个疯子啊！"

有人告诉保安杜林是什么人，保安说了一声"神经病！"扭头便走，不理会杜林。杜林尤为失望，校园里真是世风日下。

学校广告栏已无学术，五花八门的东西和学术共舞，学术舞得过它们吗？在这里，学术的权力话语终于失控了。

开办博士班，论文中介应运而生。这其中的勾连是不说自明的。杜林的一个学生，把自己的论文卖了几千元，然后换个题目又找个刊物发表，结果酿成一场官司，杜林坚决要学生退学，现在事情还拖着。论文买卖已公开化了。公开交易了，也就没什么好说了。既然正中大学成了自由市场，学位也可以变相买卖，杜林不寒而栗。

林中空地。

区文静早早来到白云山。

她的丈夫终于失业了。他服务的那家旅馆关门了，工程部也就自动解散，老板很遗憾也很无奈地对她丈夫说："请多多包涵，这是1000元，不足一月的工资，欠一点，以后再补吧！”他是陪老板最后一个走出旅馆大门的。他的月薪也就1100元，他反倒有些不好意思。他拿出200元给老板：“坐车吧！”老板苦笑，1元钱的公共汽车费还是有的。老板是个年轻人，住在罗冲围。原来是本市一所名牌大学艺术系的毕业生，跳舞的。他最后握了她丈夫的手，说：“常听你说夫人在白云山上唱歌，现在我也有时间上山唱歌了。”

白云山的歌会今天有些特别。前几天，由白家胜教授发起。他向歌友们传递了小提琴手高塬的病况，建议大家，既然歌友一场，在高塬有病的情况下，组织一场音乐会，让高塬和大家来一次也许是最后的歌唱。他已通过李可凡和高塬商量好了，时间就定在12月最后一个星期天。区文静和几个歌友负责布置现场，也就是弄些花纸彩球之类，在树枝上挂挂，弄出点儿气氛来。

音乐会大约在10时开始，李可凡叫上苏叶和伊然，一起上了白云山。她旷了半天课，本应去外国语学院听课的。

她们在山门那儿等到了高塬。

高塬那天没有能够出院。李可凡给办了出院手续之后，他的病情反复。院长说还是在医院里观察治疗好些。有一个医生认识李可凡，因为是民办医院，住院治疗的费用可以商量降低一些，高塬也就继续住下了。

他得的是血癌，时日可能无多了。医生没告诉他，他自己大约也猜到了。一位年轻护士陪着他，同来的还有4个孩子，两男两女，是高塬的学生，都在10岁左右。父母给他们精心打扮了一番，装扮得很洋气，男孩西装领结，女孩素衣红裙。

白教授一身红色西装，一头银白短发。

白夫人也是红衣红裙，他们俩一早从正中大学出发，在校门口的公共汽车站，引得大家注目。

区文静忙来忙去，热情而周到。她是白云山歌会最积极忠实的参加者和拥趸。她给高塬带来了一盅用保温瓶密封好的甲鱼汤。她丈夫提着甲鱼汤，有些紧张地跟着区文静，生怕把汤给洒了。白教授问这是什么宝贝，他自豪地说：“阿静到乡下去买的野生甲鱼，生怕在广州市场买到人工养的，病人吃了可不好。从昨天就开始煲了，地道的老火汤。”白教授知道这一盅甲鱼，得花去区文静百多元的低保金。

高塬气色很差，但精神还好。他从公共汽车上下来，第一眼就看到李可凡。李可凡迎了上去：“大家都在欢迎你！”她指了指苏叶和伊然。

“认识吗？”苏叶一脸朝阳。她想应该让高塬阳光一些，别弄得灰灰暗暗的，“我们见过的，李老师可是天天把你挂在嘴角上。”

李可凡无可奈何，她无心情和苏叶斗嘴。

伊然很淑女地和高塬握手，她是一个很有分寸也能见机行事的女孩，“很高兴认识你。”

林中空地上已聚集了几百人。和往日不同的是，人们围成一个圆圈。圆圈中间布置成一个乐池。

会场有区文静和她的几个歌友在忙，就谁也插不上手。白夫人到处指指点点，她努力想把场面弄得专业化一些。她曾主张去借一些音响器材，白教授坚决反对，他认为白云山歌会的本质就是自然、自由、自在，何苦去弄得不伦不类？像小日本的卡拉OK。有高塬的小提琴，就可以了。白夫人从来就犟不过老头子。

高塬到来，正在引吭高歌的人群自动给他让开一条路。李可凡跟在最后，她不想到乐池中去。高塬他们进入乐池，人墙便自动合闭。李可凡被隔在人墙外面。她想叫苏叶，苏叶和伊然已经站在小乐池中间，一边讲手机电话，一边照顾几个拉琴的小孩找好位置。

李可凡还像过去一样，在一处地势略高的地方，依着一棵樟树坐下。她第一次和高塬说话、相互认识并一起散步下山的地方正是这里。那天黄昏的一切，那次陌路相逢的邂逅，就如在昨天。那时刚刚入秋，秋雨淅淅，黄栌还刚刚开始泛红，而现在，红叶已经落尽。冬天悄然逼近，白云山顶居然在夜间霜冻了。从人秋到初冬，她认识了高塬，同时也有可能送别高塬离开人世。这是很难面对的事情，何况这个男人是开启她心灵之门的人。他比自己年轻10岁，可他的阅历又足以做自己的兄长。

虽然排场和往常略有不同，但气氛却是一样的。高塬的到来，使会场的空气显得凝重一些。因为大部分人都知道，这可能是高塬的最后一次伴奏。许多人并不知道高塬的名字与来历，但这个小伙子在这里拉琴大约有半年了。这半年里他几乎没有说过话，也从不主动与人交谈，但是，他优美的琴声和忘情忘我的表现，令许多人印象深刻。他和歌友们的交流，仅止于提琴拉到关键时刻或难度较大的音节时，他会用目光和人们交换着情绪。那目光是很魅人的。

白夫人捏着一根指挥棒，她示意大家安静，歌页上是那首节奏缓慢但是异常清澈恬美的《听妈妈讲那过去的事情》。

“月亮在白莲花般的云朵里穿行，

晚风吹来一阵阵快乐的歌声，

我们坐在高高的谷堆旁边，

听妈妈讲那过去的事情……”

岁月的苦难，在高塬弓弦上悠长地缓慢地流逝着，苍老的、稚嫩的，气走中田，饱满异常的各色歌喉，在高塬小提琴的引领下，非常一致奇妙地通向温情与优雅。人们仿佛坠入一种无比遥远的回忆之中，那种回忆一旦和母亲和女性交融在一起，即使苦难，即使难以回首，也都变作回忆的甘甜。

他琴声中所流泻出来的忧郁，在林中空地悄悄地浸润着每棵草、每片树叶。4个男孩女孩，仿佛也在一瞬间明白了高塬心灵中的依恋，他们紧紧地跟着高塬琴弓的弹跳，发出了一阵阵的颤音。他们完全不能理解这支歌的歌词，但能够和高塬一起，穿透这琴弓到达的每一个音符。

李可凡远远地感受着人群中小乐池的氛围，她的脑海里涌现着高塬的影像，那个熟悉的姿态。他的长发甩动时，几根头发贴在布满汗珠的额头上的姿态。

《听妈妈讲那过去的事情》唱到第二遍，这一次是苏叶领唱，她的音域很广。高塬在她唱歌的时候，用一种带有装饰音的拉法，使苏叶每唱完一句时，都连带着一种如悲如泣的颤音构成的音调，使原来比较明朗比较低诉的旋律，有一种极为生动的微颤。

男孩女孩像两对金童玉女，又像大祭师前面圣洁非凡的祭童。他们围着高塬，天真无邪的眼睛里有着对老师的无限依恋。他们也知道老师差不多就要死去了。

白夫人好几次以目光征询高塬，是否休息结束？高塬的目光答以否定。

高塬的脸色由于拉琴，由于午后阳光的照射，有些泛红，显出了些许血色。他上空的树梢上，有一片最后的红叶。那红叶在风中轻扬，但就是不落下来。那是初冬白云山唯一的难得一见的红叶，它就那样倔强地留在树梢上。红叶投影在他脸上，他的脸也有了少有的生气和红晕。

陪高塬来的护士，大约也忘记了自己的职责，她站在人群里唱歌，她唱得满脸通红。

杜林和区惠琴，还有金毛骆见秋，都出现在白云山林中空地。他们是午后上山的，杜林想到白云山见见李可凡。只有在白云山，在闲谈中进入某个主题才不至于太突兀。金毛和区惠琴也早就听说唱歌的事，想来见识见识。

杜林远远地就见到李可凡，她托腮沉思，坐在树下。杜林假装登高望远，无意中遇见李可凡的样子："嗬，李老师，这么巧，你也在这儿？"

李可凡见是杜林，马上站起来。对这位哥哥的朋友，哥哥在家中每每提起，她都并不留意。在学校遇到，也是客气地点头问安，各在不同的系，也很少交流。只是觉得他太怪，何以要把自己弄成一个古人。100年，在李可凡眼中就已很古老。

“听说你经常来唱歌?”杜林无话找话。

“只是来这里坐坐，呼吸新鲜空气。”李可凡很低调地说。刘兴桐对杜林素有成见，这李可凡是知道的。有时，刘兴桐在家里，像骂一条狗那样骂杜林。李可凡虽觉得过分，但一想到杜林那副德行，古里古怪的样子，再大的学问也似在作秀。她不守旧，但太讨厌矫揉造作。

杜林见李可凡站起：“去唱歌?”

“不唱，只是走走!”

“那好啊！我也不唱，陪你一起散散步，可好?”

李可凡笑笑，笑得很纯真：“求之不得的事呢，杜教授。”

“错，是杜副教授?”

“那叫杜老师更省事!”

“没错。”

杜林决定单刀直入。他已经通过金毛向苏叶了解，她是最清楚李可凡的。李可凡与刘兴桐已到了最后的时刻。此刻李可凡也许对一些事情不会太介意。“中国现代文学馆要作家捐一些手稿，刘校长不知愿不意意捐一些个人手稿，现代文学馆要专辟一个地方，陈列手稿。”

李可凡并不以为意，“应该有吧！我很少注意他的东西。我可以替你问问他!”

“不是替我，是替中国现代文学馆。”杜林连忙更正。他害怕一提到杜林，刘兴桐的弦马上就会绷直了。

“最好是刘校长那本有巨大影响的《中国近代文学史稿》的手稿。”杜林大胆地试探。

说到这本书的手稿，李可凡猛地有些警惕。杜林为什么非要特指这本书的手稿呢?但她还是没有多少城府：“好像有，但他是让人抄的，也许就没什么用了。”

杜林觉得失策了。让人抄的?这就大有文章，可能就是原件。

他马上装作若无其事：“别人抄的就毫无价值可言。”

杜林不是一个侦探，他本就是一个毫无城府的家伙。他若再和李可凡说下去，也许就露馅了，说不定会把刘兴桐窃取手稿的事和盘托出。

他们并没有散步，就在原地说起话来。

杜林无计可施，即使李可凡说是抄的，没有办法拿到那份手稿，等于白搭。

“可以看看那份稿子吗?”杜林终于还是忍不住。他同时也把李可凡看成一个不谙世事的女人，他对她的印象，还在十多年前他初次见李可凡时的那种状态里。他是始终没有把她当作刘兴桐的夫人的，所以他觉得也没有什么可瞒着她的。他差一点就想把事情真相说出。

这回李可凡真的警觉了。她马上意识到杜林确实不是随便说说。他是另有所谋，包括他突然上白云山来，都不是偶然为之。但她还没有想得那么深。

这半年多来，有几次在家里，她接到一位姓许的人的电话，说要找刘兴桐，拿回他父亲的手稿。她从怀疑到追问刘兴桐，手稿是谁写的，就是这个缘由。

现在一向没有什么来往的杜林，突然问起手稿并提出要看看手稿，难道这手稿真的有问题？

她思绪很乱，一时也难以判断事情的究竟。她还是缺乏勇气捅开天窗。她在刘兴桐遮蔽的黑暗中生活得太久了，她已经习惯这种被遮蔽的黑暗，尽管她时时想挣破这黑暗的束缚。可做起来有多么艰难。

杜林见李可凡没有回答，好似心不在焉，便不好再坚持。他想这里面一定有什么隐曲，也许李可凡知道一些什么。如果刘兴桐真的窃取手稿，他不一定会对李可凡和盘托出，这毕竟牵涉到一个人的尊严。没有一个男人会在女人面前把自己的丑恶灵魂全部暴露。

杜林自觉很难再与李可凡交谈下去，她好像心事重重。杜林便借故告辞："我去那边看看，蛮热闹的。"说着，提起长衫下摆，往人群走去。他那做派，像是在演电影。

那边开始唱毛泽东的《蝶恋花》。

高塬拉了一个很长的前奏曲。这时他拿起了一把低音提琴。低音提琴在乐队里，常被人们诙谐地称为弦乐家庭的"老祖父"，这种低音提琴的表现力非常丰富。高塬在前奏里，时时变换演奏断音和抒情的旋律。

接着是苏叶、伊然领唱，区文静也在一边哼着，和着拍子。

"我失骄杨君失柳，
杨柳轻飏直上重霄九，
问讯吴刚何所有，
吴刚捧出桂花酒。
寂寞嫦娥舒广袖，
万里长空且为忠魂舞，
忽报人间曾伏虎，
泪飞顿作倾盆雨。"

这是毛泽东写给李淑一，倾诉自己和李淑一共同失去亲人，纪念死去的妻子，丈夫的诗篇，是毛泽东诗词中最悲戚也最深情的。

高塬的低音提琴把这首歌的曲调、旋律处理得十分出色。

林中空地似掀起一阵又一阵的波涛，和着轻扬的山风，在树林里、山路上穿行。

人们在合唱中体会着自己生活中的艰难、欠缺和永难再有的美好岁月。许多人唱着唱着，在低音提琴的感染下，流出了眼泪，每个人其实都在为自己流泪。

高塬是一个天才的小提琴家。他让每一个人在同一首歌曲中体会自己灵魂颤动的节律。他对这些生活窘迫、节衣缩食、却风雨无阻地来白云山唱歌的人，心存一种尊敬。他也在这种尊敬中使自己站立起来，从头检讨自己的生活。他的目光中有一种感激，这种感激是他在北漂的日子里一直在追求着、期盼着的，但那时的生活没有为他提供这种表示尊敬与感激的机会。

他的目光在人群中梭巡，他希望有一双眼睛，李可凡的眼睛进入他的视野。尽管他知道，不管自己此刻有没有看到李可凡，他都是在李可凡的凝视之中的。这点，令他陶醉同时幸福。

那4个祭童一般的孩子，也发挥得十分出色。在合唱的歌声里，他们第一次感受到世界是如此辽阔，音乐是如此辽阔，琴声是如此辽阔。

第十三章

许楠生在老枪的别墅里待了3天，除第一夜和老枪疯狂以外，第二、第三夜他都是在昏睡中度过的。他再没有见到老枪，老枪那辆形影不离的丰田霸道也不见踪影。

他获准离开番禺别墅那天，是大浪鸟来接他的。他和大浪鸟相跟着走出别墅那豪华的铸铁门时，那位叫贝克的非裔英国人也被放了出来。他们见到那"洋鸭"惊惧的眼神，许楠生心底生起了一丝同情。

洋鸭在"黑牢"里关了将近一个星期，直到老枪确认一切均系多虑。洋鸭并不可能泄露什么，大姐大也不做这一行的生意，她才把洋鸭放了。不过，这一个星期中，洋鸭倒是好吃好喝，其中还有一晚获得老枪的宠幸，他充分展示了一个男人的雄风，结结实实收拾老枪一夜。老枪对洋鸭那一夜的表现非常满意也非常惊奇。原来，男人有时是需要关养上几日的。这成了老枪的经验。

大浪鸟和许楠生回到广州。许楠生想着老四川，这些日子，大约有一星期了吧！许楠生有些担心。鬼马李一直没有联系他，他call鬼马李，他也不回机。

大浪鸟和他分手时，突然问他："老枪厉害吧！"

"当然厉害，但多么厉害也比不上我厉害。"

大浪鸟于是做出一种悟相，那悟相的明确含义，只有潮汕人才会明白。

"你的眼圈都黑了，像只熊猫！"大浪鸟坏坏地说。

"差点死了，现在还痛，5次还不让停。老兄，你受得了？我可是挺过来了。真的一杆老枪！"

他们便莫名其妙地相视而笑，想必大浪鸟也有同样的遭遇。

许楠生一直不明白那天早晨老枪所说的话，让他等她的消息是什么意思？他知道老枪说一不二，她自然有她的道理。

可是，她真的能够把刘兴桐给整明白吗？她真的能够从刘兴桐那里掏出50万元来吗？他觉得这很玄。那天与刘兴桐会面，他就觉得刘兴桐虽然是只菜鸟，但他绝不是个能让人随意摆布的家伙。那两万元只不过是想先堵堵人家的口。

手机响了，是麦地的电话。他突然想起那位和麦地一起来凡尔赛宫的叫伊然的女孩。他有些心猿意马地和麦地说话。麦地约他见面，并让他一定要带上父亲的日记。

“还有什么可供证明的东西？”

“日记，别的没有了。”

“就把日记带来吧！马上，我在天河等你。”麦地很急。他和区惠琴将带许楠生去见杜林。

“麦老师，那次我和鬼马李去找你，我把一个手提包托放在你那里记得吗？请你把手提包带出来。”许楠生没有对麦老师说实话，日记就放在手提包的夹层里，他现在不知道应该听谁的好。老枪让他别管，一切由她去打理。麦地却又要让他去见什么杜林教授。这位杜林教授是何方神圣？他拿不定主意该怎么办。还是先去看看老四川吧！

瑶台小巷正在拆迁，巷口的士多店已经搬走了。租屋周围的院子，有些人在搬家，有的已经拆得七零八落。老四川的租屋外墙上，也画着一个大大的红字“拆”。租屋变成废墟汪洋中一只孤零零的船，非常可怜地在那儿摇摆。才五六天，就变成这样！许楠生心中一片茫然。

租屋的门紧闭着，院子里一片肃杀之气。四周的房子拆去之后，院子突然明亮起来，暴露在热烈的阳光底下，显得更加孤单凄寂。

他推开门，一股血腥之气扑面而来。

老四川靠在墙上，坐东面西，那只曾割腕受伤的手几乎让他自己砍断了，地上一摊血变得乌黑，像沥青似的，一群绿头苍蝇在血上嗡嗡叫嚣。有几只肥大的苍蝇被血胶粘住了，在那儿扑扑地挣扎。

老四川的另一只手，压着一个信封。

他睁着双眼，那眼光凝结着一个大大的问号。这张脸虽然开始变形，显得有些浮肿，但还是难掩他曾有的英武之气。四四方方的脸上，居然有一把非常帅气，令许多男人羡慕不已的络腮胡子。那胡子现在了无生气，但依然整整齐齐地挂在他脸上。老四川在再度自杀前，显然又把自己好好地清洁了一回。他的脸干净同时不失尊严。许楠生再次想起，在过去和老四川5年多的相处中，怎么就从没有认认真真地端详欣赏老四川这张脸呢，他几乎从未去留意过老四川。

老四川去意已定，他迟早都会走这一条路的。不是因为别的什么，只是因为儿子，他对儿子彻底地绝望，他也就没有再生活下去的勇气和必要了。

许楠生在门口坐了一会儿，他思忖，接下来应该怎么办？鬼马李去了哪里？

这些天，鬼马李一定不在这儿，否则老四川无论如何都不会这么早就走的，他一定会等我回来，他至少应该跟我告别，说一声。他一定是熬不住了。周围已没有人家，他想着老四川叫天天不应，叫地地不灵的日子。这一个星期，他一个病重的躯体，就在这片废墟的汪洋大海中静静地等死。而老四川，他不是一个坐以待毙的人。

许楠生坐在门槛上，他能感受到背脊上的阵阵冷风。他回头往屋子里再望了一眼，老四川的眼睛正对着他看。那一动不动的眼神，仿佛要对许楠生说点什么。说什么呢？许楠生觉到了。他本想走过去，把老四川的眼睛合上，请求他安息。可是他不能，他必须保持现状，等他去报警，警察就会来侦查现场。他看见老四川手中压着的信封，但他不敢去看里面究竟有什么。一切都必须等警察来之后。

此刻，如果见到鬼马李，他一定会杀了他，许楠生在心中咬牙切齿。许楠生从来没有像现在这样，一点一点地记起在这5年间，老四川对他的点点滴滴的好处。那些好处汇集在一起，就构成了两个字：父亲。许楠生忽然转过身子，面朝老四川，就这样坐着。阳光射进屋里，有一缕阳光照在老四川的半边脸上，许楠生就这样眼瞪瞪地注视着老四川的那张半阴半阳的脸。眼泪开始向外涌，他终于泪流满面，泣不成声。他痛恨自己，痛恨老枪，痛恨鬼马李和大浪鸟，他觉得老四川的死，和这些人都有关系，特别是自己。如果这几天不离开老四川，也许一切都不会是这样。

许楠生是下午4时报的警，半个多小时后，警察就来了。许楠生被作为嫌疑人也作为老四川的合租人，叫到警局去协助调查。他把手机关了。直到第二天下午，他才被放了出来。

临走的时候，警察把一个信封交给他，就是老四川手里压着的那个信封。信封上沾满老四川的血，他打开信封，里面是两张纸，一张是老四川老家3间瓦屋的地契。还有一张纸，是老四川的亲笔信。信中先表示对许楠生的感激之情，主要内容是这3间瓦屋由许楠生继承。信很简短，是用火柴杆沾着他的血写的。老四川履行了他曾经轻描淡写地说过的诺言。他至死没再提到他的儿子。

许楠生对警察说，老四川的后事由他来料理。警察让他去办理手续，并把老四川的遗物交给他保存：一张身份证和暂住证，一个牛皮坐垫和两只牛皮手垫。

老四川生于1958年，1979年入伍，参加自卫反击战，1982年从荣军医院直接退伍回四川万县老家务农。养有一子，妻子于10年前病逝，儿子就读于正中大学。

老四川的死，没有人知道。许楠生找到了房东阿婆，中止了租屋合同。他没有告诉阿婆老四川的死讯。他把本月的租金交给阿婆，阿婆坚持不收，说本月的租金老四川早已交清，还预交了半个月的房租和水电费。她还问他今后准备到哪儿去住，她很不好意思地说，房子要拆了，要不，还是租给老四川好，老四川是个好人。她不忘叫许楠生问老四川好。

许楠生告别了阿婆，马上就去殡仪馆，为老四川办理火化手续。他交完钱，走出殡仪馆，心头愈加沉重。他反而不知道应该干什么。和老枪的生意关系暂时中断了，老枪不让他做，他也不想做。在没有得到老枪的确切消息之前，他不想和麦地联系。他对父亲手稿的事，也看淡了许多。他倒是相信，终有一日，这件事会真相大白。刘兴桐如果真的偷了父亲的手稿，他一生都不会安宁。

他想得到老枪的消息之后，再和麦地他们聚一次，然后就回东北。上次汇了1万元钱回东北家里，妻子和儿子都盼着他回去。就像老枪所说，回家去种地吧，一家人在一起，比什么都好。

他很想能见上伊然一面。他对伊然自然不敢有什么妄想，但是，那晚伊然的确让他感受到一种从未有过的快乐，那种体恤和尊重，令他终生难忘。

他跑到中信大厦，在门口一直等着，他希望能看到伊然出来，然后走过去，假装是偶然碰到，再请她去喝咖啡，他想伊然一定不会拒绝。

中信大厦许多很有身份的男人女人，进进出出，许楠生眼睛都看花了。伊然没有出现。整整一个下午，他都在那儿转来转去。他抬头眺望楼顶，望得他眼冒金星。

他很后悔当时没有问伊然的电话号码，他又不好去问麦地。

一个下午，他都很难过。

麦地再也没能和许楠生联系上。他很疑惑，明明说好在天河城见，许楠生不但没践约，而且把手机关了，他不知许楠生发生了什么事。除了许楠生的手机外，他住在什么地方，现在在干什么，麦地都一无所知。

他和区惠琴去见杜林。杜林觉得许楠生可能出问题了。但出什么问题，他也说不好。“要不报警吧！”区惠琴出主意。

“报什么警？他连正式职业都没有，住处也不知道，怎么报？”麦地焦急地说。他知道许楠生的朋友大多是黑道上的。

找不到许楠生，手稿拿不出来，要揭露刘兴桐是不大可能的。靠《学术月刊》上的文章，自然可能捅开口子，但接下来呢？

洪总在山中的度假村就在番禺，刘兴桐已不是第一次来。虽然是周末，客人依然不多，这个度假村是洪总的私人会所。没有重要客人的情况下，偶尔也对外营业。这里的幽静和四面环山的环境很对刘兴桐的口味。进得山来，住上一两天，大有洞中方七日，山外已千年的感觉。特别是这里有一种浓浓的私人气氛，做什么事也就有一种私密的安适，不像在别的度假村，常常怕碰到熟人或朋友。

阿靓开着洪总的奔驰600，把刘兴桐接到度假村最靠近山边水边的一幢小独楼，楼层四周全是松树和黄栌。

楼房不大，但应有尽有，桑拿、游泳池、健身房和小电影院，极尽豪华。尤其是卧室里的双人床，两米见方还靠着一张宽大的垫床。

阿靓说："这座别墅通常是不接待客人的，这是洪总的最爱。除了他自己偶尔住住外，就是他最好的朋友来，才可以开放。"阿靓的言外之意，刘兴桐心领神会。

阿靓始终在刘兴桐身边蹭来蹭去，她身上散发的香气，把刘兴桐撩拨得情难自禁。刘兴桐几次要去动她，她都机敏地躲闪了。刘兴桐认为阿靓这是故作姿态，上次他们就已经同床共寝了。至今令他难忘。

刘兴桐终于捉住了阿靓，阿靓并不拒绝。"但是，"她说，"今晚洪总另有安排，有人陪你，你别急嘛!"说着，挣脱而去。

这时，洪总和高总鱼贯而入，他们在门外已站了一会儿。

只等着刘兴桐和阿靓各就各位方才招呼进门。

高总一进门，就非常热情地问："刘校长，令千金再过几天就出国了，我想为她饯行，如何？你看在什么地方？"

刘兴桐连连道谢："蒙高总厚爱，蒙高总厚爱！小女感激不尽。"

洪总向来非常含蓄。他照例话语不多，只是微笑着，算是打过招呼。他邀刘兴桐到餐厅用餐。

小餐厅设在独楼后面的一个宽敞的玻璃罩住的大阳台上。

玻璃墙上爬满花草藤蔓。从这里望出去，可见另外一座连体别墅的二楼，二楼是一个游泳池。高总随手递给刘兴桐一个望远镜，刘兴桐接过来，游泳池里有两个人正在游泳，一男一女，男的正是副校长丁新仪。

刘兴桐心中明白，但还是故作姿态地说："何不请丁副校长一起共进晚餐?"

高总知道他反话正说："我遵照校长大人意旨：敬之远之礼之，现在就是礼之。他怎么可以与刘校长相提并论？来，请入席。"

刘兴桐回过身来，发觉席上已有几位青春靓丽的美女，阿靓却已无影无踪。

"大家欢迎刘校长!"高总拍拍手掌，几位美女便站起来，几乎是齐声叫着："刘校长好。"

刘兴桐故意大惊小怪："这也是洪总的企业文化？怪不得洪总的企业如日中天。"

洪总和大家坐定。今天是他发话。刘兴桐觉得这位洪总，真是偶尔露峥嵘。他挺会说话，交际场上也非常老练。

"今天我们一切从简，只有一个菜，五爪金龙。刘校长也许尝过多回了，可今天做法不同。"他拍了拍巴掌，四位厨师鱼贯而入。为首的老师傅推着一辆餐车，车上面是一个庞大的不锈钢餐盘，上面盖着白布。师傅把白布掀开，一只硕大无比、足有1米见方的大蜥蜴在餐盘上蠢蠢欲动。师傅介绍，它肚子里被灌进去不止两瓶路易十三，已经完全醉了。

师傅当众表演放血，取胆，挖心……

热烘烘的鲜血，碧绿碧绿的胆汁，和着茅台酒，每位面前各摆着红绿两大杯酒。师傅把号称五爪金龙的越南大蜥蜴推下去制作时，洪总举起血酒，请大家干杯。

"预祝我们公司和刘校长的正中大学合作成功，也感谢母校对我们公司的厚爱和提携，干杯。"洪总说话干脆利落，滴水不漏。高总一愣，没有读过大学的洪总怎么把正中大学称作母校呢？刘兴桐也大惑不解。

洪总大约见大家费解，便有些自嘲地说："大家别忘了，我现在可是刘校长正中大学博士班的博士生。"大家这才恍然大悟。刘兴桐安排了洪总和他的另一个朋友，一共两个人进博士班。

刘兴桐觉得也应该说两句："首先祝洪总早日获得博士学位，其次祝在座的诸位小姐更美丽更青春，今年二十，明年十八。干杯。"他把血酒一饮而尽。小姐们便一片欢呼。刘兴桐有意回避洪总合作一说。他在心里说，合作的事还得慢慢商议，这可不是一锤子买卖。上次说给学校有所表示，刘兴桐想请洪总的企业命名搞个奖学金，至今还没落实兑现。他想不能让洪总他们太顺利。何况1.2亿的工程，光常规回扣，就是个大数目，这方面的问题还没有开始具体接触呢！

洪总大约也看出刘兴桐的心事，便对高总使了一个眼色，高总会意。他对刘兴桐说："关于合作的事，刘校长，你看是不是大家一起来做，一起！"他强调了"一起"。

刘兴桐说："今晚就不谈工作好不好！小姐们不爱听！"小姐们便齐声叫好。

洪总说："刘校长说得好，今晚不谈工作，以后高总再向刘校长具体汇报我们的想法。刘校长也是我们企业的股东嘛！"

"干杯！干杯！"高总总是能掀起高潮。

这顿饭吃了整整3个小时，其间刘兴桐又唱歌，又跳了舞。

血酒和胆汁酒喝得人血气奔涌。最后，刘兴桐几乎是让两位小姐抬着回到独楼的卧室。

两位小姐把刘兴桐抬进一个巨大的3人浴缸里，然后宽衣解带，把刘兴桐浸泡在热气腾腾的清水里。

丁新仪和阿靓，在距独楼不远的另一座别墅里，演出着非常相同但又是另外的戏文。

次日9时，高总、洪总与丁新仪共进早餐。高总对在餐桌边正襟危坐的丁新仪非常知己地说："昨晚因为阿靓安排丁校长早早休息了，我和洪总赶到时太晚了，不便打扰。只好今天共进早餐，抱歉抱歉！"

丁新仪连忙说："这样安排最好，这几个星期天天看标书，和工程项目人员谈业务，整个累趴了。昨夜睡了个安稳觉，补了十多天的困。"

高总又对丁新仪耳语："昨夜刘校长也在这里下榻，我们没有告诉他，你也在这里度假。这样好些，各玩各的嘛！"

"哦！"丁新仪有点意外，但马上又复常态，"这样也好，他不反对，事情就好办了。反正他那方面的问题，由你和洪总去搞掂就是。"

洪总对丁新仪爽快地说："丁校长，其实都是互惠互利的事。我们尽量压低标的，从节约成本中求利润，学校也可以减少工程费用。反正，互相理解，精诚团结，我为母校做贡献，母校也为学生自豪嘛！"洪总又说，"其实呀，刘校长多次说过，拿下拿不下这个项目，主要看丁校长的态度了。刘校长还是要看丁校长的嘛！官大不如管大呀！"

丁新仪心中暗暗叫苦，这些话听起来很舒服很受用，可这是别有心计。人家把皮球踢到你脚下，你怎样是好？

阿靓见说得差不多了，给洪总使了个眼色，然后说："还是用餐吧！丁校长昨晚兴许休息好了，但是没吃好，都饿了。吃完饭，还要去打高尔夫呢！"

于是，大家入席。

李可凡在白云山上接到女儿的电话。这半年，李小凡到一所封闭式英语培训学校去强化英语，很少回家。是李可凡不让她回家。她希望女儿能在出国前过语言关，能够在国外顺利上大学。自己和刘兴桐的这种关系，既然不能为女儿创造一个非常优质的家庭环境和氛围，不如让她到另外一种文化环境去生存吧！

"妈妈，签证拿到了，后天的飞机票早订好了。我今天就回家。你可得早点回来啊！"

她答应早点儿回去。其实，即便是她晚回去，等待的依然还是她。她知道女儿的交际比自己多得多，没有12点，女儿和刘兴桐是不会回到家的。

女儿出国的行李和该准备的，她早已在半年前就一点一点地给她收拾好了，也没有什么再需要准备的。李可凡不像别的母亲，对孩子出一次远门，就牵肠挂肚絮絮叨叨。自己的父母是军人，读大学前李可凡也当过兵，简简单单，雷厉风行。放飞了就自己飞。李可凡不止一次对女儿说："出国留学，就像从中国这座城市飞到另一座城市一样，没什么大不了的。时代不同了！想走就走，想回就回。从地球的这边到那边，也就一天时间。"

女儿出国，整个安排和所有细节，包括护照、签证和机票，李可凡一点也无须操心，她也不想知道刘兴桐是通过什么渠道去办理的。反正女儿一走，马上就离婚。

苏叶唱累了，她到处找李可凡。见李可凡独自在人群外徘徊，她走过去搂住李可凡的肩膀："你总是能够超然物外地生活，什么也撼不动你。你看，谁都唱得那么投入。高塬的生命力很强旺，他已经连续拉琴4个小时了，还不肯停止。"

苏叶的兴奋是发自内心的。这个不知忧愁的女人，其实活得很简单，也很自在。自从常常和苏叶一起出来，李可凡就已经慢慢地被苏叶身上明朗通达的东西感染。

李可凡的目光越过人群，她希望能看见高塬，可是看不见。苏叶说："不用看了，他拉得正起劲。我们去喝点什么吧。走，就到半山亭。"

这时，伊然和区惠琴也钻出人群。她们唱得满头大汗，她们一路走一路唱，还挥舞着手臂打拍子。"真是唱疯了。""那些老头老太更是疯狂，真不可思议。"伊然笑着说，"我现在明白外国人为什么那么疯狂了。人真是不可以对什么事情太投入，一投入就一定要疯狂。这是不是一个规律？"她问李可凡。

"也许是吧！不过，年轻人也这么投入，我倒是不好理解。都是些老歌。你们是什么感觉？"李可凡说。

"摄人心魄啊！灵魂深处闹革命。"区惠琴书读得最多，连文化革命史都读了，从晚清文学一直到21世纪的下半身写作。

"这好像和年龄没什么关系！"伊然才来过两次，兴趣就被煽动起来了。她又压低声音说："比做爱都来劲！"

4个女人哈哈大笑，那笑声里有一种洞悉一切的得意忘形。

"唱完歌连做爱都不想了。"苏叶也有同感。

"五六十年代的东西怎么就有这种魅力？是因为年代久远，距离产生美呢？

还是那个年代的人本来就很纯真，纯真得使人洁净，洁净得没有七情六欲了？”区惠琴感叹。

“是不是有洗脑功能啊！”伊然担心地问。她自觉上了两次白云山，趣味上有了一些变化，“以前也唱过一些老歌，可都是在卡拉 OK 唱，也没什么感觉。在这儿几百人从早到晚唱歌，激情澎湃，自己都觉得变成一个切·格瓦拉了。”

“一天不吃饭都不觉得饿。你看高塬，都病成那样了，也不知有什么力量在支撑。李老师，你是生于60年代的，你能说说是为什么吗？”

“我也说不好。每个人寻找的东西都不尽相同吧！有些人为了表现，有些人为了宣泄，有些人为了怀旧，有些人因为失落，有些人可能因为空虚，也有些人可能是太满足，来寻找一种缺失。你们问问自己，你们究竟是为什么？”李可凡很理性，因为她一直是个旁观者。她是因为失落，因为偶然的契合，来到了这儿。她觉得这儿非常适合她的心境。

“我真的说不出这里诱惑着我的是什么，有一种诱发初恋的感觉，到高潮的时候，和第一次做爱也有点儿相似。非常迷醉！心中有些憧憬什么，期待什么，又想进入什么。什么都有一点。有一种精神欲望传遍全身，最后把生理欲望也调动起来了。你说究竟是怎么回事？”

苏叶挺认真地说：“至少我再到风雅颂去，我会要求自己在原来的品位上，再加上一点，透明和优雅。他必须是有激情的，同时又是很高贵的，是那种很纯净的高贵。我也说不好。应该像《青春之歌》里的卢嘉川吧，同时把自己变成林道静，是那个从香河去北京的火车上，穿白衣白裙的林道静。当然，也可以是一个余永泽，不过只是偶尔为之。”

苏叶从来都是恬不知耻的。现在李可凡却觉得这种恬不知耻是可以也应该发扬光大的，只不过是评价不同而已。

“那你回到五六十年代，怎么样？愿意吗？那可是一种苦行僧的生活。”李可凡心中也有这种想望。是不是受伤的女人，都会有这种念头？

“也难说。我现在就有一种皈依佛门的想法。太多的一夜情，把所有的感觉都给销蚀掉了。伊然，你有没有体会？已经没有什么是真的了。有的男人吃了壮阳药才来的，没有那点药撑着，连男人都不是。”

伊然笑道：“我没你那么激情，我没有体会。‘鸭’很有激情吧！你坦白，找过‘鸭’没有？”

“是什么概念上的？”苏叶说，“有些男人，我就把他当‘鸭’，如果纯粹是一种游戏，那不是‘鸭’是什么？真的，那种场合里的，至今没有一个给我留下印象，连长相都忘了。”

区惠琴的私生活相对保守一点，有了固定男友麦地，又在杜林这位老夫子麾下，她生活得比较理性。对苏叶和伊然的生活方式和思维方式，她又十分感兴趣。她对此有一种学究的意味，她总想寻找追问现代女性心底的东西。

在白云山上唱歌的人，大部分是女性，40 岁以上的又占了大多数，她们是最积极最忘情的一群。生活对于她们而言，似乎就只剩下唱歌，唱她们青少年时代的歌。李可凡说得很对，她们都怀着各自的目的来寻找一种东西。唱歌只是一个方式，不是目的，而这个方式却又被幻变为一个目的。李可凡其实是所有来白云山唱歌的人中，最理性同时也最孤独的人。她的孤独是因为她明白自己心中的欠缺，知道自己到白云山上寻找什么。

“当生活的全部内容或主要内容，就只剩下唱歌的时候，我们究竟是幸呢还是不幸？”区惠琴总是有问题，而且她的问题通常都很犀利，这点很像她的老师杜林，“她们都还只是 40 岁、50 岁。”

“苏叶，到了这个年龄，你会这样吗？”区惠琴直指思想最解放最无忌讳的苏叶。苏叶甚至可以向女友描状她与男友一夜情的每一个细节而不脸红。她认为这是人的精神与肉体行为的盛宴，有什么不可以细细描状的呢？人类是需要这方面的交流的。

“我真不知道。如果会，应该有一位男友陪着，像高塬那样的男友。我会追随他，为他做任何事，不问历史，不问未来，只问现在。”

听了苏叶这些话，李可凡有一种剜割血肉的疼痛。

苏叶的人生是明确的，她的爱恨是明确的，她的欲望也是具体的。李可凡自叹不如。也许是年长 10 岁的缘故，也许是还有一个并未了断的刘兴桐的缘故。她想做一个坏女人，但还是不能彻底地坏起来。她想起和胡杨在风雅颂的那个最后的夜晚。这是她走得最远的一步。在高塬和胡杨之间，她还是经受不了胡杨的诱惑。他太强大，强大到你无法拒绝。他简直就是一个穿着黑色斗篷的佐罗，在风驰电掣之间，他就已经把你裹挟到了天堂之门。你还来不及挣扎，就已经成了他的俘虏。

他的强大是以并不强大为诱饵的。他在无限的顺从中一步步拉紧了他早已撒出的罗网，那罗网轻软同时柔韧，无声无形无迹。他以千年不死的韧长令你自投罗网。

她们几个说到半山亭去，却因为谈论问题一直站在人群外面。这时，合唱变成了小提琴独奏，白夫人与几位女士为独奏曲哼着和声。李可凡听出这是一首俄罗斯歌曲，是俄罗斯彼得堡“强力集团”的作曲家鲍罗丁的作品《在中亚细亚的草原上》。

她们挤进人群，李可凡毫不犹豫地挤到最前列，她非常真切地看到了高塬。她离高塬就只有两三米的距离，高塬也看到了她，她看到高塬的眼睛投过来山羊似的温情的一瞥。这一瞥令李可凡羞愧难当，惊心动魄。

高塬面色苍白。他坐在椅子上拉琴，他已经拉了六七个小时，他完全沉浸在极度亢奋之中。在小提琴高音区弱奏的背景上，白夫人她们哼唱出一段浓郁的俄罗斯旋律，它描写一支骆驼商旅正迈着沉重的步子，由远而近地行进在亚细亚的草原上。高塬灵巧手指的跳动，形象地拉出骆驼和马的脚步声，最后，提琴的音量越来越弱，这支骆驼商旅已消失在无尽的远方，辽阔的草原又陷入一片寂静。随着这首作于1880年的歌曲的终结，人们见到这样的情景：

高塬脑袋一歪，他托着提琴的手慢慢低垂，提琴“咣”的一声摔在地上，高塬瘦弱的身体也随着提琴落地轰然倒下。这一切都发生在一瞬间。人们还没有从《在中亚细亚的草原上》的优美旋律中回过神来，就目睹了这惊人的一幕。有过很寂静的一刻，这一刻是提琴终了，余音却还在夕阳下的林中空地飘扬之时。似乎所有的人，都在等待着这一刻，等待着生命终结时无穷的寂静。

高塬死于自己创造的寂静之中。也许这正是他梦寐以求的人生时刻。他和1880年鲍罗丁旋律中孤寂的驼队一起，走向茫茫草原，沉没在寂静的草原深处。

几位退休的医生，首先冲到高塬身边，有一位年纪很老的女大夫，抱起高塬的头，将他枕在自己的腿上，像母亲抱着婴儿一样。她自己不堪重负，一屁股坐在冬天的泥地上。她翻开高塬依然睁着的眼睛的眼睑。瞳孔放大，高塬死了。

李可凡难忘高塬的最后一瞥，就是在那一瞥之后，琴声渐弱远去，高塬走完生命的最后一瞬。

除了李可凡她们几个，没有人知道高塬的名字。白云山唱歌有一个约定，谁都不过问别人的名字、职业以及现状。家家都有一本难念的经，问它干吗？来唱歌本来是为了开心，问起来就不开心了。何以解忧，唯有唱歌。

人们喜欢同时需要这个拉琴的人。喜欢就是他的名字。人们把喜欢藏在心里。在以后的日子里，人们没有再提起他，这个在30岁上和他的提琴一起夭折的年轻人。

救护车很快就到了，李可凡甚至没能挤进人群，去与高塬告别。他被蒙上白布，绑在担架上，4个穿白大褂的医务人员抬着担架，把高塬从林中空地抬出，送上停在路边的救护车。人群自觉地分成两排，目送着这个刚才还在以无穷的生命力量拉琴的人。高塬就这样走了。

刚才高塬拉琴的地方上空，那一片黄栌树枝上孤零零的红叶，终于飘落下来，和地面上无数早已飘落的红叶，静静地躺在一起。

这一切来得太突然了。

李可凡怎么也没有想到，高塬会以这样的方式离开人间。

好像一切都没有发生，林中空地又恢复了原来的状态。夕阳收起了它最后的光芒，暮色包围了山林土地。

一切依旧。

尾　声

这部小说，如果依照它在生活中的情节，它本应该无穷无尽地发展下去，它没有结束的理由。好人还没有完美的句号，坏人也不一定会有恶报的时候，不好不坏的人也就不存在什么极端的报应。人本来就没有绝对好坏之分，只看我们如何去评判了。

但世界上任何事情，总有个告一段落的时候。

高塬的死，使李可凡顿感无法结束的生活，暂时也应该结束了。也许一切都应该重来，也许一切还回到它原来的轨道。人，在还没有走到生命终极的时候，实在是无法知道最初的选择，是对还是错。

李可凡曾经被高塬吸引，想走近高塬。在还没有走近他时，却又在另一个地方，走近了胡杨。是胡杨给了她坚决走近的力量。可是，她刚刚走近时，胡杨却又独自走了。他还会回来吗？胡杨还没有回来，高塬却真真实实地走了，他死了。他死得那样平常，又那样壮烈，让每一个活着的人惭愧，又同时庆幸。庆幸避免高塬那样的命运。

回家后第二天，李可凡正式和刘兴桐提出离婚。尽管再有一天，女儿就要出国留学了。但在李可凡看来，离婚是一个不容改变的事实，那么不管是谁，包括女儿李小凡，都必须正视这个事实。生活在这个世界的每一个人，都不能无视降临于命运的每一次厄运。女儿也不例外。她毕竟就要成为一个人，一个女人。她要负责任地面对一切，包括面对她的父亲、母亲所将要发生的一切。

女儿默认了李可凡的逻辑，刘兴桐无奈地在离婚协议上签字。他最后小声地问："能把手稿还给我吗？"

"那不是你的手稿，所以不能。"李可凡斩钉截铁地回答，给刘兴桐以一种绝望的勇气，他终于知道应该怎样去保留一个男人的尊严，一个人的尊严。当他放弃了乞求的时候，他的选择就有了方向。

老枪终于给许楠生来了电话，让大浪鸟陪着去见她。她是在中国大酒店最豪华的咖啡厅接见许楠生的。就老枪和他两人。

老枪在注视许楠生时，又一次想起那个新兵连的小兵。她用眼睛在许楠生身上，重温了20多年前，当她还是一个18岁的女卫生兵时，给一个死去的同龄小兵清洗身体时的感觉。

老枪递给许楠生一张支票，支票上金额一栏，赫然写着人民币贰拾伍万元。

“我已经为你办妥了你想办的事，一半一半。你拿着它回东北去，再也不要回来。记住，永远不要回来！好吧，你可以走了。”老枪说着，她戴着宽大墨镜的眼睛，似乎闪动了一下。

两天以后的一个午夜，在火车站的公共厕所，许楠生倒毙在最里面的一个卫生间里。据警方披露，他是被注射了过量的毒品致死。暂时定为他杀。因为正常人是不会给自己注射如此过量的毒品的。他的口袋里，有一张25万元的存折，存折是以死者姓名在两天前以现金存入的。故排除了谋财害命的可能，凶手并不为钱财，也不知道死者身上藏有巨款。这个案子更显得扑朔迷离。

许楠生因属于盲流，他的死亡也没有上报纸的理由，故很少有人知道他的死讯。

据警方的现场调查，有目击者描述，死者这两天曾与一操海南话口音的中年人在这一带出没。事发当天，他们还一起在火车站旁边的一个大排档吃晚饭。

麦地自从那天和许楠生通电话，约在天河城见面未果之后，一直没法与他联系上。他相信许楠生有一天会和他联系。许楠生还有一个手提包放在他这儿。那天他把手提包带往广州，放在区惠琴处，学校放假了，区惠琴又把手提包放到杜林那儿。至今没有人打开过那个手提包。手提包里有许楠生父亲许达文1969年的下放日记，里面记载着关于《中国近代文学史稿》手稿的事情。

这个手提包至今仍放在杜林的储藏间，手提包覆盖着厚厚的灰尘。它也许将永远地沉睡在那里。

刘兴桐遭遇火车车祸去世后，正中大学召开了隆重的追悼会，学界纷纷撰文，悼念这位在新时期填补了中国近代文学史学科空白、卓有建树的学术巨匠。他的葬礼电视台还做了专题报道。只是，在追悼会和葬礼现场，没有出现刘兴桐的夫人李可凡和刘兴桐的任何亲属。李可凡已在刘兴桐车祸之前与他协议离婚，她不愿意参加追悼会和葬礼。

那天天气很冷，苏叶在追悼会现场，见到包着黑色头巾的洪笑。洪笑站在一个角落，追悼会还没有结束，她就走了。

一个星期之后，刘兴桐的老父亲刘伯带着一个农村妇女，到正中大学来，带走了刘兴桐的骨灰盒和他的一些遗物。这个中年农村妇女，是刘兴桐已经离婚多年却还在刘家尽孝的结发妻子。

刘伯在刘兴桐的灵堂前老泪横流。灵堂上刘兴桐颇具学者风度的遗像两边是一副对联："一代学术巨匠，两袖清风学人。"

在新校长未任命前，丁新仪暂时代理校长。他特意为刘兴桐办了一个"刘兴桐学术纪念室"，设在图书馆。待新馆落成之后，再行迁往。纪念室内陈列着刘兴桐的所有著作、手稿和各种报告、讲稿等等，供广大师生参观学习，每个系至少都要组织参观一次。

杜林例行公事地去了一回，他在陈列标志着刘兴桐学术成就的巨著《中国近代文学史稿》的玻璃柜前，久久地凝视着这本书，凝视着封面上"刘兴桐著"几个大字。他的心中，弥漫着一种难以名状的迷惘和凄苦。他脑海里翻动着岁月的书页，一页一页迅速掀过，像拉洋片似的，戛然而止，停留在1969年12月31日这一天。这一天的黑暗燃烧了光明，也孳生了罪恶。

杜林悲愤得难以自持。他迅速走出纪念室，撞上了正要进门的金毛骆见秋。

骆见秋诧异杜林为何如此失魂落魄。杜林回头一笑，他的表情很古怪。杜林的脑海里叠印着《中国近代文学史稿》和铁轨下刘兴桐血肉横飞的惨象。

苏叶、伊然、冯雅和区惠琴相约来到风雅颂。她们早就约了李可凡，但李可凡迟迟未到。

苏叶明天将去西班牙留学。

风雅颂的每一个夜晚，都上演着同样的戏剧，不同的只是演员。

今夜她们没有去内场。

已经深冬，圣诞节很快就到了。外场太冷，客人很少。苏叶记起那次在这里给胡杨打电话，而胡杨就在不远处静观她们，任凭手机在桌子上闪着蓝灯打转。她下意识地往那棵棕榈树下的酒台望去，此刻那儿也有一个男人，背对着她们，孤独地坐在那里。但不是胡杨。苏叶翻出胡杨的手机号码，给胡杨打电话，他不在服务区。

李可凡答应来的，但一直没来。

她们谁都没有心情去内场，大家默默地喝酒。酒是那种很苦很烈的丹麦伏特加，没有加苏打水，也没有加冰，喝起来有一种苦艾的滋味。

苏叶感到有些惆怅与迷茫。

伊然把手轻按在她的大腿根上，苏叶有一种很异样的冲动的感觉。她抓住伊然的手，把它放在自己的手心里，揉搓着它说："很冷，是吗？"透过幽暗的灯光，苏叶闪亮的眼睛看着她。伊然哭了，哭得很伤心。

"去西班牙，什么时候回来？"

苏叶黯然："不知道。"

冯雅见状说："我们来唱歌吧。好吗？"

区惠琴说："唱老歌吧！可惜不会唱那首《在中亚细亚的草原上》。"

"那就唱《三套车》。"苏叶笑着说。

2002年12月7日—2003年1月2日
初稿